U0584942

中国历史文化名人传

阆风游云
张旭传

李彬 著

作家出版社

中国历史文化名人传

组委会名单

主任：李　冰
委员：何建明　葛笑政

编委会名单

主任：何建明
委员：郑欣淼　李炳银　何西来　张　陵　张水舟　黄宾堂　张亚丽

文史组专家成员（按姓氏笔划为序）

王春瑜　王曾瑜　孙　郁　刘彦君　李　浩　何西来　郑欣淼
陶文鹏　党圣元　袁行霈　郭启宏　黄留珠　董乃斌

文学组专家成员（按姓氏笔划为序）

王必胜　白　烨　田珍颖　刘　茵　张　陵　张水舟　张亚丽
李炳银　贺绍俊　黄宾堂　程步涛

出版说明

中华民族五千年文明史中，涌现了一大批杰出的文化巨匠，他们如璀璨的群星，闪耀着思想和智慧的光芒。系统和本正地记录他们的人生轨迹与文化成就，无疑是一件十分有必要的事。为此，中国作家协会于 2012 年初作出决定，用五年左右时间，集中文学界和文化界的精兵强将，创作出版《中国历史文化名人传》大型丛书。这是一项重大的国家文化出版工程，它对形象化地诠释和反映中华民族文化的基本精神，继承发扬传统文化的精髓，对公民的历史文化普及和建设社会主义文化强国都具有重要而深远的意义。

这项原创的纪实体文学工程，预计出版 120 部左右。编委会与各方专家反复会商，遴选出在中国文化发展史上产生过重大影响的120 余位历史文化名人。在作者选择上，我们采取专家推荐、主动约请及社会选拔的方式，选择有文史功底、有创作实绩并有较大社会影响，能胜任繁重的实地采访、文献查阅及长篇创作任务，擅长传记文学创作的作家。创作的总体要求是，必须在尊重史实基础上进行文学艺术创作，力求生动传神，追求本质的真实，塑造出饱满的人物形象，具有引人入胜的故事性和可读性；反对戏说、颠覆和凭空捏造，严禁抄袭；作家对传主要有客观的价值判断和对人物精神概括与提升的独到心得，要有新颖的艺术表现形式；新传水平应当高于已有同一人物的传记作品。

为了保证丛书的高品质，我们聘请了学有专长、卓有成就的史学和文学专家，对书稿的文史真伪、价值取向、人物刻画和文学表现等方面总体把关，并建立了严格的论证机制，从传主的选择、作者的认定、写作大纲论证、书稿专项审定直至编辑、出版等，层层论证把关，力图使丛书经得起时间的检验，从而达到传承中华文明和弘扬杰出文化人物精神之目的。丛书的封面设计，以中国历史长河为概念，取层层历史文化积淀与源远流长的宏大意象，采用各个历史时期最具代表性的文化符号与雅致温润的色条进行表达，意蕴深厚，庄重大气。内文的版式设计也尽可能做到精致、别具美感。

中华民族文化博大精深，这百位文化名人就是杰出代表。他们的灿烂人生就是中华文明历史的缩影；他们的思想智慧、精神气脉深深融入我们民族的血液中，成为代代相袭的中华魂魄。在实现"中国梦"的历史进程中，必定成为我们再出发的精神动力。

感谢关心、支持我们工作的中央有关部门和各级领导及专家们，更要感谢作者们呕心沥血的创作。由于该丛书工程浩大，人数众多，时间绵延较长，疏漏在所难免，期待各界有识之士提出宝贵的建设性意见，我们会努力做得更好。

《中国历史文化名人传》丛书编委会

2013 年 11 月

张　旭

肚痛贴

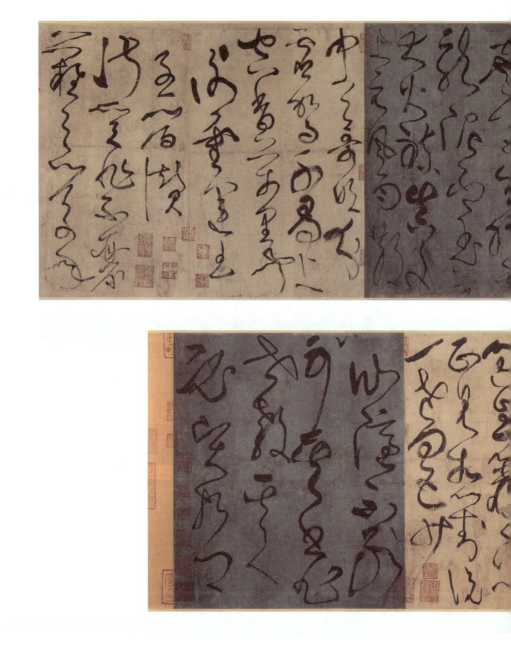

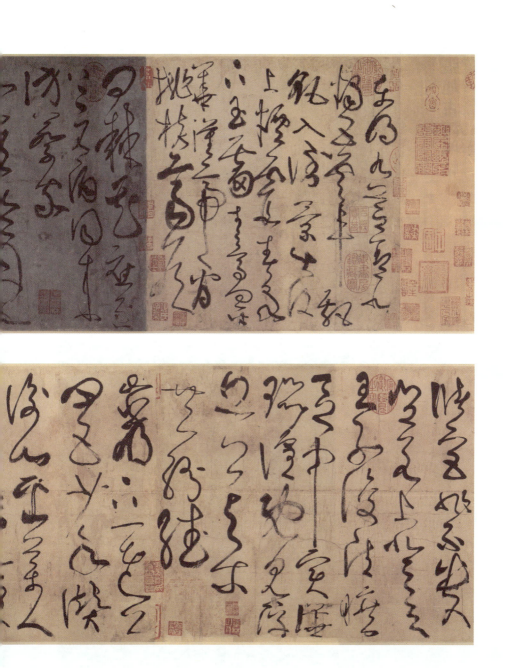

古诗四帖

尚書省郎官石記序

朝散大夫行右司

貞外郎陳九言撰

吳郡張旭書

郎官石柱记

题 记

　　书法千秋，艺脉苍茫，鸟迹重瞳。自商周甲骨，盘壶镜簋，秦砖汉瓦，文鼎铭钟。律舞蛟蛇，势蹲狮虎，象意形声叹鬼工。挥刀笔，著竹帛金石，华夏成龙。

　　史篇铸丽如虹，看圣手雄才继不穷。数泰山规矩，中郎太傅，兰亭点画，天下同宗。颜柳虞欧，颠张狂素，南北分流振后风。花千树，望墨林竞秀，郁郁葱葱。

——《沁园春·读书史有感》

目录

引言

世间无物非草书

"天雨粟，夜鬼哭。"这上下两句都与文字有关。上句是说仓颉造字，人类智慧得以开启，遂能知晓天文，探究地理，洞悉天地自然的真相奥秘，于是天降粟米以贺；下句是说，人类拥有了文字，便能参悟自然万物真理，魑魅魍魉妖魔鬼怪就不能施展伎俩，蒙蔽苍生，于是夜半哀哭，感伤自己没有了生存之地。喜也罢，悲也罢；哭也罢，笑也罢。不管怎么说，人类拥有了文字，便走进了文明，产生了审美，也就有了书法。中国书法艺术始于汉字而诞，"声不能传于异地，留于异时，于是乎文字生。文字者，所以为意与声之迹。"（《书林藻鉴》）书法以文字为根为体，为源为基。书法就是让文字走上舞台，生旦净末丑，真草隶篆行，角色便应运而生。文字的产生是书法的第一推动力……

东汉许慎所作的《说文解字》，是中国第一部分析汉字字形、说明字义、考究字源的著作，也是第一部体系完备的字典。它是中国文字学史上一部划时代的著作，被后世公认为中国语言文字学的经典之作，在中国文化史上产生了深远的影响。《说文解字》中，对文字是这么描述的："盖依类象形，故谓之文；其后形声相益，即谓之字。"而文是"独体"，字为"合体"，"文字"二字也便有了最好的诠释。中华民族历史悠久，积淀深厚，传统伟大。宛若一条漫漫长河，在周而复始、日出日落中流淌过五千年的岁月。在这条时间和文明的长河中，许许多多的往圣先贤、仁人志士，用他们的行为、思想、成就，创造着智慧，点燃着心灯，让我们渴望着在生命的每一天去凝视、去倾听、去感触、去践行。欣喜的是，中国有一个引以为豪的史学传统，几千年的历史都可以在文字的般若中找到来龙去脉，吉光片羽，绵延如缕，生生不息。

中国汉字的构字原则有所谓象形、指事、会意、假借、形声、转注"六书"之说。有一种"近取诸身，远取诸物"的构思之美，体现着中华民族的文明智慧。这不是作者的臆断谬赞，这一对词语最早见于《周易·系辞下传》："古者包牺氏之王天下也，仰则观象于天，俯则观法于地，观鸟兽之文，与地之宜，近取诸身，远取诸物，于是始作八卦，以通神明之德，以类万物之情。"在聪慧的古人眼里，汉字，不只有记载的实用功能，更因为审美建构而使其成为书法艺术。甲骨的苍茫，小篆的厚重，汉隶的飘逸，魏碑的峻厉，行草到狂草的平正与险绝，唐楷的法度庄严，宋代的风流意趣，清代的朴厚古拙，在璎珞相衔、各擅胜场的一代代书家笔下淹会贯通。让点画的情趣，水墨的逸韵，踏着传统文化的节拍，把前贤崇尚的精神气息日复一日地镌刻为文化记忆中的幽情远思，让我们感到一股时光之下、风景深处的斯文底色扑面而来，流连于那些文字性灵的审美意境。

艺术是为人类生命活动的需要而诞生的。一切真诚的艺术家，都在自觉不自觉地穿越社会生活的层面、历史文化的层面、艺术本体的层面，向生命体验靠近。江山代有才人出。一代又一代贤人逸士在墨痕里惊鸿一瞥，清幽一现，便隐入岁月的皱褶，唯剩一纸的魂魄。从汉字脱颖而出、衍变升华的书法艺术，不同书体、不同造诣，不仅给人不同的视觉印象，而且给人不同的审美分野。在这线条律动、黑白对比、虚实相生的艺术感受里，重要的是书法意蕴提供给读者的跟进与超越；不仅滋润自己的心灵，而且要把美好带给别人。可以自豪地说，书法是中华民族传情达意与心灵顿悟的特殊的艺术语言，是中国人精神生活中不可或缺的一部分，它的文化含量与艺术张力所构成的视觉效果是其他任何艺术语言都无法替代的。它不仅具有超越达观的随意性，同时也蕴含着中国文化的精神和境界，蕴含着书家的精神向度和艺术准则，蕴含着书家的智于阙疑、行于无悔的人生感慨和审美体验。

世界上，也许只有中国书法堪称艺术"墨宝"。之所以称之为"墨宝"，是因为文字的灵性与活力。虽然，字的造型是在纸上，但它的神情意趣，却在楮墨之外，与天地万象、自然环境中的一切动态自有相契合之处。诚如老子的"道法自然"，释家所谓的"一沙一世界，一叶一菩提"。天文、地文、人文，象中有道，道中有象。可以说，书法是中国造型艺术的灵魂及其美学精神的代表，是书法家思接千载，通过点、画、线条的有序组合，形体间架、节奏韵律、气势变化等抽象化手段，挣脱实用性的束缚升华为艺术的智慧结晶。在这种文化的张扬与飞腾中，书法家用极其单纯简约而又丰富多彩的黑白、点画所营造的"无形之象"，却又负载着极为丰富的民族文化心理信息的抽象形式，抒发着自己清新刚健、优美灵宕的思想智识及审美追求；读者则在心旷神怡、情思飞越中品赏着形式的"意韵"，接受着透彻的精神洗礼与审美享受。

中国书法历经两千载的衍变与探求，继承与发展，已成为一种望之如云、近之如春的完形的艺术构筑。钟张羲献、旭素颜柳、苏黄米蔡等灿若星辰的书家早就通过点、画、撇、捺，将目之所察、心之所悟的情感与灵性，在轻重长短、浓淡厚薄、方圆利钝、疾徐枯润间挥洒得淋漓尽致。在他们笔下，书法是极有意蕴的艺术形式，它含蓄地表现出人的美妙的情愫，表现出人对崇高精神与人格价值的追求，表现出纷纭复杂的人生现象中所涵纳的文化积淀、哲学浸润、个性风采和情感本质。我们并不狭隘地讲，对人的精神向度的探寻追溯，其实也是对书法价值旨归的理喻诠释。

书法是时代的折射和人生的观照，是情思的宣泄和艺术的再造，也是中国传统文化中最具情怀的组成部分；只要是人性温暖的地方，就会有艺术精品的生发。人类创造了文化，文化也得由人来传播。在文明社会的初期，文化只能通过人的直接接触和实物来传播，文字的产生扩大了间接传播的途径。而书法则是给实用的文字注入活力，赋予了审美感知和艺术思维。可以说，书法家就是书写的人。当然了，它可以分为两部分来理解，书写是传播文字，而人则是展现生命，将值得尊重的生命和值得关注的文字完美地结合就是本质意义上的书法家——需要思考的是，当代书法是否按照历史现行发展的秩序立于千年的制高点上，能否在曲折跌宕的文化历程中重现过去的辉煌，书法是否重塑了文化人格的审美，我们是否愿意从本体角度来看待新时期书法的微妙变化。这些问题不仅对书法家来说是一次挑战，对于读者乃至大众，也是关于艺术素养以及审美品位的考验。我们寄希望于这个笔墨纷呈的时代，也可能会得益于每一个读书法、爱书法、写书法之人的努力。

中国书法是传统的，也是当代的；既捡拾着过往岁月里的珍宝，也标举着时代活跃的精神脉动；既有着时空穿越的快意创造，也有对人性人情的现代认知。毋庸讳言，书法的发展演变过程其实是对人、人性、人道和人的精神的认知过程、印证过程、升华过程。——盛唐书法家"草圣"张旭亦如沧海日出，铺锦列绣，掞藻飞声，永恒地绽放着笔力的光芒，辉映着中国书法的艺术星空，"草圣"至今春风化雨，格化弥多，熠熠生辉，播芳六合！

草书是中国书法审美的最高境界，折射着生命的大自在和艺术的大自由。如果说，书法是一门抽象的审美艺术，在书法各种样式中，草书的抽象性又是最强的。清代书法家翁方纲曾经感叹："空山独立始大悟，世间无物非草书。"《草书势》中说，世间万物均可化为符号、化为线条、化为意象、化为草书。因而，从某种意义上讲，最能代表中国书法艺术的是草书，它使中国文字由实用性的书写工具上升为情感寄托的审美艺术，而书法的觉醒和追求则是以草书确定为前提的，使人们在实用之外有了更多的遣兴抒怀。正因为"他书法多于意"而"草书意多于法"的缘故，所以，从草书中更能看出一个人的艺术天分和艺术修养，我们的主人公"草圣"张旭就是草书艺术天分和艺术修养的集大成者，他把书法升华到用抽象的点线去表现思想感情的高度艺术境界。他的草书用笔刚柔相济，转折自如，顿挫得体，内揄外拓，变化万千，神采奕奕，有音乐的旋律，诗歌的激情，绘画的意趣。《宣和书谱》说他："其草字虽奇怪百出，而求其源流，无一点画不该规矩者，或谓张颠不颠是也。"狂怪中存规矩，张扬时有节制，这正是张旭达到书法化境的必然。也正是他把狂草承前启后，推波助澜，跃上了书法鼎盛时代的巅峰，成了唐代书法巨子中之佼佼者。

张旭是古今以来草书艺术家的典型代表，他不仅有深厚的书法艺术素养，而且在表现上把自己飞越激荡的感情和书法艺术完美地结合在一起。张旭借狂草来抒发个人情感，其实，也体现了盛唐时期艺术家们开放的思想和昂扬的精神风貌，这是主观意愿和客观实际相结合的产物，使抒写情感的书体得以最完美地发展。张旭书法惊涛骇浪般的狂放气势，节奏韵律的和谐顿挫，字间结构的随形结体，线条的轻重枯润等变化都达到了草书的最高水准，他的出现影响了自唐以降历朝历代所有的大书法家。

前空千古、下开百世。这种令人高山仰止的殊誉毫不为过！

第一章

楚人每道张旭奇

唐上元三年，吴郡姑苏。

姑苏是古吴国的都城，后简称苏州。上有天堂，下有苏杭。苏州和杭州并列称为人间的天堂，被历代文人极尽笔墨形容其烟花美景、富庶繁华，是江南的鱼米之乡。辽阔无垠的太湖，秀丽而神秘，得天独厚地滋润着一方水土、一方风情。自从吴王夫差贪美色误国，越王勾践卧薪尝胆伐吴成功后，范蠡携着情人西施隐没在太湖浩渺的烟波中，湖水的道道涟漪便泛起了新的传说，而湖畔的明珠——苏州则益发耀眼起来。

苏州还有很多古迹，都和春秋时期的吴国有关。苏州曾是吴国的都城。这座城是吴王阖闾修的，就叫阖闾城。吴越相争时期，越王勾践被囚禁于此。公元前496年，阖闾带兵去越国作战，受伤后死在路上。人们把他葬在阊门外七里左右的地方。传说在下葬三天之后，有一只老虎来卧在那个荒丘上，从此那片地方就叫作"虎丘"。到了隋代，"虎丘"上建起了"虎丘塔"，据说，阖闾的陵墓就在虎丘塔的正下方，如果挖掘了他的墓，虎丘塔就会倒塌。末代吴王夫差当政时，为了享乐，为了宣威，在苏州建造了姑苏台。姑苏台宽三百丈，高八十四丈，站上去放眼眺望，几百里内的风光尽收眼底。可惜到了唐代，这里只剩下遗址了。在天宝年间，诗人李白游览姑苏台，感慨之余，写下了这样一首《苏台览古》：

旧苑荒台杨柳新，菱歌清唱不胜春。

只今惟有西江月，曾照吴王宫里人。

历史走到唐代，苏州已经是个旖旎婉约、小桥流水人家一般的南方水乡了。杜荀鹤的诗《送人游吴》中的"古宫闲地少，水港小桥多"一句道出了苏州古城建筑的特点，而"夜市卖菱藕，春船载绮罗"则写出了苏州的富庶繁华。唐代白居易、刘禹锡、韦应物，都曾担任过苏州刺史，苏州人称他们为"三贤"，给他们建造过祠堂，凭吊纪念，可惜没有保存下来。

岁月如流，缓缓地涌动到盛唐时，苏州成熟得像滴粉搓酥、丰盈明艳的少妇一般。尤其城内阊门一带，商肆林立，人烟稠密。货架上商品琳琅满目，从西域舶来品到本地名播遐迩的绣品，从宫廷御玩到针头线脑，可谓应有尽有、无奇不有。每每鸡鸣五更，首先活跃起来的便是茶楼。五步一楼、十步一阁，老者消闲，商贾聚首，纨绔子弟、贩夫走卒无所不有。街面上，卖汤团八珍糕的、卖熏豆油氽豆腐干的，食物的香味融进湿润的空气，融进叫卖的吆喝和操着各种方言的嬉闹声中，汇成了令人心醉的晨曲。轻歌曼舞缠绵了一夜的青楼勾栏偃旗息鼓、悄无声息，也有几个云鬓纷乱的妓女慵懒地斜倚在曲栏边，迷离的眼神观看着曲廊小桥流水、庭院落花点缀的城市繁华。

姑苏是一座水城，京杭大运河贯穿东西，辐射出许多河网。水顺着网络辐射漫延，冲积出一片水乡。城中的条条街道情侣般相伴着条条水巷，街挽着河，水连着路，隔不远就有拱形的小桥相连交结。波澜起伏，佳气葱茏，所有百姓都分布在水巷之中，倚河为家，临流结舍，家家门前都有码头作为停船或洗濯的场所。家和水便互养着，如同是蚌里养着珍珠，在家是有了秀润，在水是有了灵光。

这是一个明丽的早晨。太阳慵懒地从一团水汽中蒸腾而出，慷慨大度地把温暖与光明奉献给波光潋滟、水色温润的苏州城。阊门附近的一个院子里，重堂复室，回道幽廊，白鹤舞庭，幽香满窗，旭日东升时传出了一声清脆的啼哭，紧接着又传出一串爽朗的大笑。一个崭新的生命诞生了！

中国的文化传统中，大凡帝王将相、名人伟人的出世都有些诡怪，方能显出其神奇。什么红光满屋啦，什么电闪雷鸣啦，什么蛟龙盘旋啦，什么长庚星入怀啦，真是无奇不有，无有不奇。和所有的圣贤一样，张旭的出生也不例外，而且动静不小。在他降生之前，夫人陆氏做了一个梦，梦里一个宽袍大袖的仙人藏身于祥云之中，给她送来了一个火球一般燃烧的东西，把屋子照得红彤彤的。当她惊醒时，窗外旭日东升、霞光万道，爱子张旭呱呱坠地。夫人喜极而泣，忙指派丫鬟给门环上挂上了红红的布条，鲜艳的喜庆的颜色告诉南来北往、左邻右舍的人们，家里面又添丁了！

张氏郡望出自吴郡，是支脉繁衍、络绎缤纷的书香之家。其父遍查资料俱不可考，见不到准确的文字记载。其母陆氏却是鼎鼎有名的大家闺秀，为初唐书法家陆柬之的侄女，虞世南的外孙女。陆氏世代以书传业，望重一时，有称于史。魏晋以降是讲门阀制度的，阶层不同，不相往来，而姻亲之间门当户对是必要条件，由此可见张家也是一个耕读并重、安居乐业的大户人家。我们从新生儿取名张旭也可见一斑。据说，这个孩子是云中的仙人所赐，因为他出生时旭日初升，阳光普照，天地一片晴和，故起了一个寓意很深的名字——张旭，字伯高，预兆着孩子的人生如旭日冉冉升起，越来越高，越来越灿烂辉煌，从中可以看出父母家人对爱子的看重和希望。

姑苏城内，深宅大院，这府邸其实也就是一座园林。高木荫郁，池花相映，有一棵树，虬干曲枝地在侧路立着，显出些苍迈古劲的样子来，那叶子却又是阔大的，青绿可喜，油嫩欲滴。还有雨，不仅苏杭多雨，江南简直就是水做的，握一把就湿漉漉地出水。江南的雨是一种风景，苏杭的雨是可以供人欣赏的。随身常备着伞，撑不撑起来都行，撑起来是种优雅，合起来更显从容，且雨中常会令人想起西湖、想起许仙和白娘子，包括小青，想起杏花春雨江南的景致。

绿树如屏，清塘如溪。朱红大门还在晨雾中酣睡，小伯高就起来了。岁月匆匆，日升日落，一晃就十二岁了，长得一表人才，眉清目秀，文质彬彬。砚田墨庄、人人务本的良好家风使他从小就尊体赏雅，捃花撷秀，喜诗文，知礼仪，父母皆称之曰"孺子可教"。母亲安排好饭菜，他盥洗进食之后，坐到书案前，开始了他的早课。早课是念书，诸子百家，经史子集，都要涉猎。饭后，母亲过来，谆谆教诲着家训，要求看似简单，做到殊为不易。

张旭在童年时就系统地受到传统家学的耳濡目染，他的眼界已经超出了同时代的大多数同龄人。母亲陆氏是他的第一位老师，给他早早铺就了艺术人生的锦绣底色。陆氏自己知书达理，锦心绣口，先前也曾请过饱学宿儒教爱子读书。无奈这小小张旭，本是个异数，天纵奇才，资质聪敏，非常人可比，先生提了一句，他倒晓得了十句，比举一反三还快捷准确。比如，先生劝他要心无旁骛、专心听讲时，他梗着脖子，反问先生："何为第一等事？"

先生不以为意，慢悠悠捻须回答说："唯读书登第耳！"

人非生而知之，而是学而知之。学习自然离不开"传道、授业、解惑"的老师，因而师道是有尊严的。这位先生真是个实实在在的读书人，看得出他特别喜爱聪明伶俐的张旭。如果是别的学生发问，他会想到不恭，感到被冒犯，或许会高悬教鞭，责罚学生背诵：

> 天子重英豪，文章教尔曹；
> 万般皆下品，惟有读书高。
> 少小须勤学，文章可立身；
> 满朝朱紫贵，尽是读书人。

当然了，这首诗是宋朝诗人汪洙写的，唐朝的教书先生看不到，但意思却是一样的："学成文武艺，货与帝王家。"翻译成现代话就是："读书，中举，当大官，挣大钱，住大房，坐豪车，娶漂亮媳妇……"但张旭天生就不是普通人，也不能把他等同于一般的懵懂孩童，他朗声说出了自己的答案："登第恐未为第一等事，或读书学圣贤耳！"

"银瓶乍破水浆迸，铁骑突出刀枪鸣。"教书先生几乎被震倒了，惊晕了，满眼是一片灿烂，看天都是蔚蓝的。一个小小的孩童竟然在严厉的老师面前说他要当圣人，而且，看他郑重其事、一本正经的样子也不像是在开玩笑。老师瞬间就明白了，能发出如斯宏愿的孩子不是天才，就是傻子；张旭肯定是前者。人贵有自知之明，我不能误人子弟呀！收拾行囊，打道回府。先生悻悻地见了张旭父母说："小生才疏学浅，做不得他的师父，最好另请高明。"拱手而别，辞馆而去。一连请了几个，都是这般言语结局。所以，方圆数里无人敢就此馆，张旭的神童之名也不胫而走。

"神童"一词，古已有之。记载魏晋名士轶事的《世说新语》辟有"夙惠""捷悟"等篇目，收录神童早慧、才士捷对之类的故事。诸如孔融"小时了了"、杨修"绝妙好辞"、曹植"七步成诗"等等，几乎家喻户晓。初唐朝野普遍崇尚诗道，人们从小就受到朗朗诗艺的熏陶感染，家里有条件的，就早早地接受了严格的诗赋训练，因而涌现出了许多聪颖早慧的神童诗人。如：苏颋五岁知道诗律赋韵，林杰五岁口占短诗，王勃六岁能文，贾嘉隐七岁舌胜功臣元勋，骆宾王七岁咏鹅，刘晏八岁写《东封书》，王维、白居易九岁通晓诗律，李白十岁博通诗书，杨收十三岁精通典故和诗赋……翻开唐代史籍和诗人的作品，对早慧之事记载颇详的不胜枚举，可以用津津乐道、脍炙人口形容。杜甫在《壮游》中即说自己：

七龄思即壮，开口咏凤凰。
九龄书大字，有作成一囊。

自古英雄出少年。真正让张旭的"神童"之名家喻户晓、妇孺皆知的，是这样一个文采风流的故事。

丹桂飘香、金风送爽的一天，"乡试"刚刚结束，吴县县令带领全县举人、秀才去孔庙参拜孔子圣像。在祭拜礼成之后，县令忽然发现大殿墙壁上，用木炭写有这样一首诗：

夜夜观星象，朝朝雨打头。
公卿从此出，何人把庙修。

下边落款题有八龄童张旭戏笔的字样。

县令环视大殿，殿宇破败不堪，墙角蛛网罗尘，几只燕子惊恐地在檐间飞来飞去。圣人孔子和徒弟颜回的圣像也都缺额少肩，残缺不全，实在有碍观瞻，有损尊严。县令也是读书人出身，闻言更觉羞惭。但转念一想，七八岁孩童怎能写出这样成熟老到的诗来？怕是有哪个失意的读书人心怀不满，假冒孩童之名，故意讽刺于我？想到这里，他便吩咐差役："速去打听，这张旭是谁家童子，这般大胆，叫他速速前来见我。"

张旭的父亲，就在县城里当着小吏。他面容清癯，神情忧郁，看着病恹恹的，提不起精气神，却诗文俱佳，颇有德望，经常和同僚郊游踏青，诗文唱和。天朗气清、文人雅集的时候，也常常带着小张旭开开眼界，见见世面。张旭第一次郊外登山的时候，惊喜万分。但见山势雄奇，翠峰叠嶂，清流急湍，花木郁茂，还有自由的风。吁吁带喘奔跑的张旭兴高采烈，心旷神怡，不禁大人一样地仰天而叹：快哉此风！这是初春的一天，张旭和父亲一起去参加隆重的修禊大会。大人们忙碌寒暄的时候，他一个人坐在孔庙前大树下静静地读起书来。不料，忽的一阵狂风过后，滂沱大雨从天而降，便赶紧收起书本，躲进了路边的孔庙避雨。

张旭走进庙门，四处观望，但见殿堂破败，蛛网百结，圣像破碎，狼藉遍地。他心想，父亲常说，朝廷里的文官武将，都是孔夫子的学生，都受孔夫子的恩惠。如今他们一个个做官为吏，颐指气使，安享着荣华富贵，却任孔老先生寂寞寥落地坐在如斯破败的庙里，谁也不肯拿出点银子修葺一番。读书人怎么能这样不明事理、忘恩负义呢？他越想越生气，见殿角有烧剩的木炭，便捡起来，愤愤不平地在墙上题了这首诗。不料，春去秋来，数月之后，县令发现了，大发雷霆。

县令查问张旭的时候，父亲正好站在一旁，便赶紧拱手施礼，道："这张旭乃是卑职逆子，冒犯了大人，待我把他唤来，听凭老爷训教！"

文弱的父亲心急火燎步如流星地赶回家里，一见张旭便说："你闯下大祸了！闯下大祸了！还不快跟我去见知县大人！"

张旭不解地问："孩儿整日读书、习字，足不出户，安分守己，从来未做不肖之事，祸事从何说起？"

"还说从何说起？你整天东涂西抹，还在孔庙里题了一首什么诗，今天被知县大人发现，要我唤你去教训哩。"

"这有什么错误呢？孩儿写的不都是实情吗？我这就跟父亲去见他。"

张旭跟父亲到了孔庙，落落大方、文质彬彬见过县令。县令问："这墙上的诗可是你写的？"

张旭不慌不忙地回答："正是，还请大人指教。"

"你为何要写这样的诗？是不是有人让你写的？"

张旭说："只要大人看看这庙的境况，还能不知写这诗的用意吗？还需要别人鼓动我写吗？"

县令见他不卑不亢，对答如流，心中暗喜，这是个可塑之才！但仍有怀疑，便说："这样说来，这诗果是你写的了，那可是神童了！"县令低头见张旭穿着短小的衣衫，便嘲笑道："只是神童的衣衫好短哟，老爷我还没见过穿这样短衣衫的神童呢！"

张旭在家里正玩着被父亲急匆匆拉出来，连外套都没有来得及穿。他听出县令的讥讽是不相信诗是他写的，眼珠一转，计上心来，当着众人之面，向县令鞠了一躬，脱口吟道：

童小衫子短，袖大惹春风。

未去朝天子，先来谒相公。

县令一听，哈哈大笑，小家伙出口不凡，果然有才华，大喜道："好诗，好诗，神童名不虚传，将来定成大器，此乃县域之福！有赏！有赏！"

第二章 忽遇文殊开慧眼

> 故天将降大任于是人也，必先苦其心志，劳其筋骨，饿其体肤，空乏其身，行拂乱其所为，所以动心忍性，曾益其所不能。

这段耳熟能详的话语选自《孟子·告子下》，是一篇论证严密、雄辩有力，有情趣、有温度的励志散文。遗憾的是，后人不停地加汤续水，乱加作料，今天已经变成食之无味弃之可惜的心灵鸡汤，成了歌颂苦难的语录范本。苦难意味着什么？正常人谁都知道。估计没有人乐意遭遇坎坷、经历苦难，苦难最好离自己越远越好。不管别人怎么说，我一直不喜欢苦难，也从没有把它视作一笔财富！

张旭也不喜欢。

苦难本身之于人，绝不可能是愉快的。即便多年之后回头凝望，感慨它让人生厚重了一些，但大多数时候，人们不得不用"倒霉"和"不幸"来解释它。当然了，人的一生都不容易。前贤往圣、英雄豪杰，皆是跋山涉水踏破种种坎坷磨难，凭着坚忍不拔的毅力挺到了最后、战胜了一切！但不能据此云淡风轻地说，苦难能磨炼人、出息人，更不能说人蒙受的苦难，其实是一种财富，对于文人更是宝藏，所谓"文章憎命达，魑魅喜人过"是也。的确，作为文化人，遭受些艰难险阻，经历些悲欢离合，还能挺胸咬牙活下来，矢志不渝，坚强不屈，无论诗文书画，都有可能会绽放出光华精彩。但是，苦难却并非文艺作品出类拔萃的必要条件。没经历苦难的人，只要才华出众，文章也一样光鲜耀眼。比如大诗人白居易，一辈子顺风顺水、锦衣玉食，不仅在长安轻松地居住下来，其诗篇文章，包括地位影响，哪一个不是功光祖宗、业昭后嗣？哪一个不是师垂典则、范示群伦？

苦难要成为人生经历的财富，前提是这个人必须是有心人、有才人，而且意志坚强，能在泪水乃至血水里熬出来，并且持之以恒，务实精进，没有放弃自己的理想，善于从苦难中体悟人生的真谛。一句话，有能力反思，也善于反思。否则，苦难就是苦难，就是打击人身心的灾难，对一个人、一个群体，都是如此。准确地说，不是艺术家一定要有一个不幸的童年，而是要有一个特殊的童年。特殊的童年经历会促使你静下心来思考，使你有一种特殊的视角来看待世界，拥有这种视角才能成为个性鲜明的生活记录者、艺术描绘者。

张旭就有着这样一个特殊的童年。总角之年，还未独立，便失去父亲之赖，不仅在经济上缺少支持、精神上引起孤独，甚至要受社会的歧视，确实是人生的不幸。琐碎、单调、冷峻的生活过早地告诉柔弱的少年，神童也要生存，也要生活，也离不开柴米油盐，也免不了衣食住行。父亲英年病逝之后，养家糊口的栋梁塌了，入不敷出，坐吃山空，家境每况愈下，慢慢地也就请不起先生了，寡居的母亲便咬着牙关独自担负起养育子女的责任。

"昔孟母，择邻处"是个家喻户晓、街谈巷议的故事。自孟母以后，中国母亲在儿女面前有两种极端角色，一种是保姆，一种是教导主任，很少有中间状态。前一种把孩子捧在手心、顶在头上，生活体贴万分，百依百顺，可一旦孩子要有什么新想法，有什么大动作，就会忧心忡忡，患得患失，甚至千方百计地阻挠，不让孩子单飞，羽翼庇护下的孩子也不敢自由飞翔。后一种则非常严厉，言行举止，处处挑刺，始终板着面孔让孩子不敢亲热靠近，走到极端就言语相讽、拳脚相加，乃至冷若冰霜、势如水火，可这些孩子一旦遇到大事，有定力，有眼光，能看得清楚明白，也会处理得圆满顺利。

陆氏出身于吴郡名门望族，数代宗亲都以儒学、书法闻名于世。陆氏幼承庭训，兰心蕙质，有较高的文学修养，而且得叔父陆柬之传授，熟悉楷书笔法。鞠养之余，她秉承张、陆两家的家教传统，对孩子严格督学、一丝不苟，还耳提面命、言传身教，纠正张旭的习字姿势、笔画顺序，对张旭楷书的成就和草书的启蒙均有着潜移默化的作用。当然，她也没有疏忽对孩子身心的浸润与矫正。闲暇的时候，母亲常常对张旭说，一个家族的兴败常看三个地方：第一，看子孙睡到几点，假如睡到太阳已经升得很高的时候才起来，那代表这个家族会慢慢地懈怠下来。第二，看子孙有没有做家务，因为勤勉、劳动的习惯会影响一个人一辈子。第三，看子孙有没有认真地读圣贤经典，学礼义廉耻，学人理天道。人不学，不明理，不知义，不知道。这里的"道"指的是道理、道德、道统，是一个人、一个家庭、一个家族乃至一个国家的立身之本；缺乏了这个东西，就等于是无源之水、无本之木，他的前途、命运，乃至可持续发展就会令人担忧。

在唐代，学子们入仕以前，一般都过着单调艰苦的读书生活，正所谓"三更灯火五更鸡，正是男儿读书时"。修身、齐家、治国、平天下，立功、立德、立言，这样的观念在唐代是很正统的人生观。当时的书生都是自幼拜师求学，要读的书很多：先是读《孝经》《千字文》来认字（《三字经》《百家姓》是后来的宋人所作），然后通《五经》，还要读各家的注解，比如读《春秋》，就要《公羊》《穀梁》《左传》都读。唐时《二十四史》已经陆续有了前十几部了，也都要熟悉，数量是很大的，要求是很高的。在这种近乎严苛的家教氛围中，陆氏熟读精审、循序渐进，日复一日地批改着张旭的作业，加以评点，指示要诀。然后，告诉张旭明天读哪本书，临习哪个帖，并简明扼要地讲述这一书帖的要领，布置下相关作业：写多少字，临多少遍，如何结构精神，如何含蓄气韵，如何切己体察，不一而足。

张旭出生时的神奇是确有其事，还是成名之后的穿凿附会之说，这个仁智相见的问题已无法考证。但有一点可以肯定，所有的天才都是要读书的，不但要读，而且要读得比其他人都好。具体到书法艺术也一样。那是一个文采精华、隽才辈出的时代，没有专门的书法家，也没有脱离了读书的书法家。书法只是读书人的余事。不像今天的许多人，打着书法是一门独立艺术的招牌，妄图把书法从文化中割裂出来，变成一种游走江湖适于表演乐于鼓掌类似于杂耍的技艺。这种可笑的肤浅的急功近利有辱斯文的轻薄之举，让人不知如何是好，为书法的命运隐隐担忧。

张旭稍长，对书法的概念还不甚明确清楚之时，母亲陆氏就果断地让他拜了名师陆彦远，甚至，像孟母一样举家搬迁，回到了娘家陆家。陆家世代习书，沾濡渥泽，堪称硕果盛葩，聿聿多士，陆柬之乃是一代之硕望。陆柬之的儿子陆彦远也是远近闻名的书法家，他是张旭的堂舅，亦能秉承家学、精于笔法，时有"小陆"之名。比张旭年长几岁的表兄弟陆景融的楷书"既实且美"，也见誉一时，开元天宝年间已经很有影响。幸甚，张旭少年时就在这种浓郁的书法氛围中跟随舅舅、表兄习书濡墨，可以说是出入堂奥、秉承家教，经历了严格的技能训练及士族家庭的环境影响，饱受中国传统文化思想的熏染。更为重要的是，顺应了良好的师承关系。用现在的话说，就是进入了书法圈子，这对他一生的鱼龙变化有着非同凡响的促进作用。

师出名门也罢，名师出高徒也罢，都有着对"师"和"名"的辩证和关注。名门标志着学术地位，名师代表着行业技艺，看似各有千秋，实则高下立判。如果从长远发展来看，前者似乎更重要一些，名门代表着一种文化积淀，艺术毕竟是综合素质的反映。当然了，名师也是可遇不可求的，其作用亦不可小觑。张旭执着于书法，对艺术孜孜以求，他需要一个文化境界、精神高度、人格力量的高标感召、引导、提升，乃至大化。天降机缘，他拜于陆彦远先生门下，一日为师、终身如父，何况陆彦远本来就是他的舅舅，亲上加亲，血浓于水。我们相信，这种重大的选择对张旭来说，是虔诚而庄严的；对书法艺术来说，也是意义非凡的。

张旭学出名门、技有名师，早早地铺就了艺术的底色。他择善必精，他执中必固，没有别的挂碍了，就心无旁骛、笔摹心追习书于舅父陆彦远。而陆彦远又是一脉传承"二王"书法的精华之人，由此可见张旭也是"王派体系"的书风成员。陆彦远对王羲之极为推崇，景行行止，常常对张旭说："王羲之才华横溢，品行高迈，讲究的是书学双修，技近乎道。"他提醒张旭，世界上没有单纯的书法家，提一支笔行走的是江湖艺人；技艺仅仅可以让人眼前一亮，而艺术却可以永久地打动人心。好的书法家必须通三才之品汇，备万物之情状，必须"学、养、信、行"皆修，并且还要皆有所成。因而，每隔一日，舅父陆彦远便要外甥张旭挥毫之余作一篇短文，或解释经典，或抒发胸臆，或推敲书法，务必要说理清晰，感受真切，言简意赅。于是，张旭便在冉冉朝阳中开始了整整一个上午的学习。午间小憩，下午功课照常，直到日落西山。张旭对诗文、书法、绘画都有浓厚的兴趣，常常觉得时间不够用而废寝忘食、孜孜不倦。母亲心疼儿子，不得不经常提醒他到院里或巷外与小朋友玩耍，蹦蹦跳跳，打打闹闹，活动活动手脚。张旭却少年老成，秉性安静，不太爱说话，也很少出门去嬉戏游动。感到疲倦时，他就靠倚在书房里的木椅凉榻上小憩片刻，醒来了继续读书习字临帖。春去秋至，寒来暑往，这已经自觉形成了习惯，成为张旭学习生活之常态。

古人云，"人不学，不知义"。这里的义，泛指人生观，就是礼义廉耻；这里的学，就是博学之，审问之，慎思之，明辨之，笃行之。学习的过程自然离不开老师的"传道、授业、解惑"。什么人堪为人师呢？行高为师，德高为范。师如明灯，温润清凉，对人的身心修炼影响极大，因此，古人有"天地君亲师"的敬畏和推崇。

岁月荏苒，十五岁了，张旭成了一个英挺俊秀的小伙子。陆彦远开始主讲"官礼""麟经"。此乃儒家所说的《五经》之二，其实是指《礼记》《春秋》而言。陆彦远是大家子弟，博学多才，对儒家的精义烂熟于心。他心中眼里的孔子别具一格，简明而扼要地阐述就是，孔子非神非仙，所提倡之"仁"，实为促使天下拥有一个高尚的道德准则。以忠、孝、悌、恕、恭、宽、信、敏、惠为尺度，便可测量出人们生活行为是否合乎准则。孔子的一生绝学和滔滔宏论，最终落实在：仁者，勇也。仁者当为正义呼号，搏击，不畏强暴，刚毅顽强；即便以身殉道，当视作"杀身成仁""舍生取义"之义举，永葆"富贵不能淫，贫贱不能移"之心志。

陆彦远春风播雨，性天化育，时时不忘启发张旭："庄子说：'吾生也有涯，而知也无涯。'在知识面前，每个人的认知都有局限，每个人也都有自己独特的经验、观察和见识。因此，学会聆听别人的观点，就相当于在借别人的眼睛观察世界。这种虚心涵泳也包括审视自我，只有常常审视自我的人，才能有高度和格局，才能完善自我，才能超越自我……"

陆彦远是闻名遐迩的书法家，经多见广，善于言表，将死书本条分缕析，讲得头头是道。又采用因材施教、言传身教之法，授课时深入浅出、因势利导，并严格地要求张旭独立思考，勤做作业。对于张旭的每一次作业，他都一丝不苟只字不放地进行点评批注。他对张旭说，练字练到自己身心自由的时候有一个最容易产生的毛病，就是太流畅了，就像古代的账房先生写字一样，或者是过去代客写信的那些人一样，写得非常流畅，没有任何障碍。这时你会以为行云流水是好的，是技术成熟了，其实，毛病就产生在流畅之中。书法到了太流畅的时候，就学熟了，就学油。油多了就滑了，就容易摔倒，就容易流俗。书法到了"油"和"滑"地步的人，即便锋颖四出也已经堕落了。古人云："百病皆可医，俗病最难治。"俗，就是油滑。如果其俗在骨，就病入膏肓、无可救药了。

雅道相传、成竹在胸的舅舅陆彦远，对于才情郁郁乎外露的外甥张旭，喜则喜矣、爱则爱矣，却并未大开善门，娇惯溺爱，而是严格到了冷酷的地步。他把家里珍藏的书法经典拿出来，安排外甥临帖不止，不仅临摹，而且用心感悟、心手相应。每月初一、十五日命其斋戒沐浴，用端端正正的楷书，抄写《金刚经》。陆彦远擅书精画，特意绘就一幅七层宝塔，要求张旭将经文抄写于宝塔之间。张旭恭恭敬敬规规矩矩从命，一部《金刚经》，竟孜孜不倦缮写了三个月之久。

日升日落。晚上，舅父公干回来，未曾用饭，先来这边批改外甥的作业。他神情和悦，语气安详，端详审读着张旭的书法或文章，指出哪里写得好哪里还不够到位，优劣淘汰，对比高低，指认成败，一一说明道理所在，并嘱咐外甥一定要树立"自书自画"的决心和信心——这不仅仅是书画风格问题，也是做人的要义——你不能循规蹈矩亦步亦趋古人之旧路，你必须随时随地把握好自己的心态，调整好自己的情绪，抒发出内心的情感，在自己的身上克服一个时代，才能写出诗意和风度来！

张旭非常赞同舅父的观点，也非常尊敬舅父的才华——幸亏有这么一位饱学宿儒、书法大师朝夕相处、指点迷津啊！当然了，学习是单调的、枯燥的，孩子的天性贪玩，孩子的个性善变。张旭是不世出的天才少年，很小的时候在书法方面就显示了超人的才华。他拜的老师既是舅舅，又是名师，学习自然更加刻苦勤奋，掌握书法技艺很快，常常受到陆彦远的表扬称赞。不料，由于老师的褒奖有加，使一向谦虚谨慎的张旭也渐渐地产生了骄傲自满的情绪，陆彦远看在眼中、记在心里，但没有批评指责。一次吃饭，他有意让张旭去开窗户，张旭蓦然发现，眼前的窗户纸竟是老师、舅舅陆彦远先生的一幅幅书法作品，张旭非常惭愧，脸红到脖子，从此，一丝不苟潜心学书。

张旭勤学苦练，手上生茧，务求达到舅父所要求的"心画"境界。由于天生聪慧，又能专心致志，张旭的书法有了突飞猛进的提高。因材施教，量体裁衣，和所有负责任有远见的老师一样，陆彦远也定期举办观摩展览。他叫张旭每过一些时日就把作业中自己满意的好字张贴出来，让亲朋、族人和书家前来评点交流。有一次，舅父提前下班，前来查看外甥的书法习字展览是否已经准备好了，却发现张旭在烧废纸，问，何以为此？张旭不好意思地说："看前日所涂鸦，无一满意，是故焚之，务必新书，以免羞报。"舅父赞许外甥的气魄，特别给予鼓励。他还要求张旭以后经常自评自审书法文章，去掉不如意的，留下最满意的，稍有瑕疵存疑，则不能示人！聪慧的张旭明白舅父的用心用意，深以为然，文德敬恕，一生践行。

一个人能够走多远，看他身边的朋友；一个人能够飞多高，则看他有着什么样的教师！教育是一种唤醒、一种碰撞、一种培植，教师的精神世界必须是丰盈的、自由的、张扬的！一个跪着的人，又如何能教得出一个有温度、有高度、顶天立地叱咤风云的灵魂?!

第三章

丈夫未可轻年少

世有伯乐，然后有千里马。

千里马常有，而伯乐不常有。

文学家韩愈《师说》的这句话直到今天都有着现实意义，也是客观存在。具体到张旭身上，也特别生动、鲜活、妥帖。他一直以"伯乐"看待舅父兼师父陆彦远。

张旭固然是未来的千里马，但这匹马是伏卧于槽枥之间，还是驱驰于康庄大道，很大程度上取决于陆彦远这个伯乐对马的认知和驯养。张旭是幸运的，书法史上，他的舅父兼书法老师陆彦远是一个不可不提、不可轻视的人物。这倒不是说一个书法家有多么重要，而是在他身上隐藏着中国书法流传有序，却一直秘而不宣的巨大隐秘。当我们面对初唐书法家解读这个秘密时，就会大吃一惊，情不自禁地惊诧于初唐书法的完整性与典型性。完整在于，唐代书法家和晋代书法家一起，理论上被后人称为"晋唐传统"。他们是：钟繇、王羲之、王献之、智永、虞世南、欧阳询、褚遂良、薛稷、陆柬之等人。典型在于，这个传统之中，虞世南承前启后有着异常重要的中心枢纽位置，就像互联网时代的光刻机。

单纯就书法艺术层面来说，他对后世的影响和贡献可能比任何一家、任何一人都要大一些。

　　欧阳询、虞世南、褚遂良、薛稷，时称"初唐楷书四大名家"。也有人用陆柬之取代薛稷。不管怎么排序，这几个人的书法都是以虞世南为中心，承前启后，继往开来，脉络具有明显的连续性。虞世南师从智永和尚，和欧阳询几乎是同年出生的政治同僚、书法同道。虞世南又教授褚遂良书法，对他的影响特别深切，而薛稷又深受褚遂良书法的教诲。同时，虞世南又是陆柬之的舅父、书法老师。为了铺排陆柬之、陆彦远、张旭的书法谱系，我们只对欧阳询、虞世南简单地加以介绍，他们对张旭艺术风格的形成与发展有着极为深远的影响。

　　欧阳询（557—641），字信本，潭州临湘（今湖南长沙）人，隋时官太常博士，唐时封为太子率更令，世称欧阳率更。他是由陈到隋入唐的书家，初学王羲之，后渐变其体。张怀瓘《书断》中说：

　　　　询八体尽能，笔力险劲，篆体尤精，飞白冠绝，峻于古人，犹龙蛇战斗之象，云雾轻笼之势，几旋雷激，操举若神。真行之书，出于太令，别成一体，森森然若武库矛戟，风神严于智永，润色寡于虞世南。其草书迭荡流通，视之二王，可为动色；然惊其跳骏、不避危险，伤于清之致。

欧阳询楷书法度之严谨、笔力之险劲，世无所匹，独占鳌头，被称为"唐人楷书第一"。他创造了楷书用笔和结体的十分严密的程式，成为后学的楷模。他所撰的《传授诀》《用笔论》《八诀》《三十六法》等都是自己学书的心得体会、经验总结，比较具体地总结了书法用笔、结体、章法等书法技巧和美学要求，是中国书法理论的珍贵遗产。其楷书以《九成宫醴泉铭》等，行书以《梦奠帖》《张翰帖》等最为著名。著名到什么程度呢？有一个例子可以佐证。唐初，高句丽特地派使者千里迢迢来长安向皇帝郑重其事求取欧阳询的书法，唐高祖李渊曾为之感叹地说："没想到欧阳询的书法名声竟然大到连远方的夷狄都知道！"

虞世南（558—638），字伯施，越州余姚人（今属浙江）。初为隋炀帝近臣。贞观初年，太宗召其入朝，待为上宾。太宗开设文学馆，馆中人才济济，各擅胜场，大家异口同声公推虞世南为"文学之宗"。贞观七年（633），官至秘书监，后封永兴县子，故世称"虞永兴"。唐太宗特别欣赏虞世南，每于政事之暇，常召他谈论书画、共读经史、磋商政事。虞世南容貌文雅，身体瘦弱，如一竿嶙峋的青竹，好像连衣服都撑不起来。而其秉性刚烈，疾恶如仇，又铁骨铮铮。每论及古代帝王为政之得失，一定在言中寄寓规谏，这对唐太宗执政理事，杀伐决断，大有裨益。他这种直言敢谏、赤胆忠心深受唐太宗器重，推为知己。高祖李渊去世时，唐太宗李世民哀伤过甚，形容憔悴，朝政久不治理，文武百官都很焦急，但想不出办法劝谏，只有虞世南以国事为重挺身而出，慷慨陈词，情真意切。而虞世南每次入宫进谏，简明扼要，意味深长，太宗都很赞赏他的意见，并加以采纳。太宗对侍臣们说："我在闲暇时，常与世南谈论古今，我有一言之善，世南没有不欣喜欢悦的；我有一言之失，世南没有不惋惜遗憾的。他就是这样诚恳待我，所以我很赞赏他。尔等群臣若都能像虞世南那样，何愁天下不治呢？"

说真话是一种人性，听真话是一种选择。而对于芸芸众生来说，后者似乎更难一些。

唐太宗南征北战、雄才大略，有知人之明。他认为虞世南一人之身而兼五绝："一曰博学，二曰德行，三曰翰墨，四曰辞藻，五曰忠直。"一个人如果具有他的一种特长，就可称得上名臣贤达，而虞世南则是五种美德兼备的完人。其评价之高可见一斑，而虞世南境界之高亦可想而知。虞世南问心无愧，对皇帝知无不言、言无不尽，一切出于政事公心，毫无杂念。平时却沉静寡言，精思读书，尤善书法，与王羲之七世孙智永和尚来往友善密切。智永和尚精王羲之书法，虞世南在智永和尚精心传授下，妙得其体，浑圆融通，外柔内刚，继承了"二王"书法的传统，时有"以为如裙带飘扬，而束身矩步，有冠剑不可犯之色"的殊誉。

虞世南博通流略，诸体兼修，但对行书和草书特别擅长，源于他向智永和尚学过书法，有了私授，得了真传。到了晚年，他的字更加刚健飘逸，炉火纯青，隶书、草书、行书都入妙品。唐太宗非常喜欢虞世南书法，屈皇帝之尊经常临写其代表作《孔子庙堂碑》等。但虞世南不是单纯的书法家，写字好不是目的。他推崇"技近乎道"，于是辨章学术，考证源流，著有书法专著《笔髓论》。这本书的义理很重要，观点令人耳目一新。在隋唐初期，人们一直强调书法的"结构"，只有到了虞世南的时代，受了虞世南的影响，人们才开始重视书法创作中另一个更为关键的问题，这就是"心""手"和"笔"之间的呼应谐和，相得益彰。这种"得心应手"的艺术风格直接传到了陆柬之、陆彦远，也沾溉了张旭的身心，并得到了比较充分的发展。

陆柬之（585—638），江苏吴县人。虞世南的外甥。官至朝散大夫、太子司议郎、崇文侍书学士。《唐书·陆元方传》这样介绍陆柬之：

> 初唐吴郡人。元方伯父，虞世南甥，官至朝散大夫，守太子司议郎。以书专家，少学舅氏，而世南学于永禅师，皆有礼法。柬之与欧、褚齐名，隶行入妙，草入能。隶行于今殆绝遗迹，尝观其草书意古笔老，信乎名不虚得也。尝书《头陀寺碑》《急就章》《陆机文赋》《龙华寺额》《武丘东山碑》，最闻于时。

这一段话清清楚楚、明明白白、真真切切，叙说陆柬之出身名门，家世显赫，学问渊博，书法成就和人生功业都很高，令天下学人宗之。这对一个书法家来说已经是很了不起的成功了。

大师之所以为大师，不仅仅在于其自身艺术炉火纯青，登峰造极，还在于他别开生面，为后世开一代新风。陆柬之书法早年学其舅虞世南，晚学"二王"，"落笔浑成，耻为飘扬绮靡之风"，故"晚擅出蓝之誉"，并与虞、欧、褚称为初唐书坛"楷书四子"。张怀瓘《书断》评其书曰：

晚习二王，尤尚其古。中年之迹，犹有怯懦，总章以后，乃备筋骨，殊矜质朴，耻夫绮靡，故欲暴露瑕疵……虽为时所鄙，回也不愚，拙于自媒，有若达人君子。

又说：

然工于仿效，劣于独断。

传世书迹以《五言兰亭诗》刻帖与《书陆机文赋》墨迹为最。

陆柬之书写的《文赋》，是西晋陆机的名著。陆机，西晋著名的文学家，字士衡，吴郡吴县华亭（今上海松江）人。他善诗文，擅书法，尤精于辞赋，其"少有异材，文章冠世"，当时与潘岳齐名，有"陆才如海，潘才如江"的说法。陆机的《平复帖》是中国现存最早的、最可靠的古代书法名帖，因着近代大收藏家张伯驹先生炮火纷飞之中呕心沥血的偏爱倚重而使它具有了传奇的色彩。而其《文赋》因为理论精湛，高屋建瓴，也成为中国文学批评史上的重要文献。陆机为陆柬之远祖。慎终追远，陆柬之怀着非常崇敬的心情来书写先人的名作，其诚可感。而以陆柬之的逸笔意墨，来绍弘先祖之典籍，文质相含、书文并茂的艺术魅力就可想而知了，所以后人称之为"二绝"。此帖书法风骨内含，神采外映，字字珠玉，笔笔圆劲。通观全帖，结体稍呈内敛，章法严谨，笔法妍润淳正，清华典雅。历代书家们皆把此卷视为拱璧瑰宝，给予了无以复加的评价。

陆柬之《文赋》为纸本墨迹卷，是初唐时期少有的几幅名家真迹之一。《文赋》墨迹的章法和气韵，更多的是学习王羲之的精神气息。全书一百四十四行，一千六百五十八字，字体以正、行为主，间掺草字，虽三体并用，但上下照应，左右顾盼，配合默契，浑然天成。笔致圆润而少露锋芒，表现出平和简静的意态。笔法飘纵，无滞无碍，超逸神俊，深得晋人韵味，从中透露出深厚的《兰亭序》根底。这是一幅陆柬之用心写就的作品，是一个后辈书法家怀着蓬勃健朗的心态，并以极其虔诚崇敬的心情来书写的前辈文章。据说，陆柬之年轻时读陆机《文赋》赞不绝口，极为倾心，想亲笔书写一遍，因怕自己书艺不精、功力不逮而"玷辱"祖宗名作，始终未敢贸然动笔，直至他晚年书名赫赫时，心里有了自信，才动笔了此宿愿。看看古代文人、看看唐代书法家，他们对自己的要求多高多严呀！艺术态度又是多么敬畏庄重呀！

陆柬之芸窗无尘、雅人深致，一直把虞世南视为津梁，佩服其刚正不阿的高贵气质，精研其书人合一的治学精神。虽然也有后世书家论者就事论事，以为陆柬之书艺成就不及乃舅，但其晚年更从王羲之求法，与虞世南外柔内刚的风致竟不相同、也是别出机杼、独创一格的。这种说法有一定道理。我们从其所书《文赋》可以看出，虽然也有虞世南临《兰亭序》时的刚健含婀娜之气韵，却也增益了几分润泽与端庄。观其用笔、起笔，尚有楷书之凝重。入笔无论点画皆不浮不草，行笔不迟不疾，骨气深稳，既能铺毫求润，流丽古雅，又能韵法双绝，神完气足。收笔处则交替清楚，敛锋得宜，间或有回锋，但蜻蜓点水，轻轻带过，无碍字与字之间的顾盼呼应。尤其需要注意的是，结体不一而极能协调一致，相得益彰。时而有楷书之工稳规范、端庄劲持，时而有行书之步态飘逸、流美成熟，时而有草书之便捷简约、风神潇洒，甚至章草笔法之气格雄健亦偶尔见之。字形有大有小，有横扁有纵长，错落参差，交相映衬，使人不觉其松弛散漫，反觉光华生自字里行间，有一种成熟而不耀眼的辉光。对于今天初学行书的人来说，《文赋》是由楷到行极为优美的过渡，从此入手有不少方便之处，亦能事半功倍，受益匪浅。

质文沿时，崇替在选，是永恒的艺术规律。

陆柬之把毕生的书法绝学传授给儿子陆彦远，这是人之常情。父子相传，一脉相承，在艺术界层出不穷。而陆彦远青出于蓝、不负众望的例子也不胜枚举、不以为奇。让后人称奇的是，陆柬之精心传授陆彦远的还有秘不示人的王羲之《述天台紫真传授笔法》。这是一段散发着神秘色彩的文字。据说，是王羲之书艺精进惊为天人的秘笈源脉，类似于后来作家金庸笔下的武林绝学"九阴真经"。它的珍贵在于，得之者，幸；不得者，命。这句话不是作者望文生义的，也不是大胆推测的，出自书圣王羲之先生之口：

> 天台紫真因及余曰："子虽至于斯也，仍未善于斯也。若书之气，必达乎道，同混元之理，似七宝之贵，垂万古之名。阳气明而华壁立，阴气太而风神生。把笔抵锋，肇乎本性。力圆则润，势疾则涩。法以紧而劲，逸以险而峻。内盈外虚，起不孤，伏不寡。回迎非近，背接非远。望之惟逸，发之惟静。徽兹法也，尽妙矣。"言讫，真隐。子（这里是羲之自指）遂镌石，以为陈迹。维永和九年九月五日，晋右军将军王羲之记。

这一段文字玄妙幽赞，织锦成匹，比之文采风流的《兰亭序》稍晚。据说，王羲之三十三岁写《兰亭序》，三十七岁抄《黄庭经》。写完之后，矜然自得，亦不时困惑，这时风清月明，天空中有声音传来："你的书法感化了我，更不用说是一般的人了！我是天台丈人。"传此秘诀之后，"羲之自诩正楷胜过钟繇"。

历史需要尊重，文化情怀也不应该被忽视。王羲之《述天台紫真传授笔法》中的这段记述，见朱长文之《墨池编》，别的书刊也多有提及，还有更详细的记载。从体裁上欣赏，辞藻骈俪，典籍宏富，假借山石天光人仙逸趣，构成了一番雕文锦缛、曲尽其妙的形象意境，令人虽不能至，心向往之。从内容上看，通达天意，品读墨情，有学问做底子，有实践做骨骼，华贵中有野逸气，野逸中有华贵气，说是王羲之所著，也有几分道理，别人写不出这般斯文清秀之气象。虽然说这种假物取譬、以意传神的传说并不可靠，也不可信，但它毕竟也是艺术向深邃幽微处的探索与追寻。难怪历代书法家内心深处对此念念不忘！

荀子言："君子以为文，小人以为神。以为文则吉，以为神则凶。"也就是说，君子把鬼神当作一种文化，小人把鬼神当作一种灵异迷信，当成文化是好事，当成迷信就成了坏事。"举头三尺有神明。"对于人来说，天地鬼神是敬畏，是内心原则的守护。多了这份敬畏，人们就能更好地约束自己，善待别人，道法自然，天人合一。古人敬畏自然、敬畏神明、敬畏文化，给艺术增加一些影影绰绰神神秘秘心照不宣的诡异色彩也是可以理解的，就连从"不语怪力乱神"的孔子向老子问道之后，也感慨地说了一句："其犹龙乎！"今天，热爱艺术的我们就应该自我审视、自我批判，在开放与包容中理解传统文化；古人姑妄言之，后人姑妄听之吧！

　　书法是智慧而高贵的，是文化星空下的艺术精灵，是一种典雅的精神存在；神秘而神圣，非达人君子不能于其心领神会，与其彼此沟通。也许，唯其抽象玄妙，意蕴无穷，才是中国人心目中的书法吧！一个人漫步原野，仰望夜空，伸手摘星。虽未得星，却心纳美景，手不染尘，又有什么坏处呢？何况，有助于善、方成其美的艺术世界本来就是多彩多姿、扑朔迷离的，谁又能清清楚楚、明明白白一言以蔽之呢！

第四章 大鹏一日同风起

据古代一则笔记载，"脉望"是由书虫仙化的一种物，因三次吃了"神仙"书字，而成仙物。传说，看到"脉望"的人如有仙缘，会成神仙，于是后人便借这个吉言常常回顾凝望，寻溯源脉，其目的性在于，"根本固者，华实必茂；源流深者，光澜必章"。如果这种认知正确，就让我们跟随陆彦远一起，感受魏晋书法的名士风流，感受他们面对逼仄的环境，面对动荡的时代，面对晦涩的国运，或是从容坦荡，或是超越其上，或是归隐林泉，抑或是在苦痛中纠结、磨砺、涅槃、升华的气度和胸怀。

陆彦远从智永、虞世南、其父陆柬之（虞外甥）一脉亲传的"王家"笔法学起，楷书不让唐初四大家虞、欧、褚、薛。这里的四大家指的是虞世南、欧阳询、褚遂良、薛稷，这几个人彼此之间都有着千丝万缕的交结联系，都是王羲之一脉笔法传承。这在当时是很重要的一种关系。纵观书法史，从汉末钟（繇）、张（芝）开楷则草法之先，到晋末二王（王羲之、王献之）法立，经南北朝、隋朝到唐初四大家出现，使楷法臻于完备趋于极致。所以，后人多以"晋人取韵，唐人取法""唐人用法谨严"称之。

　　唐人的"法"，既指技法，也指法度，二者皆取自魏晋，准确地说，源于王羲之流传于世的《用笔赋》。这篇奇文不长，抄录如下，喜欢书法的读者不妨熟读精思：

　　　　秦、汉、魏至今，隶书其惟钟繇，草有黄绮、张芝。至于用笔神妙，不可得而详悉也。夫赋以布诸怀抱，拟形于翰墨也。辞云：何异人之挺发，精博善而含章。驰凤门而兽据，浮碧水而龙骧。滴秋露而垂玉，摇春条而不长。飘飘远逝，浴天池而颉颃；翱翔弄翮，凌轻霄而接行。详其真体正作，高强劲实。方圆穷金石之丽，纤粗尽凝脂之密。藏骨抱筋，含文包质。没没汨汨，若濛氾之落银钩；耀耀晞晞，状扶桑之挂朝日。或有飘摇骋巧，其若自然，包罗羽客，总括神仙。季氏韬光，类隐龙而怡情；王乔脱屣，欻飞凫而上征。或改变驻笔，破真成草；养德俨如，威而不猛。游丝断而还续，龙鸾群而不争；发指冠而眥裂，据纯钩而耿耿。忽瓜割兮互裂，复交结而成族；若长天之阵云，如倒松之卧谷。时滔滔而东注，乍纽山兮暂塞。射雀目以施巧，拔长蛇兮尽力。草草眇眇，或连或绝。如花乱飞，遥空舞雪。时行时止，或卧或厥。透嵩华兮不高，逾悬螯兮非越。信能经天纬地，毗助王猷，耽之玩之，功积山丘。吁嗟秀逸，万代嘉休，显允哲人，于今鲜俦。共六合而俱永，与两曜而同流；郁高峰兮偃盖，如万岁兮千秋。

　　《用笔赋》辞藻纷披，芸香馥郁。举其大略，阐明的意思是，从秦汉、魏晋以来，楷书首推钟繇，草书则有黄绮、张芝。至于说到用笔的神妙，虽不能详细地加以说明，但可以用"布诸怀抱，拟形于翰墨"的说法诠释。还是从所见形迹上说一下感受吧，也许会对后学者大有裨益。古人认为，什么样的人具备有特殊的气质，而且博学多才、文采精华呢？其高贵就像飞舞在百兽头顶的凤凰，翻腾在碧涛中的祥龙。其纯洁就好比一滴秋露像天上掉下的玉石一样晶莹，像春天摇曳生姿的柳条而不长长地垂在地上。其行动就好像云彩在天空中飘飘远逝，在波涛中上下翻转；像雄鹰展开翅膀在九霄之上回旋飞翔，神情自若。而仔细观察现实中的书法作品，高超的书法必然是笔画强劲而有力，既表现出金石方圆的变化之丽，又能展现粗细紧密精美之妙，有着"藏骨抱筋，含文包质"的魅力。既具有潮涨潮落的沉浮变化，又有落日之挂银钩的交辉景象；既有日月光芒炳焕，又有旭日初升的万道霞光。其表现出的飘逸轻盈，奔驰顺畅，洒脱自然，就像是所有的得道的道士，所有的神仙一样行动自由……这一段话风诵言辞，吟咏情性，奇章绣句纷至沓来，奇思妙想美不胜收，通篇如一幅璎珞相衔的画卷，展现在读者的面前。在古人眼里，书法创作就像是运用智慧的翅膀去描绘、去游览，时而走入大山，遥看群峰耸翠；时而腾空而起，俯视云海翻腾。在万物生灵变幻莫测、交相呼应、永不停止的动感地带，运用所有的书法技能，打破现实中的法则，让笔法云蒸霞蔚，无所不用其极……

中国书法艺术是神秘的大道，御风抱阳、艺翔天开。但就技法层面而言，"择善必精，执中必固"（《尚书·引义》），其核心仍是"笔法"。据传，早在汉代，书法家蔡邕在嵩山石室中，学到了"八角垂芒"的秘法，成了笔法传授的"始祖"。古人历来把"笔法"看得很神秘，很神圣，有关"笔法"的论述自古以来就被视为"秘笈"。为了获得或秘藏笔法，钟繇有"捶胸""盗墓"，乃至违背伦常之举。钟繇临终时气息奄奄，善门始开，颤颤巍巍从口袋里拿出蔡邕传授的《笔法》交给儿子钟会，谆谆教诲，语重心长，说："我潜心学习书法三十余年，效法别人的笔法未能得其奥妙，最后才学习蔡邕笔法，朝乾夕惕，一刻也没有懈怠。有时同别人坐在一起，就在地上画字数步之广，睡在床上连棉被也被画穿了面子，上厕所去老半天忘了出来。每当看到万象自然中云飞涛走、斗转星移也心摹手追，这些都是从笔法之中得到的启示啊……"

人性都是自私的。主观上为自己，客观上为别人。这样，我们就可以理解钟繇的心胸狭隘，奇货可居，乃至老奸巨猾，也可以说是情之所钟、非理可讲。无独有偶，光风霁月的"书圣"王羲之也对笔法讳莫如深，少年时就有窃读《笔法》的逸闻轶事。王羲之是司徒王旷的儿子，七岁就善于书法，广有才名。十二岁时，无意之中在他父亲枕头里发现前代流传的《笔法》这本书，爱不释手，就偷出来孜孜以读。父亲责怪他，问道："你为什么偷看我秘藏的东西？"羲之笑而不答。母亲就说："你让孩子看看笔法，进步会快一些。"父亲见羲之年幼，恐怕不能保密家传，告诉羲之说："待你长大后，我传授给你。"羲之跪下请求说："让孩儿现在就读它吧，倘使等我长大成人，恐怕会影响我聪明才智的发展。"孩子上进之心极为迫切，父亲当然高兴极了，千叮咛，万嘱咐，终于给了他阅读。不满一个月，王羲之的书法便勇猛精进，挺然秀出，气象非常人可比。

行家一出手，便知有没有。最早感受到王羲之书法进步飞速变化的是他的老师卫夫人。卫夫人，名铄，东晋著名女书法家，家族世代工书。卫铄师承钟繇，妙传其法，以为楷书订定笔画顺序而闻名于世（钟繇依然没有传授她笔法）。她精于楷书并兼及草隶书体，其字形为长方形，线条清秀平和，娴雅婉丽，风度天成。卫夫人是"书圣"王羲之的启蒙老师，而她能在世代簪缨、声名鼎鼎的王家为公子们教授书法，德业学养可见超然出群、不同凡响。

卫夫人既是书法家，也是好老师。她教导王羲之写字时循循善诱，格化弥多，不全是技法，而是对自然与生活的领悟。她认为，所谓"点"是高峰坠石，"横"是千里阵云，"竖"是万岁枯藤，"撇"是陆断犀象，"折"是百钧弩发，等等。可以说，她的教学大纲出乎其类拔乎其萃，既是丰富的想象，更是感知天地万物的智慧。尽管，王羲之是才不世出的少年，毕竟还是卫夫人绛帐下的学生，艺术也有着循序渐进的规律。但王羲之的勇猛精进还是让其师不可思议，大吃一惊。她告诉太常王策说："这孩子准是在哪里看到了用笔的要诀，近来发现他的书法，使转纵横已经有成人的水平了。"言毕，她委婉地叹息一声，流着眼泪悲戚地说："这孩子将来一定会超过我，掩盖遮蔽我的名声！"一语成真。后来，王羲之的书名不仅青出于蓝胜于蓝，而且功光祖宗、业垂后嗣，其笔致恰如皓月当空、辉映千古。

"笔法"是稀世之宝，来之殊为不易，理当极为珍惜。

在《用笔赋》中，王羲之说自己曾居于山中，孜孜不倦临摹钟繇和张芝的正楷、章草长达二十多年。举凡竹叶、树皮、山石、绉纱、枯藤、木头，只要能写字的东西都留下了他练字的墨迹；日月星辰，风雨雷电，潮起潮落，花开花谢，也见证着他练字习书的勤奋辛苦。但这毕竟是冠冕之语、堂皇之词，究其实是在人迹罕至的地方静下心来思悟和体会《笔法》的奥秘。王家簪缨之族，王羲之乃世家子弟，视金钱名利若粪土的气魄是有的。比如，他把自己在山南金轮峰下建的习字别墅，献给西域高僧达摩多罗比为寺，寺名"归宗"，是庐山建立最早的寺庙。王羲之不止一次舍宅为寺，十四年以后（就是写完《兰亭序》的后一年），他又一次舍宅为会稽的嘉祥寺（王家的房产真多呀）……书圣够大方了吧！够无私了吧！但他千叮咛、万嘱咐，要儿子王献之把《笔法》之事"缄之秘之，不可示知诸友"。就是说，除了咱爷儿俩，谁都不能说！就差让儿子以人格赌咒发誓了！人性之自私、笔法之神秘，可见一斑。

当然了，我们不能在道德上苛求古人，也不能以今天的眼光妄加推测臧否古人。在当时的书法家看来，掌握了笔法似乎就拥有了"天人合一""人神相通"的制胜法宝，这种神秘与敬畏在历代书家论笔法时多有提及，多有惊羡，谁也不敢冒犯僭越。笔法一直被敬若神明，束之高阁，顶礼膜拜，从不外传，也因此才有了一脉相承的《传授笔法人名》之说。

唐代书法理论家张彦远《法书要录》中有《传授笔法人名》一文，附在《古来能书人名》文后，详细记述了《笔法》传授的谱系，共23人。他们是：由蔡邕传给崔瑗和女儿蔡文姬；文姬传给钟繇；钟繇传给卫夫人；卫夫人传给王羲之；王羲之传给王献之；王献之传给羊欣；羊欣传给王僧虔；王僧虔传给萧子云；萧子云传给智永；智永传给虞世南；虞世南传给褚遂良、陆柬之；褚遂良传给薛稷，陆柬之传给陆彦远；陆彦远传给外甥张旭，张旭又传于韩滉、徐浩、颜真卿、崔邈、韩方明诸人。岁月荏苒，世事迢递，我们无法想象和断定王羲之的笔法传到陆彦远、张旭，传承了多少代、多少人，但依据这历史的笔法神化和传授对象的严格，应该说我们的主人公陆彦远、张旭是幸运地得到了王羲之的基本笔法和草书要诀的。

草书是中国书法审美的最高境界，折射着生命的光彩和艺术的辉煌，也饱含着人类对未知世界的追求和向往。想成为书法家必须敬畏草书，研习草书，陆彦远也是这样理解的。他和卫夫人教习王羲之一样，没有墨守于笔法，也没有拘泥于家学，而是有的放矢，因材施教，以《用笔赋》启蒙和润泽外甥张旭，提高和升华则依靠萧衍《草书状》：

> 昔秦之时，诸侯争长，简檄相传，望烽走驿，以篆隶之难不能救速，遂作赴急之书，盖今草书是也。其先出自杜氏，以张为祖，以卫为父，索、范者伯叔也。二王父子可为兄弟，薄为庶息，羊为仆隶。目而叙之，亦不失苍公观鸟迹之措意耶。但体有疏密，意有倜傥。或有飞走流注之势，惊竦峭绝之气；滔滔闲雅之容，卓荦调宕之志，百体千形，巧媚争呈，岂可一概而论哉！皆古英儒之撮拔，岂群小、皂吏之所能为？因为之状曰：疾若惊蛇之失道，迟若渌水之徘徊。缓则鸭行，急则鹊厉。抽如雉啄，点如兔掷。乍驻乍引，任意所为。或粗或细，随态运奇。云集水散，风回电驰。及其成也，粗而有筋，似蒲萄之蔓延，女萝之繁萦，泽蛇之相绞，山熊之对争。若举翅而不飞，欲走而还停。状云山之有玄玉，河汉之有列星。厥体难穷，其类多容。婀娜如削弱柳，耸拔如袅长松。婆娑而飞舞凤，宛转而起蟠龙。纵横如结，联绵如绳。流离似绣，磊落如陵。晻晻晔晔，奕奕翩翩。或卧而似倒，或立而似颠。斜而复正，断而还连。若白水之游群鱼，藂林之挂腾猿。状众兽之逸原陆，飞鸟之戏晴天。象乌云之罩恒岳，紫雾之出衡山。巉岩若岭，脉脉如泉。文不谢于波澜，义不愧于深渊。传志意于君子，报款曲于人间。盖略言其梗概，未足称其要妙焉。

《草书状》这一段话，言简意赅，令人惊艳，涵盖的是草书的流变历程，是"世间无物非草书"的微言大义。它对张旭的启蒙提升是极为重要的，让张旭在感性上知道了什么是草书，什么是草书笔法，什么是草书的审美态势。从张旭后来的草书成就看，陆彦远不仅是大书法家，而且是书法教育家。好老师多是渊博的，必须精于其专长，以便传道、授业与解惑。好老师特别能因材施教，鼓励不同的学生走不同的路。好老师绝不会嫉贤妒能，恃才挟技坐在山头独享文化与艺术的风光，反之，会拉学生，扶学生，以便共同领略"会当凌绝顶"的美妙。作为一代名师，陆彦远知道什么是循循善诱，什么是既淬既砺，也知道了什么是醍醐灌顶。他让张旭既有"板凳要坐十年冷"的基本功底，也要有熟读精思一日千里的聪明智慧。舅舅教得精细，外甥学得精心，没有奇迹的出现，是不可能的！

据说，在教授外甥张旭一遍又一遍临写陆柬之书写的《文赋》时，陆彦远与张旭师徒两人有过一次坦诚恳切的对话。张旭仰着头问舅舅陆彦远："我的书法和智永禅师相比怎么样呢？"陆彦远看着外甥，喝了一口茶，笑着回答说："我听说他的一个字值五万钱，你的字难道也值这么多吗？"张旭不好意思了，挠挠头，红着脸又问："和欧阳询先生相比，我的字怎么样呢？"陆彦远放下茶杯，认真地说："听说欧阳询写字不挑剔纸和笔，无论用什么样的纸和笔都能写出满意的字来，你能够这样吗？"张旭无言以对，闷闷不乐地说："既然前贤都如此厉害，一个个都无法超越，我还花这么大功夫学书法干吗呢？"陆彦远把外甥拉到身边，握着手说："假如你拿到合适的纸笔，又遇到高兴的时刻，写出的字也是相当不错的。"张旭如聆纶音，喜出望外，给舅舅深施一礼，高高兴兴地跑出去了。从此，这句话像经典一样，一直在激励着青葱岁月中的学子张旭。

这样的话，唐代书法家孙过庭也说过。他在《书谱》中指出："一时而书，有乖有合，合则流媚，乖则雕疏。"在五乖五合中，孙过庭说："得时不如得器，得器不如得志，若五乖同萃，思遏手蒙；五合交臻，神融笔畅。"陆彦远教授张旭，不仅注重五乖五合，还要做到书法心态中的"净心、净目、净耳、净手",若能做到"四净"交臻同在,就可以营造一个良好的书法心态环境,就能为创造优秀作品提供先决条件。反之,如果写书法不能净心、不能净目、不能净耳、不能净手,即"四不净",就不能创造流芳百世的艺术作品,也不能成为独步千秋的书法大家。

以后人看来,这段话是有存疑的。尽管它记述的是舅舅和外甥习书之余的笑谈,较不得真,其间的道理还是有必要分清楚。陆彦远年长张旭三十多岁,既是其娘亲舅舅,也是其书法老师。而智永和尚是陆彦远的太师祖,欧阳询则和陆彦远的师祖虞世南是同道同僚,相互之间很敬重。陆家是书香门第、大户人家,以世态人情、伦理道德而论,家教很严的张旭是不会在舅舅陆彦远面前那样狂妄愚顽的,他没有提及与欧阳询齐名的外太爷爷虞世南就是明证。但陆彦远与张旭的对话,却也说明了以下几个方面的问题:

首先,张旭当时的书法追求是有远大目标的,他的目标一个是智永、一个是欧阳询。而且,张旭之所以提出与智永、欧阳询比,说明当时他的书法水平已经达到了相当的高度,否则,他也就不敢在自己的舅父兼书法老师面前提出这样大不敬的问题了。

其次,不管怎么说,张旭还是一个孩子,他在舅父、老师陆彦远那里受到了批评,也得到了肯定和鼓励,因此"他高高兴兴地跑出去了",为他一步步的学习和提高明确了方向,坚定了信心。特别是陆彦远说他"拿到合适的纸笔,又遇到高兴的时刻,写出的字也是相当不错的"的话,使他明白了书法艺术最关键的两点:一是情感——合心意;二是条件——纸和笔。"他高高兴兴地跑出去了",是因为他从根本上明白了书法是什么,晓得了为什么而书。这两点或许正是他后来创造出"寓情理于法度之中"的唐楷,乃至狂草艺术高峰的奠基石。借此,我们还可以知道,作为一代草圣,张旭所用的笔和纸是非常讲究的。这种审慎的判断,读者从其流传下来的书碑上也可得到证实。张旭所用的笔是制作精良而笔毛较长的硬毫,如鼠尾、狼毫一类。如果用长锋羊毫之类的笔来临写太师祖虞世南的书法,即使用心良苦,书艺很高,也难以体现出原作的飒爽风神。

中国自古是礼仪之邦，"天地君亲师"不仅是"礼"，而且有"仪"，就是有规范的仪式。古代书法的传承是一件十分神秘庄重的事情，师道也有着至高无上的尊严，即便是亲属也不能懈怠轻慢，更不敢马马虎虎，随随便便。书法名家陆彦远之所以选择教授外甥而不是其子陆景融，除了张旭少年失怙，母亲必须倚重娘家的亲情之外，还因为张旭的天分、人品和努力。张旭就像一匹生气勃勃、功性俱笃的千里马，使深谙书法之道的伯乐舅舅看到了外甥的发展前景、锦绣前程，看到了自己教授这个一代才俊的价值和意义。因此，慧眼识珠的陆彦远才可能把书法艺术中最核心的问题巧妙地提出来，启迪张旭得以领悟、得以提升、得以超越。可以说，张旭从老师陆彦远的教育中，学到了为人，学到了技艺，更学到了书法艺术的真髓，乃至中国文化的要义，为他以后成为一代天骄的"草圣"奠定了坚实的基础。

德国哲学家、教育家雅思贝尔斯说：什么是教育？教育就是一棵树摇动另一棵树，一朵云推动另一朵云，一个灵魂唤醒另一个灵魂。教育就是教师用自己的言传身教、以身作则去唤醒一颗幼小的种子，用自己的真实行动来慢慢影响它，让它生根发芽、枝繁叶茂。真正的教育不是什么都管，也不是什么都不管，在管与不管之间还有一个词叫：唤醒。

真正的教育，一定是柔软的，有着"好雨知时节"的先觉，有着"润物细无声"的温润。

第五章

忆昔开元全盛日

时势造英雄。

英雄也离不开时势。

艺术家生活在一个什么样的年代，是很重要的。但命运的吊诡神秘，却由不得你慎重选择，一切都在冥冥之中。就好比你做谁家的子女，由不得自己，也无法选择。等你知道父母是谁、父母干什么、父母在哪里时，已经板上钉钉成为既定事实，无法改变了。因此，选择你愿意生活的朝代，只是艺术家的遐想。但时代对艺术家来说，的确是相当重要的；就好像橘生淮南一样，离不开必要的气候和土壤。比如，初唐的书法家之所以推崇王羲之的笔法，且以一脉相承为荣，除了王羲之书法本身的艺术魅力、个性风采之外，也离不开初唐的政治风云和时代背景。

公元 618 年，强大的唐王朝横空出世、如日初升，屹立在世界的东方。疆域安定，政权稳固之后河清海晏，刀枪入库，唐朝的经济得到了飞速的发展。自贞观至开元年间，唐朝的人口、土地和粮食产量都大大地超过了前朝。国家休养生息，人民安居乐业，家庭丰衣足食，唐代自然就有了锦上添花的文化繁荣。就文化的总体趋势来说，也是令人瞩目、高于以前任何一个时代，比之百花齐放、百家争鸣的春秋时期更上一层楼。同样，在这种主流文化的熏陶感染之下，涌现出一大批一流的政治家、诗人、书法家也是理所必然的。他们文采风流、诗书兼擅、谈吐隽雅、行止风流，有极好的艺术修养和高尚的审美情趣。随着政治、经济与文化的复兴，书法艺术也出现了前所未有的灿烂景象。如果我们从书法史的角度考察、审视就会发现，在汉魏，艺术风格过于天真质朴；在两晋，又过于变幻莫测；只有唐代，才在书法中表现出典雅、华贵、丰满、情韵。这是一种允文允艺、风华正茂的大美之境。

初唐书法基本上是魏晋南北朝及隋代书法的延续，主体风格仍然趋向轻盈华美，萧散流利。或婵娟春眉、云雾轻笼；或高谢风尘、精神洒脱。唐代书法的风格变化与兴盛是与皇帝李世民的艺术素养分不开的。贞观元年（627），即位不久的唐太宗就召集京官文武五品以上职事官的子弟："有性爱学书者，及有书性者，听于（弘文）馆内学书。其书法内出。其年有二十四人入馆，敕虞世南、欧阳询教示楷法。"以及次年国子监恢复书学，设置书学博士收徒讲学，传授《石经》《说文》《字林》等专业。参考弘文馆学生"楷书字体，皆得正详"的要求和当时别置校书郎二十人、楷书手一百人入秘书省缮写校对四部图书的情况分析，无论是敕虞世南、欧阳询教示楷法，还是设置书学专科，其目的或许是为了培养缮写图书的书法人才。"星星之火，可以燎原"也罢，"上有所好，下必甚焉"也罢，事实上，这些目的明确、方便快捷的政策举措都极大地激发了整个社会学习书法的热情，对书法的繁荣发展功不可没。

张彦远在《法书要录》中就记载了唐太宗李世民关于书法的一桩趣事：贞观十八年（644），秋高气爽，风和日丽，逸兴遄飞的政治家、大唐天子李世民召集朝廷三品以上官员，赐宴于玄武门。宴是好宴，酒是美酒，酒足饭饱之余，文武双全书法家皇帝唐太宗书兴大发，取笔铺纸作飞白之书。皇帝御书，就是圣旨呀，就是国宝呀，写得不好也是好，写得好了则更好，何况唐太宗的书法本来就很好，谁不喜爱呀？众臣不顾身份纷纷乘着酒兴从太宗的手中竞相争夺。散骑常侍刘洎反应灵敏，腿脚麻利，一个健步竟登上龙床，把太宗的手紧紧抓住，抢一般得到了这件书法作品，高兴得手舞足蹈，根本不知道唐太宗还在他身下揉手腕呢！

大人虎变，君子豹变，小人革面。而最数文人无行，举止亦狂。狂到什么程度呢？给一点颜色就灿烂，给一杯清水就泛滥。刘洎的率意之举简直轻狂得没有了王法，僭越了礼教，这样欺君罔上的荒唐行为令人瞠目结舌，许多人的眼珠子都停止了转动，显然把朝廷习惯于正襟危坐、目不斜视的衮衮诸公吓坏了。当然，也不排除有人因为吃不着葡萄而生妒忌之心。众臣齐刷刷跪下一片，山呼万岁，情真意切，请求按照法律将刘洎处斩。太宗却不以为意，笑着说："昔闻婕妤辞辇，今见常侍登床。"意思是说，前有车、后有辙，先王没有责备失礼的嫔妃，我也就不责罚轻薄的文臣了。大事化小，小事化了，唐太宗谈笑间轻轻松松地就赦免了刘洎的"罪过"。"最是文人爱自由"，"留得书生几许狂"，在这样宽松随和、热爱书法的文化氛围之中，无疑会产生人数众多而书艺精湛的书法家。

唐太宗李世民不仅是一位深谋远虑的政治家，而且是一名卓越的诗人和书法家，他对文学艺术和书法理论有着十分深刻的见解。他认为：

> 字以神为精魂，神若不合，则无态度也。以心为筋骨，心若不坚，则字无劲健也。以副毛为皮肤，副若不圆，则字无温润也。
>
> （《晋书》）

这是从书法的审美角度来论述的，而"态度""劲健""温润"等艺术效果，只有通过运用一定的书写方法才能取得。因此，他指出运笔：

> 太缓者滞而无筋，太急者病而无骨，横毫侧管，则钝慢而肉多，竖管直锋，则干枯而露骨。
>
> （《晋书》）

形象生动，器识高迈。唐朝《叙书录》引述唐太宗论书语一则，他说：

> 今吾临古人之书，殊不学其形势，惟求其骨力。及得其
> 骨力而形势自生耳。吾之所为，皆先作意，是以果能成也。

骨的本义是骨骼，文学批评引申为作品的理论深度和笔力，所谓："结言端直，则文骨成焉。""练于骨者，析辞必精。"（刘勰《文心雕龙·风骨》）在书法艺术里，骨就是笔致，即遒劲的笔力和雅正的气质。"善笔力者多骨，不善笔力者多肉，多骨微肉者谓之筋书，多肉微骨者谓之墨猪，多力丰筋者圣，无力无筋者病"（《法书要录》卷一，《晋卫夫人笔阵图》）即是说此，确为鹄论。

在书法领域，唐太宗李世民对王羲之推崇备至，对其《用笔赋》更是如痴如醉。他对王羲之的书法极尽赞美，道：

> 所以详察古今，研精篆素，尽善尽美，其惟王逸少乎！
> 观其点曳之工，裁成之妙，烟霏露结，状若断而还连；凤翥龙
> 蟠，势如斜而反直。玩之不觉为倦，览之莫识其端。心慕手
> 追，此人而已。其余区区之类，何足论哉！
>
> （《晋书》）

唐太宗因爱生恨，一篇打翻一船人，他批评钟繇"古而不今""长而逾制"的书体，不满王献之"疏瘦""拘束"的字势，也轻慢萧子云"无筋""无骨""无丈夫气"的风韵，而极力赞赏王羲之"烟霏露结"（笔）、"凤翥龙蟠"（势）的书法，既与当时流行的文化思潮相一致，也和他平日有关书法的言论相贯通。

唐太宗亦善书，自称师承逸少书法，"心慕手追，此人而已"。据此就可以看出，唐太宗追求的是其骨力，而非取其形势风流。这和他的出身有关，李世民是北方人，父亲李渊长期坐镇山西太原，后称帝长安。中原古法拘谨朴拙，多重气质；江左笔札，疏放妍妙，独贵清绮。隋时

文帝杨坚尽管也是北方人，南北流风渐趋融合，然而习性并未水乳交融，绸缪之中尚多中原余意之"方严刚贞"，并未融会贯通南北之长。入唐之后，南朝梁陈书风却又乘反隋心理，席卷书坛，南风始盛，以唐高祖李渊为典型代表，他的书法"师王褒，得其妙，故有梁朝风格焉"。（窦臮《述书赋》注）当然了，梁朝风格也是建筑在王献之（包括萧子云）书法艺术基础上形成的，并不是天外飞来，亦不是孤云独生。

吊诡的是，书法家唐太宗却对王献之不感兴趣，甚至极力排斥，喻之为"隆冬之枯树""严家之饿隶"，语言几近挖苦讽刺，态度乃至不屑一顾。尽管这是由于其崇尚古雅，以逸少为轨范，推崇备至，不让别人分一杯羹，但从书法之道公允而论，也不是没有道理。梁、陈二朝偏安一隅，坐井观天，遗风肆意巧媚，俱乏典雅厚重，属小家子气。更重要的是，唐太宗崇扬王羲之，誉之为"尽善尽美""古今第一"，这种艺术观点既是出于个人情感爱好，出于近臣书法家虞世南、褚遂良的推介倚重，还有一个原因，就是王羲之的声望、地位，以及艺术造诣足以号召引领社会书势的潮流，用现在的话说就是主旋律。当时社会书势是隋代书势的延续，其发展的趋势与唐太宗的理论主张相一致，符合其意识形态。故唐太宗缘情设教，顺水推舟，以达到纠偏改良、折中南北、倡导雅正书风之目的。

李世民即皇帝位后，口含法宪，威加四海，政治清明稳定了，骨子里的文艺性就油然而生、喷薄而出了，他金口玉言，不遗余力地广泛收集王羲之的法帖。皇帝要高价收购王羲之的法帖的讯息不胫而走，妇孺皆知。"楚王好细腰，宫中多饿死"，宵小趋利之徒从四面八方拿来大量书法墨迹投其所好，都言之凿凿信誓旦旦说是真迹，争先恐后、络绎不绝地献上邀赏邀宠。而客观现实是，王氏之书自南朝以来就备受推崇，片纸寸金、尺幅拱璧，但屡经战火，遗失几尽。而唐初广告之下收搜竟达千数，其中鱼目混珠，真赝相杂，泥沙俱下，如何鉴别真伪，就成为一个摆在唐太宗李世民面前的大难题。

经多见广的唐太宗一点也不着急。他胸有成竹，慧眼识珠，笑吟吟地把这个难题推给了近臣书法家褚遂良。他知道，褚遂良对王羲之的书法是最为熟悉的，可以纤毫不爽地鉴别王羲之书法的真伪。

褚遂良（596—659），字登善，浙江钱塘（今杭州市）人。祖籍河南阳翟（今河南禹州），晋末南迁至杭州钱塘。父褚亮，不仅是秦王李世民文学馆"十八学士"之一，官至通直散骑常侍，而且也是唐朝著名书法家。褚遂良的书法，初学虞世南，晚年取法钟繇、王羲之，融汇汉隶，丰盈流畅，变化多姿，自成一家体系。与欧阳询、虞世南、薛稷并称"初唐四大书家"。以直谏闻名的魏征也认为："褚遂良下笔遒劲，甚得王逸少体。"他称赞褚遂良对王字理解得极为深刻，有辨认王字真伪的能力。

在唐初书家四巨头中，褚遂良应该算是晚辈了，其书体学的是王羲之、虞世南、欧阳询诸家，而能登堂入室，自成体系，很不容易。其特色是善把虞、欧笔法融为一体，方圆兼备，波势自如，比前辈更显舒展。由于继传统而能创格致，《唐人书评》中把褚遂良的字誉为"字里金生，行间玉润，法则温雅，美丽多方"。连宋代甚不以唐书为意的大书画家米芾也用最优美的词句称颂他"九奏万舞，鹤鹭充庭，锵玉鸣珩，窈窕合度"，以表明褚的字体结构有着强烈的个性魅力。传世书迹有楷书《孟法师碑》《雁塔圣教序》《伊阙佛龛碑》等。

褚遂良不仅书法"古雅绝俗，瘦硬有余"，而且出乎其类拔乎其萃，还有一双精妙神奇的书法鉴赏慧眼，深得唐太宗李世民及同僚的赏识。和李世民一样，南朝皇帝贵戚都非常钟爱王羲之的书法，南朝刘宋皇帝刘裕的儿子新渝惠侯更是"悬金招买，不计贵贱"。作伪王羲之的书法作品，就成为一些轻薄之徒牟利的方式，作假手段层出不穷："锐意摹学，以茅屋漏汁染变纸色，加以劳辱，使类久书。真伪相糅，莫之能别。"当时，人们主要通过纸张的新旧来辨别真伪。造假者心思缜密，手段高明，便用茅屋渗漏的雨水浸染宣纸，使纸色发黄变旧，加之其他工艺手段让新写的书法像是经历了几十年的岁月沧桑。

真真假假，假假真真。书圣王羲之和他的作品就像天上的云朵一样有着赏心悦目、有着云谲波诡，也有着神秘莫测。唐太宗李世民曾以内府所藏王羲之墨迹示褚，让褚遂良鉴别真伪，他无一误断，足见他对王羲之书法研习之精熟，理解之深刻。有一次，唐太宗征得一卷古人墨宝，便请褚遂良看看这是否出自王羲之的手笔。褚遂良看了一会儿，便说："这是王羲之的赝品。"唐太宗听了颇为惊奇，忙问褚遂良是怎么看出来的。褚遂良便让唐太宗把这卷书法拿起来，透过阳光看。褚遂良则用手指着"小"字和"波"字，对着唐太宗说："这个小字的点和波字的捺中，有一层比外层更黑的墨痕。王羲之的书法笔走龙蛇、超妙入神，不应该有这样的败笔。"唐太宗听了点头称是，从心眼里佩服褚遂良的眼力、识见。

唐太宗贞观十三年（639），太宗心血来潮，兴致勃勃，命褚遂良和校书郎王知敬等人，在玄武门外设场子光明正大辨别王羲之书法，当时褚遂良编有《王羲之书目》正书四十帖，行书十八帖，并拿来真迹进行比较。太阳之下没有阴谋；一切阴谋都怕太阳。自此以后再没有人敢将赝品送来邀功请赏。正是因为唐太宗李世民热爱书法并对王羲之崇拜之至，在书法理论上主张继承"王字"传统，实际上是以陈隋书风为基础，发扬中原古法，引导书法艺术走上健康发展的道路，自然而然地形成了传承有序的初唐书风。

除了个人喜好，除了政治目的，还有一个客观原因。唐太宗大力提倡儒学，兼及佛道，著述典籍蔚然成风。当时雕版印刷术尚未发明，一切依靠人工抄写。初唐"谀鬼"风俗又十分炽热，丰碑巨碣，挺然而起，其书体必须庄重典雅，方正得体，自然以楷法为宜。而王羲之书法大多简牍手札，"其事率皆吊哀候病，叙暌离，通讯问，施于家人朋友之间，不过数行而已。"（欧阳修《六一题跋》）这些作品不是高文大册，厚重典籍，自然就逸笔草草，淋漓挥洒，有一种生机勃勃的态势。虽然说初唐看重楷法，其于王羲之书法，实难全仿形质，学不来风流蕴藉。唐太宗提倡的"殊不学其形势，惟求其骨力"的原则，是王羲之所在晋朝的时代精神与唐朝的时代精神尽管很不相同，而王羲之的书法艺术在唐朝同样大受欢迎的根本原因。他们的精神指向是相同的，一致的。

百废待兴、百舸争流的初唐时代，是政治的黄金期，是艺术的蜜月期，是文化的鼎盛期。其文人士大夫不尚清谈，勇于任事，敢于担当，富有积极用世的"有为"精神。其开明、宽松的政治思想文化环境也使整个社会充满自信、博大、进取的精神状态。其光英朗练、饱满丰盈、有金石声的精神状态，又有力地强化了人民维护国家统一繁荣的思想信念。诸多客观进步的因素千帆并举，同舟共济，共同建构了国家统一、政局稳定、经济繁荣、文艺复兴的"贞观之治"。具体表现是，举凡政治、经济、文化、诗歌，包括书画艺术都洋溢着积极向上、朝气蓬勃的时代精神。这种遐迩四海，魄力宏大，对外国友好交往的盛唐气质与景象，绝不是偏安一隅的东晋王朝所能企及的。而身处昂扬奋发的社会，书法家的思想气质、情操胸襟、基调风格，自与王羲之先生的魏晋有别，不可同日而语了。

包容之量，消化之功——这就是大唐之所以称其大的精神底色，也是书法家张旭之所以成为草圣的沃野土壤！

第六章

天生我材必有用

学而优则仕。

仕的前提条件是科举。

科举一直是中国知识分子最主要的仕进之门。就像今天之"高考"，依然因袭，弦歌不辍。考试不是衡量一个学生的绝对标准，人的本身才是目的、是尺度、是根本，其他的一切应该都是从属的、次要的。

人是促进社会发展的动力。政治经济的快速发展中，人才培养就显得尤为重要。由隋而来的"科举制度"，在百废俱兴、励精图治的唐朝也更加地成熟起来，迸发出一种"天下英雄尽入我彀中"（李世民语）的活力。

唐代的学校在中央设有国子学、太学、四门学、律学、书学、算学六学，统由"国子监"领导管理。地方州县也开设地方学校，此外还"许百姓任立私学"（《唐会要》卷三十五《学校》）。学生学习的科目除儒家经典、律学、算学外，还要主修书学一科。

唐代的科举分常举和制举两种。常举除秀才、明经、进士、明法、明算、道举等科外，明书也是其中重要的一科。书就是指书法。唐高宗李治显庆三年（658），在太宗李世民的狂热书法主张的背景之下，书法被扶上"国学"科目的宝座，很快又成为科举考试的重要科目之一，彻底登上了大雅之堂。由于政府明文规定"书判取士"，因而"楷法遒美"就成为重要的铨选标准之一。弘文、崇文两馆学生争取出身，亦必须"楷书字体，皆得正详"。为达到这种效果，皇帝还诏书虞世南、欧阳询两位公认的大书法家"教示楷法"。

唐代的学校把书法作为一科，和《四书》《五经》等儒家经典一样，成为"制艺"，是一大创举，也是书法史上值得浓墨重彩的一件大事。学书可以当作入仕的门径。字写好了可以做官，这无疑是一件大快人心的好事，就像今天的特长生艺术生一样，人生多了一个选择的途径，天下文艺人才摩拳擦掌为之疯狂，书法之道云蒸霞蔚，楷书"应试体"如火如荼。不管怎么说，爱好是数量的前提保证，数量是质量的必由之路，这些唯才是举利国利民的政策举措强烈地刺激了越来越多的学子对书法的浓厚兴趣和潜心钻研，客观上推动了唐代书法的蓬勃发展。

当然，官和官之间还是有区别的，不能一概而论。文凭也一样，就像今天在职研究生的学术含量就常常让人诟病。唐代的科举项目以"明经"和"进士"两科尤为重要，名臣贤相、封疆大吏多从这两科出身。两科相较，"进士科"更为重要，也最为难取。这是因为，"明经科"主要考儒家经典，这一科考的往往是人的记忆能力，考生寒来暑往朝乾夕惕下功夫能背书就行，这是对那些资质平常却孜孜不倦学习的考生的特殊关爱，考上了也只能担任一些文职小官，有个出路而已，谈不上大的发展。整个唐朝"重进士，轻明经"之风特别炽烈，观念泾渭分明，一般有才华有抱负的人都不屑于考"明经"。比如，与白居易共称"元白"，以名句"曾经沧海难为水，除却巫山不是云"峥嵘一时的诗人元稹是"明经科"出身，尽管后来仕途一帆风顺，当御史、当宰相，功成名就，仍郁郁寡欢，走到哪儿都被人非议看不起，大庭广众之中抬不起头。

"进士"一科在初唐时特别重要的是要考"策论"，中唐开始加考帖经、诗赋。考诗赋的时候会限定题目、字数和韵律，这样的难度能让考生展示真正的才学。后来考试越来越看重诗赋，其他的都不重要了。比如，"进士科"考五言诗，唐初偶尔有之，高宗永隆二年（681）后，才正式加试。玄宗天宝十三年（754）之后形成定制，并以五言诗的优劣作为主要录取标准。自此之后，五言试帖诗才成为举子仕途的梯子，朝野上下有了"丹霄路在五言中"的说法。

"进士科"科举太难考的一个原因在于：录取人数太少了。包括"诗圣"杜甫在内的很多大诗人，引以为憾的是一生都没考上"进士"。唐代报名参加科考的人多达数千，但每一科也就录取二三十人，平均录取率为百分之一二。已经不是为了"录取进士"，而是为了"淘汰考生"。因此，唐代有"三十老明经，五十少进士"一说，即考"明经科"三十岁就算老的，而考"进士"五十还算年轻。这样一来，我们就不难理解"范进中举"后的癫狂表现了，明代的录取率还高些，大约为百分之八点五，作者吴敬梓先生同病相怜，感同身受，是心中含着滴血的感受用笔描绘范进刺痛的。

因为难考，因为看重，因为一生荣辱举足轻重，因为希望越大失望越大，"进士科"发榜的前一天晚上，京城长安的大街小巷极不平静，隐匿着一股"喧哗与骚动"的暗流。来自全国各地五湖四海的举子们都异常紧张，几乎没有人能够坦然安睡。不是一个人在寓所望眼欲穿苦苦等待，就是三五好友作陪寒暄聊天；不是在酒肆里喝得酩酊大醉，就是去长安的平康里找妓女取乐图欢。玩乐其实是一种表象，目的是为了放松自己的身心情绪。

面对现实需要勇气，改变现实需要学识。艰难也罢，容易也罢，总是地上有路可走，人才进取还有一点希望。总要比进退维谷、无路可走，乃至坐以待毙好些吧！

中国的"科举"制度是一个创举，"科举"的功劳是很大的，不仅推动了历史进程，也推动了文明进程。它使许多既没有地位、没有功勋，也没有做大官的爸爸亲属，又想参选做官有一番作为的贫贱家庭的年轻人有了一点上升的空间和机会。即便是今天，这种延其衣钵、大同小异的"高考"依然有着深刻冷峻的现实意义。人生起步各异，社会分配不公，就业竞争几近白热化的今天，如果没有相对公正的高考，普通人家的子弟还有一丝一毫改变命运的发展空间吗？答案是否定的！

不管怎么说，"科举"的目的是为了选拔人才，而不是为了淘汰人才。"水至清则无鱼，人至察则无徒"。选拔过于严苛了，不利于人才的发展，也不利于社会进步。毕竟黄卷青灯，焚膏继晷，孜孜以读，铁砚磨穿，不是一件轻松容易的事。在读书人很少的时代，即便没有中举考上，也是国家不可或缺的人才。这一点，唐朝政府考虑到了，与时俱进的政策有了倾斜；掌管科举的官员也从实际出发，从自身的境遇出发，推己及人，良心发现，就把后来的选拔适当地放宽了条件。《新唐书·选举志》云：

> 凡择人之法有四：一曰身，体貌丰伟；二曰言，言辞辩证；三曰书，楷法遒美；四曰判，文理优长。

也就是说，除了读书写诗，只要你有一技之长就可以优先录取，包括书法，类似于今天的体、音、美类特长生。

"科举"考试及格登第，并不是万事大吉，只是获得了进入仕途的一把钥匙，只是找到了提升品位的一个途径，只是万里长征走完第一步，仅仅是走进了朝廷体制的大门而已。依据所考的科目难易及成绩优劣不同，所获得的品位也不同。唐朝的官制有文武之分。文官官制详细而繁复：

> 从一品，开府仪同三司；正二品，特进；从二品，光禄大夫；正三品，金紫光禄大夫；从三品，银青光禄大夫；正四品上，正议大夫；正四品下，通议大夫；从四品上，太中大夫；从四品下，中大夫；正五品上，中散大夫；正五品下，朝议大夫；从五品上，朝请大夫；从五品下，朝散大夫；正六品上，朝议郎；正六品下，承议郎；从六品上，奉议郎；从六品下，通直郎；正七品上，朝请郎；正七品下，宣德郎；从七品上，朝散郎；从七品下，宣议郎；正八品上，给事郎；正八品下，征事郎；从八品上，承奉郎；从八品下，承务郎；正九品

上，儒林郎；正九品下，登仕郎；从九品上，文林郎；从九品下，将仕郎。"秀才"上上第为正八品上，"明经"上上第为从八品下，而"进士"考试获甲等的，为从九品上，以下类推。而考"书学"和"算学"的，则在九品之下，连我们常常说的"芝麻官"都算不上……

科举这条艰难的路，张旭也必须走。

张旭童年时代，家道就中落了。父亲英年早逝后，一家人的生活来源也就捉襟见肘、难以为继了。母亲为了不耽误张旭的学业前程，把他送到舅舅家接受良好的家学教育。家学，顾名思义是指家族世代相传之学，有着"父子相承""兄弟同好"等典型的家族文化特质。重视的是"礼义人伦"之学，服膺的是"扶世翼进"的儒家气象，凸显的是"纲生万物"儒家秩序的坚定信仰。

人与文化的关系是一种宿命。张旭是幸运的，他在典籍宏富、缥缃满架、芸香馥郁、雅道相传，数百年来鸿才硕彦辈出的陆家接受了完整的文化教育。绍承其绪，受其耳濡目染，务实精进是必不可少的。但张旭总是要长大的，总是要离开陆家的，总是要建功立业的，他仍然要回到鲜活的现实生活之中，就像鹰一样，永远离不开飞翔！清贫的家境使张旭过早地成熟自立，腹有诗书使他心存高远。更重要的是，他还年轻，还有想法还有梦。青春是一个梦，梦里有阳光也有彩虹；希望是一个梦，梦里有鸟语也有花香。一株嫩芽可以唤醒离离古原，一点希望可以振奋鹰击长空；一种事业，可以唤醒青春年少时的意气风发。学子张旭心中有束光，眼里有片海；读书入仕、光宗耀祖成为他面对人生的第一项抉择。对于英姿勃发的张旭来说，科举不仅是父辈家族的希望，也是自己晋身安命的一种尝试。

"真学问从五伦做起；大文章从六经分来。"古代圣贤们留下的智慧，其实就浓缩在他常常面对的"四书五经"之中。张旭和所有的年轻人一样，熟读精审，循序渐进，虚心涵泳，切己体察。认真地研习着雕文锦缛、曲尽其妙的圣人智慧，并身体力行，将书本里的见解转化为自己的知识，而不仅仅是单纯依靠它来应付考试。可以说，张旭以后能成为书法圣贤，与这一段时间辨章学术、考镜源流的刻苦学习是分不开的。宝剑锋从磨砺出，梅花香自苦寒来，是一种最为朴实的真理，适用于每一个人，包括天才！

但居敬持志、风清骨峻的张旭一辈子却没有当过大官，这是让人百思不得其解的。唯一能够解释的理由，可能是因为科举时以书法取胜。据有限的史料记载，张旭曾"释褐衣为尉"，也就是说，他当过地方的小官，如苏州常熟县尉，后又升任太子左率府长史。尽管官不大，却传递出一个信息，张旭是通过科举晋身仕途的，这是他作为读书人的荣光。因为，唐朝的官位设置等级森严，非常人难以逾越，像现在的弯道超车、终南捷径很难。即便有了破例，但也会一辈子被人看不起。古代读书人以脸面为要义，视尊严为生命，不会这般轻贱自己。

当然，任何的制度、体制都有着生存的土壤，都是不完美的，总有着让人诟病的地方，科举制度也一样。唐人封演《封氏闻见记·铨曹》云：

> 贞观中，天下丰饶，士子皆乐乡土，不窥仕进，至于官员不充，省符追人，赴京参选，远州皆衣粮以相资送，然犹辞讼求免。

天下太平，衣食无忧，没有人愿意外出当官，官府还需远接近迎，热情服务。因此，初唐举子一旦中第，就能很快通过吏部"释褐衣而做官"。这真是一个好时代呀！

好景不长。到高宗朝以后，这种事情就发生了根本性的变化，读书人名利之心大起，热衷于科举，特别渴望当官，"候选人"就越来越多。盛唐初期，在长安褐衣出身的"选人"之多，甚至成为一种社会灾难，为了谋求一官半职，他们有时竟呼朋引伴成群结伙到吏部起哄，"喧哗于南省"。针对这种情况，张九龄开元三年（715）向玄宗上书云："今则每岁选者，动以万计，京师米物为之空虚。"人多，嘴多，生活需求大，米面油都出现亏空，官职自然也供不应求。

两个苹果三个人买。不是因为苹果太少，而是因为人太多。苹果多少是自然生态，而人才臃肿就是制度方法出了问题。就像今天的大学生多得满街游走、摩肩接踵，让人头疼忧虑，不知道让他们干什么好，亦不知他们能把什么干好！唐朝的后备干部也一样，多得让中书省眼一见，心就烦。唐宋两代，全国设县很多。唐开元二十八年（740），全国有县已达一千五百七十三个，分赤、畿、望、紧、上、中、下七等。京都所治为赤县，京之旁邑为畿县，其余则依人口多少、资源与经济情况而定。县有大有小，有远有近，有富有穷，有平原有山区。但县衙却大同小异，人员编制也基本相同，一个萝卜一个坑，但这么多机构依然人满为患。

朝廷再富裕，国家再强大，也经不起这么多人员消耗，也没有养这么多官员的俸禄。经费已经大得离谱，公务员显然不能再多了，那就配备一些事业单位吧！"馒头办""假日办""多经办"等各色各样的临时机构设置了一大片，就这样还是不能满足广大人才的做官需求。看到那些考试出类拔萃的候选干部，组织部领导尤其脑袋大，愁得害牙疼！就像今天丰收的果农看到那些卖不出去的优质苹果、猕猴桃着急上火一样。这些人成绩高，影响大，号召力强，天天在大街小巷游玩闲转，无事就生非，一不注意就形成了负面舆论。

针对这种情况，唐朝政府选拔人才越来越现实，不太注重考试的成绩，不太看重文凭学历，不太想要书读到肚子里的书呆子。宰相裴度曾经用坦坦荡荡明明白白的谈话方式拒绝过别人的自荐："珊瑚灵芝可以是稀世珍宝，可也不能用来盖房子；瀑布喧嚣奔腾极为壮观，可也不能用来灌溉良田。"其实就是说，骏马能奔驰，犁田不如牛；蛟龙能入海，上树不如猴。有一长必有一短，一俊不能遮百丑。比如王维、孟浩然、李白这样文采风流、才华横溢的诗人，虽然是一时硕望，大名鼎鼎，但往往恃才傲物，自由散漫，就不大适合在体制内朝乾夕惕，兢兢业业，鞠躬尽瘁，为官治国。这就告诉唐朝的读书人，准备以诗赋或书法作为晋身之阶时，重要的就不是个性才华，而是与宫廷趣味、时代风尚相一致的共性。出众的诗赋书艺固然可以赢得声誉，或许还可以作为晋身的阶梯，进而获得功名利禄，但这并不是每一个人都可能遇到的。何况，出众总是难免和某种出格的性情联系在一起，特立独行、卓尔不群其实就是世人皆浊你独清，就是众人是鸡你是鹰。这种性格与众不同的人哪个朝廷也不会喜欢，更不会委以重任。

万事万物都是相对的、辩证的、发展的。尽管大唐是政治清明的盛世，英雄辈出，人才济济，物尽其用，人尽其才，但也有很多诗人、书家既没有命运用世，也没有办法摆脱，以致埋没、沉沦，抑郁了一生。

书法家张旭就是其中之一。

第七章

我辈岂是蓬蒿人

不管怎么说，张旭总是当官了！

张旭仕途的第一步是做苏州常熟县尉，一个文弱书生舞刀弄枪维护社会治安，似乎总有些滑稽，不伦不类。但历史就是这般吊诡，就是这般不能令人满意，想来的往往来不了，不想要的却常常投怀送抱。尽管是地方小吏，专业也不对口，张旭却很认真，很敬业，乃至新官上任的三把火烧得如火如荼。上任后十几天，恪尽职守，天天巡视治安，审判案卷，乐此不疲，手不释卷的书法都放在其次，干一行，爱一行，充分具备了成为一名优秀基层干部的潜质和品质。我们有理由相信，即便在官场，是金子也总会发光的。

张旭是著名书法家，是文化人，又是当地的行政官员，按说是应该矜持庄重的，起码也得脸板得很平，不苟言笑，不能把自己等同于普通老百姓。但是张旭不管这些规矩样态，繁文缛节就不是为他这种人设置的。他性情豪放，嗜酒如命，经常喝醉了在街上如风般奔跑，后面的书童仆从捧着笔墨纸砚一路尾随。跑着跑着，张旭书兴来了，不择笔，不选墨，更不分时间地点，提起笔就写，有时甚至用头发濡墨。酒醒时再细看，满意就手舞足蹈，有时甚至不敢相信是自己的作品。这般天马行空的人物，普通人望之如云，很难与之相交，更谈不到求取墨宝。——不管怎么说，县城百姓很快知道了这个与众不同的书法家官员。

仿佛是为了考验张旭的执政能力，县城发生了一起离奇的换子案。有一户人家，姑嫂两人都是寡妇，同时生下了遗腹子，为一男一女。生育不久，小姑便控告嫂嫂在回娘家时，将她的女儿换了自己的儿子。因为是至亲易子、骨肉相残，又因为寡妇门前是非多，这件事在当地传播很广、影响很大。张旭受理了这个案件，他将姑嫂两人并一干人证都传到堂上审讯。两个当事人都说自己生了儿子，双方的邻居和接生婆都帮着自己一方说话。张旭只是细听，察言观色，并不多说一句话，故意流露出不值一提、不屑一顾的神态，让所有的人都摸不清县尉的真实想法。

第二天一大早，张旭再次升堂审理，便说："本官夫人最善看相，且将那男孩抱来，让夫人一看。"衙役快手快脚，就将那男孩抱来送到后堂夫人房中。过了一会儿，便有侍女将男孩抱入大堂，转告夫人的话："两家本系亲属，血缘相近，光凭孩子相貌一时难以判断此孩子是谁所生。"张旭闻言，勃然大怒，惊堂木一拍，断喝道："这孩子生来实在讨厌，害得亲戚失和，害得邻居争吵，害得本官不得安宁，留他何用？"说着，一手从侍女手中抢过襁褓，将男婴向窗外扔去。窗外园子里有个荷花池，男婴被丢入荷花池中，"扑通"一声，泛起了几个泡泡，很快就沉没了。

众人都被县尉这一奇特举动惊呆了。联想到这位书法家县尉平时的狂放不羁，还有人怀疑张旭先生是不是早上又喝酒了，并且喝醉了。堂上堂下正忙乱时，只听"扑通"一声，有人投入了荷花池中，在拼命地捞那孩子，还发出声声凄惨的叫声："我的儿，娘来救你了，你可不能死啊！"此人正是那个原告人小姑。差役们一齐动手，将小姑拉上了岸，不一会儿也把襁褓打捞上来。众人大吃一惊，襁褓中包着的是一只穿衣戴帽的小枕头。那男婴正甜蜜地睡在县尉夫人的床上呢！原来，这是一计。张旭据此断案，说："母子连心，血肉相通，刚才婴孩落水，变故突然，姑嫂两人对待婴儿的态度泾渭分明，此子属谁，已很显然。再有纠缠，大刑伺候。"然后落笔判决，风卷残云，一时间，公堂上下，掌声雷动，掀翻屋宇。

仲春到了，城郊两户农民的牛在耕地时犯了犟劲，挣脱农具顶斗在一起。战斗相当激烈，场面相当惨烈，结果是一牛死去，一牛受伤。牛在唐代是了不起的生产力，私自屠宰耕牛都要判刑入狱。当然了，对家庭来说，牛也是极为重要的财富象征。两家主人为此大吵大闹，不可开交，甚至引发了家族械斗。双方振振有词，各不相让，以前的县尉也难断此案，就不停地推诿躲避。这天，两家主人听说新来的县尉张旭察访民情路经此地，便拦路告状。张旭问明情况，呵呵一笑，当即判道："牲畜有情，春日发狂；两牛相斗，一死一伤。死者共食，生者共养；春种秋收，互助互帮。"双方一听，觉得合情合理，于是争端平息，两户人家来往更多了，一个村子也和谐了许多。

一天，有个老人递过状纸，申诉邻居越墙过界，状纸写得情真意切，语言质实而文采炳焕，一看就是高人手笔。张旭印象深刻。他也讨厌那种恃强凌弱的恶习，公堂判案，给老人一个说法，让他高高兴兴地拿着判决离去。不料，过不几天他又来了，起诉侄子侄媳离婚一事。读书人讲究"宁拆一庙，不毁一婚"，何况这也不应是家族老人所为。于是，张旭便发脾气责问说："你这人竟敢以无关紧要的事经常扰乱官府，念你年长，姑且饶恕，再无理取闹，就大刑伺候。"老人低下头，红着脸不好意思地说："我其实是替别人来诉讼的，只因为看到你的书法高明，实在喜爱，想把你的判词当作箱笼里的珍藏品罢了。"

张旭认为老人的话不寻常，于是就问他为什么爱好书法。老人回答说："先父爱好书法，一生砺耕，并有著作。"张旭叫他赶快回家把著作拿来观看，细细捧读，认为确实是精通书法之人写的心得记要。张旭虚心拜读，很快就领悟了笔法的要妙，并和这位特别喜欢他书法的老人成为朋友，两人的交往也成为当时的书坛佳话。张旭不再追究老人的陆续上诉，让他说明原因，老人详细叙述了侄子侄媳不和离婚的原因，张旭详详细细了解了真相，认为两人性格差异太大确实过不下去了，就判决了离婚："凡为夫妇之因，前世三生结缘，始配今生之夫妇。若结缘不合，比是冤家，故来相对……既以二心不同，难归一意，快会及诸亲，各还本道。愿娘子相离之后，重梳婵鬓，美扫蛾眉，巧呈窈窕之姿，选聘高官之主。解怨释结，更莫相憎。一别两宽，各生欢喜。"这件钞录时文的离婚判词幽默风趣，后来成为传诵一时的珍贵书法作品。

自古清官难断家务事。张旭不仅判公案，也断家事。他的部下阮松爱慕虚荣，娶同郡富家女严氏为妻。严氏娇生惯养，妒悍成性，见不得阮松和任何女性来往。有一次，阮松在厅堂里陪客人一道饮酒，宾主高兴时就召来一个歌女弹唱助兴。严氏知道后勃然大怒，披头散发，赤脚光臂，手握明晃晃一把刀子，风一样冲到席上。客人们见状大惊，纷纷离席逃亡作鸟兽散。阮松更是战战兢兢趴在床底下一言不发一动不动。歌女被严氏追得东躲西藏，花容失色，狼狈不堪地跑到外面大街上，久久不敢回头。

好事不出门，丑事传千里。尤其是闺帏秘事、桃色新闻像长了翅膀似的，第二天县城里面便沸沸扬扬，成为一时笑谈，目标直指县衙，让里面的公务员无地自容。张旭很生气，他看不惯软骨头的官员，也不喜欢怕老婆的男人。在月旦考核干部的意见书上，他挥笔写道："妇强夫弱，内刚外柔。一妻不能禁止，百姓如何整肃？妻既理教不修，夫又精神何在？考下。省符解见任。"嫌人家怕媳妇就给个差评，还不要人家再为官，这般偏颇，张旭是第一个。坊间逸事，不足为信，是不是张旭所为无关紧要。但推心而言，就事论事，这样的考察报告写得不偏不倚，放在今天都不过时，还能给某些"怕老婆"的同志提供参考！

张旭性情耿介，散漫孤高，轻易不肯为人书，当时的人要想求他的墨宝，是一件非常困难的事情，这就难怪别人寻情钻眼，想法设计了。有一个同僚，经常馈赠精美饮食给他，尤其是各地品类不同的美酒，张旭遇酒则喜，每次都以书函致谢。于是，隔一段时间，同僚就会馈赠一份精美的酒或食物给他，而他就会立即写书信答谢，这样坚持了好几年，从未间断。有一天，张旭去拜访这位同僚，刚好另一位朋友也在座，谈话间，那位朋友就向张旭求字，张旭不肯写，这位同僚说："他的字是要用来换美酒的，哪能随便给你呀！"张旭听了这话，一时半刻反应不过来，这位同僚便拿出一个大册页来，说："我这里的许多珍迹，都是用美酒换来的。"张旭一看，原来册内全是自己的手札谢函，也不知道这些年喝了人家多少酒呀！看着册页，想着往事，张旭如梦方醒，三人不禁共同拍掌大笑。

张旭善饮酒，喜郊游，身边常有一批前呼后拥志同道合的朋友。一日，友人请他到家里做客，用名贵之鱼款待他，张旭吃得很满意。友人说这是自己养的鱼，可以送他一些，但必须答一联，张旭欣然答应。友人领他到鱼塘边，指着水中游鱼说："青草塘里青草鱼，鱼戏青草，青草戏鱼。"这是一句好下联，张旭左思右想，对不上来。友人见此情景，忙说："你先把鱼拿走，改日再对。"张旭不好意思地说："多谢兄台，等我对好了上联，再来取鱼。"说罢便告辞回府去了。

冬去春来，眨眼半年过去了。一天，张旭出城游春，只见满田油菜花开，一片金黄，又看见一农家姑娘，在万花丛中觅路而行，满身都是金黄色的花瓣。张旭触景生情，回家后，写好上联，命人送去。朋友展开一看，上面写道："黄花田中黄花女，女弄黄花，黄花弄女。"朋友感慨地说："一个玩笑，一句对联，竟然耿耿于怀，如此认真，伯高真乃有心人啊！"

岁月荏苒，一晃经年，张旭做官已经时间很长，洒脱不羁的性情脾气却一点没有改变。一个当皮匠发了财的王姓财主，在离县衙不远的十字路口买了一幢小楼。财主买到小楼之后，天天站在门前瞭望，嘴里念念有词，觉得自己生意兴隆，光宗耀祖了。他和后来的煤老板一样腰里有钱，舍得花钱，把小楼着意修饰了一番，雕龙描凤，涂红挂绿，总觉得缺点什么。经高人指点，他附庸风雅，一定要请大名鼎鼎的书法家张旭给题个匾额。他知道张旭的字难求，又是攀亲，又是叙旧，甚至远道请来了张旭的族亲。张旭推辞不过，便挥笔题了"阑珴楼"三个大字。王财主一见欢天喜地，恭请木匠精制匾额，刻字鎏金，高悬楼前，之后逢人便要夸耀一番，这是大书法家张旭亲自题的匾额。

后来，有人问他，这"阑珴"二字是出自什么典故，有着什么讲究，王财主胸无点墨，一头雾水，茫茫然答不上来。他事先也没有请教过张旭，只好逞能地说："此乃张旭大人所题，他题的能不好吗？"如是几次，王财主苦恼万分。他想，我不能知其然而不知其所以然呀！花了钱让人笑话，一定让张旭当着众人的面讲讲这"阑玻"的典故，也好借机夸耀一下自己。

功夫不负有心人。一天下午，机会终于来了。张旭巡访回来，路过十字路口，见有许多人又围在酒楼前议论这"阑玻"二字，就停下马准备问个究竟。王财主急忙上前施礼，高声说道："此匾乃大人所题，其中典故必是惊人，现在请大人指教！"张旭哈哈一笑，道："此额题实无出典，不过是实话实说，就是东门王皮匠的意思。"众人一听，禁不住哈哈大笑起来，王财东刚才还兴致勃勃，经张旭这么一说，顿时像泄了气的皮球。

不要说有钱有势、有权有势的人喜欢张旭的书法，就是普通人也极为渴望。张旭喜欢热闹，喜欢郊游，喜欢聚会，喜欢喝酒，喜欢青山绿水，有时到了目的地，早早就有人备下丰盛的酒席，并准备好笔墨，酒酣耳热之际，请张旭作书，张旭也就乘兴挥毫，留一些墨迹于天光云影之间，世态人情之间。

喝酒离不开下酒菜，好菜和美酒相得益彰。世间可下酒的东西有不少。为吃酒而吃酒的，炒几盘荤或素的菜，或一碟花生米，已是极好了。风雅一些的，如李白，常常煮一壶月光下酒。张旭喜欢的是豆腐干。他在枫桥一位名士的酒宴桌上，看到一道菜是用芙蓉花烹制的豆腐干，下酒口舌生香，美味无比。张旭夹了一块，细细品味，真是鲜美至极，听说是主人为了招待他，特意从街上小店买回来的。张旭吃饱了，喝好了，满意地抹了抹嘴巴，问清了地址，也不管宴席上别的客人，离席径往十余里外的豆腐店，笑呵呵地向主人请教制法。

店主是位年老赋闲在家的官吏，见这样一位名闻遐迩的大书法家屈尊登门求教，是自己难得的一种荣耀，就成心摆摆架子，吊客人胃口，笑道："俗语说得好，一技在身，赛过千金。这祖宗留下的秘制之法岂能轻易传给别人呢？"张旭见店主执意不肯，知道这尊菩萨难敬，心里发急，嘴里喃喃着："怎么办呢？"店主一本正经地说："想当年陶渊明先生不为五斗米折腰，请问先生肯不肯为这豆腐干折折腰呢？"

张旭听了店主的话，不愠不怒，毕恭毕敬地向这位比自己年长的老人弯腰鞠躬，店主见父母官居然俯首施礼，屈尊求教，便高高兴兴地将腌制之法全教给了他。张旭哈哈大笑，有感而发，就在老人的书房挥毫泼墨，写了一幅极为满意的作品，赠给老人。小店有了张旭的题词推介，生意兴隆，财源茂盛。

后来，张旭真的学会了豆腐干的做法，不仅自己每餐佐酒，在招待朋友时，也经常把它当作下酒名菜，使豆腐干之名广泛传播，让更多的人享此口福，津津乐道。更重要的是，他的酒越喝越香。

张旭身在官府，放情自然，很喜欢居住在乡村，都是离城不远的郊外。平日接触的是以远村近邻百姓居多。乡里人没有钱买张旭的字，有些家庭也备办不起酒席，但他们能在平凡的日常生活中给张旭提供一些表情达意力所能及的帮助。一把水灵灵的青菜，一捧刚采摘的水果，一条活蹦乱跳的鲜鱼，一声亲戚般的问候，都能让仕途失意的书法家感到亲切、温暖，不觉得孤独、无助。在张旭的诗文中，我们也能找到他和普通人交往的愉悦心情，著名的《桃花溪》就是写的这个时期的美好感受：

隐隐飞桥隔野烟，石矶西畔问渔船。
桃花尽日随流水，洞在清溪何处边。

把自己的隐居之地称作桃花源，可以看出张旭对转心随境、从容自适的生活形态。

投我以木瓜，报之以琼琚。作为书法家，张旭自然也忘不了为村民写字，包括红白喜事的对联。甚至，邻居一个孩子夜夜哭闹，家人登门请张旭写下"天皇皇，地皇皇，我家有个夜哭郎，过路君子念一遍，保我小儿多安康"之类的招贴。其中一个生活在湖上、摇着舴艋的渔民，捧着几条活蹦乱跳的鲈鱼跑来直言要和张旭换字。小伙子那种欣喜，那种渴望，丝毫不加掩饰。俗是俗了些，倒也诚实得可爱。人如此殷勤、坦诚、朴实，鱼又是下酒的佳肴好菜，张旭看了很高兴，兴致一来，欣然提笔，写了一首诗，并把这首诗写成书法作品，一并送给渔民。年轻的渔民不仅得了字，还得了诗，自然喜出望外，道谢声声，如湖里的层层涟漪。认识张旭，在家里挂一张草圣的字不仅斯文在兹，蓬荜生辉，对那些粗通文墨或根本不识字的乡村人来说，还是一种极大的荣耀，会让左邻右舍高看许多。至于懂或不懂诗与书法，和他们的日常生活关系不大。重要的是，字与诗都是张旭先生为我写的。

劝君不用镌顽石，路上行人口似碑。

豪爽任侠的诗人李颀在常熟做客时，耳濡目染了张旭饮酒作书的潇洒的丰神，也见识了他济困扶危、与人为善的心态，临别时以一首《赠张旭》描其神态：

> 张公性嗜酒，豁达无所营。
> 皓首穷草隶，时称太湖精。
> 露顶据胡床，长叫三五声。
> 兴来洒素壁，挥笔如流星。
> ……
> 瞪目视霄汉，不知醉与醒。
> ……

诗人之笔，友人之眼，应该是详实可信的，张旭其醉后作书之态在乡亲朋友眼里确实可掬可嘉，津津乐道，充满笑意，传诵一时。在他曾任县尉的常熟，旧时城内曾建有"草圣祠"，祠内有副楹联，一语中的：

> 书道入神明，落纸云烟，今古竞传八法；
> 酒狂称草圣，满堂风雨，岁时宜奠三杯。

上联讲书，下联讲酒，书法与酒从来就没有从张旭身边离开过。

酒是"草圣"书法艺术大树根基下的温润！

第八章

且借壶中沉香酒

中国是酒的故乡。

酒的品种之多，产量之丰，蔚为大观。

中国也是饮酒的乐土。地无分南北东西，人无分男女老少，"饮酣视八极，俗物都茫茫"。"得钱即相觅，沽酒不复疑"。饮酒的意义不止于口腹之乐，在许多场合酒还用来营造气氛、情趣、心境。因为，酒本身就是一个变化多端的精灵，炽热似火，冷酷像冰，温柔如绵，锋利如刀；它无所不在，无坚不摧；它能让人超脱旷达、才华横溢；它能让人飘飘欲仙，超凡脱俗；它能让人醉生梦死，浑浑噩噩，忘却人世间的痛苦忧愁。

汉代人称酒为"天之美禄"（《汉书·食货志》），意为上天赐给人类的礼物，是人与人之间思想交流与碰撞的媒介。酒可助兴，亦可排忧，还能壮胆，又能缓解疲劳、祛湿驱寒，且味道醇美、回味无穷。因其独特的魅力，酒自诞生至今，一直在人类生活中占据着重要位置。尤其是在魏晋南北朝时期，政治纷争不已，社会动荡不安，人们朝不保夕。有思想、有才情的文人雅士深感生命短暂、世事无常，或饮酒消愁，或以酒放纵，或借酒避世。"何以解忧，唯有杜康"成为这一时期许多英才名士的共识。雅人深致、丰肌神清的"竹林七贤"正是此中之翘楚。至今，他们的风花雪月，他们的丰神潇散，他们的丰姿轶事，仍散发着一股浓郁的酒香。

古代的酒大致可分为三类，即自然发酵的果酒、谷物酿造酒和蒸馏酒。其中果酒和谷物酿造酒出现较早，酒精度数偏低。蒸馏酒是以蒸馏工艺制取的酒精度数在四十度以上的酒，因可以点燃，故称为"烧酒"。也因透明无色亦称"白酒"。蒸馏器虽然在东汉时已经出现，然而蒸馏酒的制造技术大约至元代方始盛行。两汉、六朝时期人们饮用的酒多为谷物酿造的液态发酵酒，受酿酒工艺的制约，很难超越现代黄酒的酒精度数（十到十二度），大多度数偏低。形象一点对比，六朝时酒的酒精含量类似现在的啤酒或低度黄酒，在延长饮酒时间的情况下，一旦上下通透，身心愉快，喝下十数斤酒也就不难理解了。

当然了，我们要充满笑意地看待那些载入史册的豪饮者，他们的酒量"三斗""五斗""八斗""一斛"，大小不等，差异明显，数字变化使有些饮者形象严重受损，认为饮者徒有其名，酒量不值一提。这里面有着诸多原因。一方面源于当时度量衡标准不一。另一方面，也跟酿酒工艺不同造成各地酒的品质和酒精度数不同密切相关。还有，记载这些奇闻异事的多为小说家言，所有关于英雄的传说中，酒都是不可或缺的道具，渲染扩大的成分总是有的。

酒是万恶源，亦乃食精华。

哲人千古醉，醒者皆堪杀。

白眼夹醉眼，酒花掩泪花。

一壶能遣闷，三杯聊解乏。

飘然百病退，一梦登仙槎。

谵呓皆珠玑，着书自有法。

此亦属隐术，用之可避邪。

这首诗作者不详，却写得很有意思，作者肯定是"瘾君子"，也是懂酒之人。酒有水的形态，却有火的性格。酒是好东西，看看喝在了谁的嘴里；酒是好东西，看看佐酒的东西就知道喝出了什么品位。所以说，一个人纵酒对不起身体，禁酒对不起灵魂。不纵不禁，恰到好处，半醉微醺之境界才是真正的享受呀！

"诗善醉，文善醒。"

艺术就是充满醉意的舞蹈。书家的酒神精神，其实就是一种艺术的高蹈精神。

酒在人类文化历史中，不仅仅是一种客观存在的物质，也是一种文化象征，即"酒神"精神的象征。中国的"酒神"精神以道家哲学为源头，庄周高唱逍遥之歌，倡导"乘物而游"，"游乎四海之外"，宁愿做自由的在鱼塘摇头摆尾的乌龟，也不愿做槽枥之间受人束缚的千里马。追求自然自由，追求艺术审美，忘却生死利禄及荣辱，是中国"酒神"精神的意义所在。

酒和中国艺术结下了不解之缘。也可以说，中国艺术浸透了蒙眬的醉意，氤氲着浓郁的酒香。南朝刘义庆在《世说新语》中说："名士不必须奇才，但使常得无事，痛饮酒，熟读《离骚》，便可称名士。"李白先生也用"会须一饮三百杯""与尔同销万古愁"的名句为自己的诗词代言。李白诗名大，酒名也大，典型的爱喝酒，夜半三更起来还要伴着明月下酒，意犹未足，还嫌"月既不解饮"，甚而月下断言，"吟诗作赋北窗里，万言不直一杯水"。

据有心人统计，李白现存诗约千首，提到月亮的有三百八十二首，占总数的三分之一，加上天镜、圆光、飞镜等不同美学形态的月亮意象的诗共有四百九十九首之多，平均每两首诗即由月亮陪伴一次，然后酩酊大醉，呼呼大睡。典型的不喝不能写，一喝写不成呀！月越看越寒，酒越喝越暖；既爱月，也爱酒，这位"谪仙人"简直可以说是"明月为心酒为肠"了，他每一次的对月抒怀里都充满着酒意，洋溢着酒香，浇漓着酒神精神。

箪食瓢饮，光明有日。即便是一辈子穷困潦倒郁郁寡欢的杜甫先生也向往那种"痛饮狂歌空度日，飞扬跋扈为谁雄"的豪情胜概。杜甫的酒瘾、酒量，其实不亚于李白，因为，他自己说："性豪业嗜酒，嫉恶怀刚肠。"他自己说："莫思身外无穷事，且尽生前有限杯。"遗憾的是，心有余而力不足，人欲饮而钱不够，杜甫先生的日子一直过得艰难凄惶，喝酒多半是为了排忧解愁，下酒菜自然就不会如月风雅了，多半的时候伴着苦涩的泪水，殊不知，"酒入愁肠愁更愁"哇！

开元、天宝时期，是多元文化达至鼎盛的开放时代，为诗人、画家、书法家及不同门类艺术家的挺然秀出恣意张狂提供了适宜的环境和土壤。他们在酒的感染刺激之下，手之舞之，足之蹈之。诗情画意，生机勃勃；雄才大略，喷薄而出。他们的狂是雅士之狂，是才情之狂，是透心透肺的狂，是健康益智的狂，是狂狷的狂，全然没有"魏晋"时期的任情使气、行为乖张。今天，即便不喝酒，我们也可以遥想出书法家张旭先生在王公贵族面前"脱帽露顶"的可掬狂态。如果是同道饮者，也会在嬉笑怒骂不拘一格的会意之中笑得腰都直不起来，当然，也有尊敬。就文化而言，艺术创作者能够快意恩仇狂态昂然是健康社会的文明之光。"多士能狂"也是思想自由精神放飞的人性彰显。唐代的文化艺术之所以凌跨百代，熠熠生辉，实实得益于当时的文化开放和思想自由，具体体现在艺术家的酒杯之中、醉意之间。

张旭草书的突飞猛进，"恍如天人"，除了自己熟读精思、勤学苦练外，还有一个重要因素就是"酒"的促进作用。宋代欧阳修主撰《新唐书》，其中《张旭传》开篇即如是：

> 旭，苏州吴人。嗜酒，每大醉，呼叫狂走，乃下笔，或以头濡墨而书，既醒自视，以为神，不可复得也。世呼张颠。

欧阳修是"学、养、信、行"俱佳的儒家，终其一生有君子之风。他修的也是正史，不会风闻言事，以讹传讹。这篇传文仅一百五十七字，真是言简意赅，惜墨如金，但开篇这四十字除"苏州吴人"外，全着墨于张旭的酒事了。由此可见张旭先生的酒情之深，酒量之大，酒名之盛。

张旭与酒结缘，嗜酒如命，有酒必喝，见喝必醉。但他的酒没有白喝，没有浪费，没有颓废。在酒精的刺激下，在酒意的渲染中，恣性挥毫，纵意挥洒，直至物我两忘，唯有翰墨飞扬。他在醉意中有激情的快意，在醉意中有性灵的超越，超越的就是滚滚红尘中的世态常理。常理意味着墨守成规理所当然，意味着亦步亦趋循规蹈矩，意味着心灵被世俗、欲望、习惯包裹。这样的心灵对艺术家来说，"下笔如有绳"，处处有拘囿，点点凭机心，玩的是技巧，走的是熟门熟路，循的是世态人情。这于天赋才情天马行空的张旭先生来说不仅仅是行为的束缚，而且是思想的桎梏。因之，张旭的旷达狂放，纵意所如，是"醉翁之意不在酒"，而是在无念之间，有所不为的反叛！醉是对那些虚情假意冠冕堂皇尘俗罗网的逃脱，醉也是对那些思前想后患得患失迂腐妄念的抵制。

张旭不仅自己爱喝酒，而且喜欢推杯换盏交朋结友。他与著名诗人贺知章、李白诗文唱和，交往甚洽，还是密不可分的酒友，加上李琎、李适之、崔宗之、苏晋、焦遂并称"饮中八仙"。物以类聚，人以群分。三教九流、异质同构的这些才子，被一个"酒"字紧紧地联系在一起，成为有唐一朝津津乐道不可或缺的艺术群体。这些人胸次坦荡，如光风霁月，其所作所为，皆傲岸不群，艺术状态则如猛虎下山，横扫千军；这些人恃才傲物，精灵古怪，不甘寂寞，又好出头，雅好以恶作剧取乐，似乎总是童心未泯；这些人侠肝义胆，至情至性，好斗使气，桀骜不驯，言辞激烈而直率畅快，却懒得迎来送往理会人情世故；这些人性格耿介，言行乖谬，多放纵不羁，离经叛道，乃至大逆不道，常常让凡人感到匪夷所思，无所适从，没有一点儒家的"中庸"气象……

当然了，除了酒的温情，酒的热情，酒的魅力，更为重要的是，这些人，在人生观念、文化见解、艺术境界、政治信仰之上特别默契，特别坦诚，他们的相知行远来自共同的思想基础：富于想象的道家思想以及盛唐时期普遍的浪漫情绪。他们都是特立独行狂放浪漫的一代天骄。他们都在自己的艺术创作中表现出不为礼拘、不受法约，任自然、讲放逸、求率真、重激情的人生态度和创作取向。时代和命运把他们自然而然地组合在一起。

酒逢知己千杯少。张旭喝酒是离不开贺知章的。贺知章这个人很有意思，他年龄大，地位高，却为人豪爽，磊落大度，清雅风流，诙谐健谈，且礼贤下士，喜欢结交各界贤达，即便布衣之士。他酷好饮酒，年龄、资历，包括酒量、酒风、酒德，名列"饮中八仙"之首名副其实。作为书法家，贺知章善隶书、草书，"每醉必作，为文词初不经意，卒然便就，行草相间，时及于怪逸，尤见真率。往往自以为奇，便醒而复书，未必尔也"。这一点和张旭如出一辙，有着异曲同工之妙，不知道谁学的谁，也不知道谁能超过谁。总之，他们俩谁也离不开谁，谁也离不开酒！

张旭草书的得意之作多写于酒酣耳热之后。他把美酒当作人生感怀的工具，寄寓的是人生抱负。端着酒杯的书法家张旭如解牛的庖丁，书法艺术涵融的是人的艺术精神，把写字的技巧演化为精神之"道"了。难怪诗圣杜甫作《饮中八仙歌》，曰："张旭三杯草圣传，脱帽露顶王公前，挥毫落纸如云烟。"一生颠沛流离、一生谨小慎微的杜甫先生看似赞美，其实是羡慕呀！他终其一生都缺乏这种任情恣性自由超脱的生活方式，一生都在追求这种"自笑狂夫老更狂"的精神状态！行行复行行，失望复绝望，我们应该为贫而益坚、不坠青云之志的杜甫先生敬一杯美酒，让他"仰天大笑出门去"！

一杯在手，我们可以生发无穷的想象，张旭站在墙壁前借酒挥毫的潇洒之举，忽如高山般稳重，忽如溪流般轻柔，在这种强烈的转换对比中，表现出一个卓越艺术家开阔的胸襟和丰富的想象力。如果我们才疏学浅，词不逮意，还是看看古人的描述吧，唐朝的蔡希综《法书论》云：

> 乘兴之后，方肆其笔，或施于壁，或札于屏，则群象自由，有若飞动，议者以为张公亦小王之再出。

稍晚一些的书法家窦臮在《述书赋》中也曾经记载：

> 张长史则酒酣不羁，逸轨神澄，回眸而壁而无全粉，挥

笔而气有余兴。

据此，如果说张旭的精美之作只是墙壁上，或者说张旭只能在墙壁上畅发尽致，那就大错而特错了，是对草圣书法艺术的一种亵渎。作品《古诗四帖》，就是写在五色笺上的，前两首诗是庾信的《步虚词》，后两首是谢灵运的《王子晋赞》和《岩下一老公四五少年赞》，书写运笔纵而能敛，无往而不回，无垂而不收，奔放豪爽，飘逸潇洒，如骏马奔驰，倏忽万里；如云烟缭绕，变幻多端，把狂草艺术升华到极致。

　　李白不仅是张旭的酒友，书法还有着师徒名分。更重要的是，公元九世纪中叶，唐文宗李昂将李白诗歌、裴旻剑舞、吴道子绘画和张旭草书钦定为"大唐四绝"，并诏命翰林学士撰文贺赞。这就是说，诗人李白和书法家张旭是站在同一高度、不同门类的艺术家。他们双峰并峙，二水分流，共同构建着大唐艺术的海拔高度。李白对酒的感情和认知丝毫不比张旭差，半斤八两，难分秋色。他在《拟古》中写道：

　　　　提壶莫辞贫，取酒会四邻；
　　　　仙人殊恍惚，未若醉中真。

说明了他追求"醉中真"的意境。他乐观自信，放纵不羁，把饮酒之乐看得高于一切：

　　　　钟鼓馔玉不足贵，但愿长醉不愿醒。
　　　　古来圣贤皆寂寞，惟有饮者留其名。

　　　　贤圣既已饮，何必求神仙。
　　　　三杯通大道，一斗合自然。

有了朋友，有了美酒，就是人生最好的享受，就不必耿耿于怀追求什么虚无缥缈的神仙了。李白已经得意忘形了，忘了自己就是常人眼里的神仙了!

　　在"谪仙人"李白眼里，张旭并无二致，也是和他一样下凡的神仙：

> ……
> 楚人每道张旭奇，心藏风云世莫知。
> 三吴邦伯皆顾盼，四海雄侠皆相推。
> ……
> 丈夫相见且为乐，槌牛挝鼓会众宾。
> 我从此去钓东海，得鱼笑寄情相亲。

这是李白诗歌《猛虎行》中的诗句，写于天宝十五年（756），时在安史之乱中，流离四地的李白与张旭相聚于江苏溧阳酒楼，在"杨花漠漠愁煞人"的三月春景中，两人把盏对酌，感慨万千。李白直面的张旭，是一个"心藏风云"的飘飘圣贤，是一个"四海雄侠皆相推"的大写的人。唯其心胸如此，他的草书才能造就杜甫所说的"豪荡感激"的大气象。在李白的眼里，张旭的草书，绝不是个人宣乐泄悲之技，而是性天化育的风云之变。

　　在唐代诗人中，除了李颀的《赠张旭》"兴来洒素壁，挥笔如流星"谈到书法的"兴"以外，还有高适的《醉后赠张旭》：

> 世上谩相识，此翁殊不然。兴来书自圣，醉后语尤颠。
> 白发老闲事，青云在目前。床头一壶酒，能更几回眠？

两个诗人不约而同地谈到了"兴"，对书法家来说，笔兴是很重要的一种情绪，往往决定着作品的成败得失。但对张旭这样的书法大家而言，"兴"就不是寻常所谓"兴致"或"兴趣"，它是"孤蓬自振，惊沙坐飞"的艺术张力，是豪荡超逸、奇伟狂放的生命意气。这"兴"，是张旭草书的天机，它借酒而生，以书而张。"兴"，是李白诗言的"心藏风云"的焕发，是张旭草圣的真态。李白是真的看懂了张旭，人生得一知己足矣！

从杜甫的《饮中八仙歌》中也不难看出，"诗仙"李白与"草圣"张旭是比肩而立的。

> 李白一斗诗百篇，长安市上酒家眠。天子呼来不上船，自称臣是酒中仙。张旭三杯草圣传，脱帽露顶王公前，挥毫落纸如云烟。

同一醉酒，同样放达，同步超越。但细思起来，李白的放达是冲着红尘的骄世，张旭的放达是面向天地的傲岸。李白在唐玄宗的宫中醉酒，当玄宗面让贵妃杨玉环为之研墨，呼太监高力士为之脱靴，这种骄纵究其实是一种郁郁不得志的发泄，有些赌气，有些孩子气，也有些小家子气。读史我们可以知道，清醒时的李白，其实是很谦恭的，"生不用封万户侯，但愿一识韩荆州"是他真实的想法，"请君赎献穆天子，犹堪弄影舞瑶池"是他红尘的追求，而"仰天大笑出门去，我辈岂是蓬蒿人"则是他喝酒之后的人生样态。酒给了他过人的胆量，酒给了他做人的骄傲，酒铺就了他艺术的坦途。

然而，福兮祸兮，功兮过兮，这借酒壮胆、恃骄承欢的代价，是豪情万丈的李白匆匆结束了他呕心沥血四十余载勉强而得的翰林生涯，非常不情愿地从金马玉堂的生活中走出来，离开他服务不到两年的长安宫廷，从此萍踪侠影，浪迹江湖。后来，世事无常，有志难酬，报国无门的一代天骄"竟以饮酒过度醉死于宣城"（《旧唐书》）。而张旭则放达于自然，以纸为天地、以笔墨做风云，他借酒抒情，焕然创化的世界中，也有"俱怀逸兴壮思飞，欲上青天揽明月"的奇思妙想，也有"忽魂悸以魄动，恍惊起而长嗟"的变化无常，也有"仰天大笑出门去，我辈岂是蓬蒿人"的超尘绝俗。这才是张旭纯粹到极致、超越到极致的草圣人生。

人生飘忽百年内，且须酣饮万古情。在酒中，李白看懂了张旭，张旭看懂了自己！

第九章

莫使金樽空对月

飘飘欲仙、潇洒出尘的庄子在《齐物论》中温情地叙说，有一天庄周睡着了，做梦自己化成了一只翩跹起舞的蝴蝶，飞呀飞的，轻盈极了，自在极了。梦醒后，他却陷入深深的困惑里：到底是蝴蝶梦见自己成了庄周呢，还是庄周梦见自己成了蝴蝶呢？

世人皆知张旭嗜酒，又岂知酒独厚爱"草圣"乎！

自古以来，人们常把书法视为创作者用以抒情达意的一种艺术（至少在理论层面上这样认识）。尽管扬雄在《方言》中所言"书，心画也"的"书"并不特指书法，但后代的书法评论者在引用它时，常把这句话中的"书"作为书法来理解。"书为心画"不但是中国历代书法的最高信条，它也成了传统书论最基本的阐释模式。这一书法理念在唐代由孙过庭对书圣王羲之作品的讨论而被进一步地具体化了，他在《书谱》中云：

> 写《乐毅》则情多怫郁，书《画赞》则意涉瑰奇，《黄庭经》则怡怿虚无，《太师箴》又纵横争折，暨乎《兰亭》兴集，思逸神超，私门诫誓，情拘志惨，所谓涉乐方笑，言哀已叹。

岂知情动形言，取会风骚之意；阳舒阴惨，本乎天地之心。

　　一个书法家，刻苦、勤奋固然是能成就他艺术才华的重要因素，但不是他艺术特色形成的根本原因。要想成为一名优秀的草书艺术家，除了所处的家庭背景、时代背景，包括文化背景是最基本的条件，也就是生存土壤外，草书艺术家师从古人刻苦研习，从前辈书家的成就中吸取养分，也是重要因素。但这些还不是他艺术特色确定形成的根本原因。草书艺术特色与人的特性有直接的关系，与人的性灵情感密不可分，更与人本身所遭遇的某个特定外在因素刺激有着决定性的关系。综观历史上著名的书法大家，凡是与众不同卓然不群者，无不在秉性情致上和本身生活遭遇及特定外在因素的刺激方面有着不同凡俗之处。如张旭，如怀素，他们二人有一个典型的特点就是除了天资聪明，都与"酒"密切结缘，密不可分。他们都是"酒神"精神的赞美者、崇拜者、践行者，他们深深懂得酒于中国文化，尤其是酒于中国书法艺术的意义。在他们的心中，这个世界上有一种力量，远比爱情、地位、金钱，包括权力来得更为巨大——那就是美酒！

　　铺一张宣纸，研一池浓墨，斟一杯美酒，凝神落笔，纵意所如。把早年的苍凉放进去，把今天的苦乐放进去，把人生的得失放进去，把艺术的玄想放进去，在黑与白、虚与实的对立中自由无羁地挥洒，越写越快，越快越狂，越狂越好。那真是人间绝藏，那真是千古妙笔，那才是中国书法呀！

　　当然了，这是一种一般书写者难以达到的艺术境界，是一种冲破世俗理念和束缚、张扬着酒神精神的诗意创造，是一种师法自然、涵养着道家超然物外的逍遥自适，更是一种让狂草艺术达到审美高度的极致创造。可遇而不可求，非张旭之类凌虚而降的天才不能为之。因而，同朝的文学家李肇在《国史补》中也感慨地说："旭饮酒辄草书，挥笔而大叫，以头揾水墨中而书之。天下呼为张颠。醒后自视，以为神异，不可复得。"这种不可复得的神异，就是天才。

　　艺术是需要天分的，大艺术家必须是得到苍天眷顾、逆世横生的天才，其次才是勤奋和努力。低质量的勤奋，不过是营造一个"我很努力"的幻觉。勤奋不是废寝忘食，不是马不停蹄，不是忙忙碌碌，而是有效地利用时间。刻苦的努力，也不是一味地兢兢业业，埋头苦干，而是用智慧去解决问题。书法家既要拉车，又要看路，更重要的是，沉下心来，抽丝剥茧地去思考，精益求精，才能获得真正意义上的成功。

《庄子》里有一个寓言，射手列御寇为官员伯昏无人表演射箭，他把弓拉得慢慢的，在手肘上放一杯水，连珠射箭，箭无虚发。但伯昏无人看了不过瘾，觉得意犹未尽，他忽发奇想，把列御寇带到高山绝壁之上，让射手背对悬崖、双脚三分之二在悬崖外，然后再让他射箭，结果列御寇吓得趴在地上、冷汗直流。这时，伯昏无人慢悠悠地说："夫至人者，上窥青天，下潜黄泉，挥斥八极，神气不变。今汝怵然有恂目之志，尔于中也殆矣夫！"这家伙虽然行事过分了，心底也有些狠毒，但这句话很有水平，很有高度。由此可见，创作者即便技艺高超，如果在外物干扰下失去了定力，失去了情性，失去了突破，也就丧失了创作能力。

书法是中国文化的核心。草书是中国书法的灵魂。篆、隶是文字发展演变的自然过程，是草书家练笔的必由之路，它们本身是以实用为主的，艺术格致不够，审美价值不高。换言之，一些没有天分、不爱读书，也不爱思考，习惯于以书法为技艺的人，都可以通过勤学苦练写好篆、隶，但他绝对学不好草书。写好草书，除了读万卷书、行万里路之外，还必须具有极高的个人禀赋。而狂草的要求更高。

甲骨、金石、真、草、隶、篆、行等诸多书体中，我最偏爱草书，而在草书中，我尤钟情于狂草。狂放不羁的线条、大起大落的节奏、摄人心魄的气势及变幻莫测的空间，观之常令人有一种情不自禁的感动、激动，乃至飘飘欲仙的飞动。狂草的艺术表现力极其丰富，每每在超越技法超凡脱俗的同时，能让人获得一种放浪形骸之外的快意和心灵无所挂碍的自由。这种自由是形式的，更是精神的。我一直以为，自由是艺术的最高境界，虽难以企及，却心向往之。

张旭是崇尚自由的草书艺术天才，他的草书如龙虬腾霄，雄强而不失于清雅。就像"云从龙，风从虎"一样，张旭这条草书之龙也需要酒的氤氲，酒的滋润，酒的激扬。

酒，汲天地之精、日月之灵；云卷云舒，花谢花开，成全了酒之神奇。君子以酒养性，不以酒乱性；悟了酒道的男人，才是真君子。酒对于普通人来说，可能只是一个嗜好而已，甚至许多平凡人只是借酒消愁，一醉方休，殊不知"抽刀断水水更流，举杯消愁愁更愁"。酗酒往往会让庸常之人消沉，消极，乃至堕落。沉迷酒色的人，一定是醉生梦死，一定是无所作为。

但对于张旭、李白、怀素之类的天才艺术家却不然，酒成了他们艺术追求的一个重要手段，也就是以酒精强烈的刺激激发他们的创作欲望，并使之达到近乎痴迷的兴奋状态。呼叫狂走，手舞足蹈，肢体的运动使精神得以更畅快淋漓地宣泄——而纸成了张扬这种精神的一个载体，笔成了这种宣泄的工具。笔、墨、纸、人，借助酒这种特殊的外在刺激感染，促成通达奔放，促成一泻千里，促成随心所欲，促成天马行空的想象力；"狂来轻世界，醉里得真如"的自由精神，通过酒这样一种特殊的形式样态表现出来。

这是一种"神传天外、可遇不可求"的艺术形式，这是一种"此曲只应天上有，人间能得几回闻"的艺术状态。为了追求这种自然、自在与自由，历代的艺术家无不苦心孤诣，几乎铁砚磨穿。一是提高书艺，淬炼功力；二是为了心手双畅，随心所欲，使笔下功夫进入到自由王国的境界。而要进入这种超凡脱俗的境界，是非常不容易的，所以，古往今来有很多的书画家往往会选择"酒"作为天梯媒介推波助澜。张旭就是其中最具个性、最有风采的佼佼者，他为书法的自由精神得以流传千古谱写了属于自己的壮美篇章，也为中国书法壮丽神奇的殿堂贡献了美不胜收的艺术瑰宝。

张旭是狂草艺术的真正创造者。张旭狂草的审美特征，可用一个"狂"字来概括。"狂"的第一个含义就是"率意超旷，无惜是非"，就是"意在笔先，随心所欲"，就是"先贤草律我草狂，风云阵发愁钟王"。这既是张旭的夫子自道，也是张旭的创作纲领。律者律法，狂是它的反面。这里，张旭言有所指，他把心目中的先贤——钟、王，主要是王羲之的草书叫作"律"，把他自己创造的草书叫作"狂"。狂而不狂，狂而有度，有所为而有所不为，张旭的心里清醒得很。狂只是他的表象而已，只是他的艺术状态而已，好像有天光照耀鬼使神差，好像有神秘叵测的力量操纵了他的笔，其实，是苍天眷顾让中国有了最好的狂草书法，这是我们研究中国文化要记得的。

张旭酒醉草书，挥毫大叫，以头濡墨中而书之。这般姿容，这般狂态，让见过世面的边塞诗人高适看得目瞪口呆，战战兢兢诗赠张旭："兴来书自圣，醉后语尤颠。"看得出高适的酒量不大，胆量亦不大，理解不了张旭的醉意蒙眬，任情恣性。诗圣杜甫曾作《殿中杨监见示张旭草书图》，称誉张旭草书之动如"鸣玉"，直似"群松"，气势"连山"，笔力"溟涨"。这种语句就准确多了。不管怎么说，张旭被后世称为"颠张"，他的创作状态让学人宗之后世敬仰，他的草书成就像一座高山一样千百年来让后世书法人无法逾越。这其中，酒，功不可没，张旭依靠"酒"这种特殊的外因刺激把自身艺术成就完善到更高的境界，成为一代狂草大师。

毋庸讳言，生命体验对于一个书法家包括所有门类艺术家是至关重要的，它能够以强烈的心灵震撼和情感共鸣引起艺术发现的欲望、快感，大苦大悲、大起大落往往能激发书法家个性心象的表达。这是一种穿透性、原则性很强的极具生命力的思维形态，它的本质特征是直观性与超越性。生存苦难和精神困惑，往往是超越性的前提。

张旭的草书从秦汉走来，从魏晋走来，从南北朝走来，从隋走来，从初唐走来，若讲体验和洞察，是异于常人的，高于常人的。相较于常人，张旭也是丰厚的。他是中国书法历史风云和文化流变的亲历者，他是草书变革和艺术发展的参与者，他又是中国文化焚膏继晷、播火传薪的承继者。阅人多矣，历事多矣，观今多矣，鉴古多矣。倘若没有哲人的思辨精神、学人的文化视野、智者的聪颖灵慧、仁者的人格魅力，沧桑岁月中也有可能让心灵和容颜跟随时光老去，而不会有蓬勃新鲜的人文感悟和审美体验。因而，欣赏张旭的书法作品，如面对长河落日、大漠孤烟，体会静穆空灵，感受苍茫清润。你所得到的是洒脱健朗的美感，是他亦庄亦谐的君子之风，是从容的气度和平常的心态，看不出丝毫的俗气、躁气、媚气。

世人皆醒我独醉。这与凤翥鸾翔、云蒸霞蔚的时代形成了鲜明的对比。

从许多表象来看，张旭是不甘寂寞、热衷于滚滚红尘的。出则前呼后拥，行则香车宝马，食则楼堂馆所，饮则豪气干云。得意时，手之舞之，足之蹈之，歌之赋之，才华横溢，放浪形骸，乃至行为乖张。这种现实的观感不无道理，却只看到了张旭入世的一面。但也正是因为有悖于人生常理，使他才有了"草圣本须因酒发，笔端应解化龙飞"的高妙；有了"醉来把笔猛如虎""直挂云帆济沧海"的疏狂。这疏狂不仅使他的书名才气氤氲着酒意诗趣，也浇漓了几分带着笑意的尘世传奇。

"天若不爱酒，酒星不在天；地若不爱酒，地上无酒泉。"那么，三才之一万物之灵的人呢？诗仙李白先生一句"吟诗作赋北窗里，万言不直一杯水"把中国人对酒的缱绻情意抒写得淋漓尽致、口舌生香。诗人自己又如何呢？"莫思身外无穷事，且尽生前有限杯"，饮酒成了他的生活常态和生命状态。他为什么要喝酒呢？目的很明确："且借壶中沉香酒，还我男儿真颜色。"

那么，张旭为什么如斯爱喝酒呢？是兴之所至，是任情使性，还是借酒浇愁、放浪形骸？阅尽沧桑的同道杜工部一语道破："由来意气合，直取性情真。"诚哉斯言！张旭的酒喝得实实在在，喝得专心致志，喝得情真意切，喝得超越奔放——我如此说，是说张旭是一个懂得饮酒品酒的人，也是一个懂得喝酒礼仪的人。不似时下的诸多宴会上，觥筹交错，大呼小叫，或捉住一个酒量不行的，死乞白赖，强劝硬灌，席间放倒一两个，看着别人出丑，自己开怀大笑。张旭喝得多却思绪不乱，言语不赘，井井有条，意兴思飞，似乎只要合情、惬意，人逢知己就酒量无边。

李白是张旭的莫逆之交加酒中知己。两个人喝酒时，聊得多一些，自然也喝得多一些，不免口无遮拦，纵横捭阖，指点江山，激扬文字，粪土当今万户侯，那一种书生意气，那一种汉唐风骨，直逼魏晋文人的风度，大有"竹林七贤"的疏狂。而李白，狂虽狂矣，情虽难禁，心里还是明白的，师道还是有尊严的，"草圣"还是要尊敬的。他在诗里体现的，是龙腾虎跃的动势，是千折百回的旋律，是对艺术中写意精神的赞美，当然，还有着师道尊严中委婉、温存的那一部分，往往是作为学生最容易感受到的。它无须言说，也许是一道眼神，一缕微笑，一个姿势，身心都荡漾开来。在"草圣"和"诗仙"斟满自由、关爱、包容、洒脱的推杯换盏中，两个人都在微醺中清醒地认为：任何交往，师生也罢，朋友也罢，缺乏朴素、真诚、自然和率真，都是不可靠的，也是没有品位的。在什么基础上交欢，在什么情景中交恶，对于人的本性来说都是很严厉的考问。艺术家更应该思考，并用一生的实践去回答！

对过去不后悔，对现在很自信，对未来充满希望。草圣张旭给所有艺术家做了最为本质的回答。

人生在世，每一个人都有自己的人生之本。张旭的人生之本大概就在于这种淡定与雅兴之间吧！他的书法风姿潇洒，气宇轩昂，内涵丰富。他的诗歌清新，率性，质朴，又不失深意寄托。他的个性热情诚恳，与人为善，诲人不倦。可以说，他的学养是丰厚的、博深的，他的人生触角也是多方面的，所以能在艺术与生活之间从容自如，锋颖四出。假如要研究，要硬性定位，张旭应该算是一个在淡定与逸兴之间穿梭的艺术家吧！诗家的激情和浪漫深刻着、丰富着、成就着张旭作为书法家的内涵和禀赋。因而，从某种意义上理解，酒的挥洒，情的蹈厉，诗的润泽，应该是张旭的另一种笔墨形态。张旭就是因为有了深厚的诗文、书学修养，有了扎实的楷书基本功（有他的楷书《郎官石柱记》为证），所以，同时代人对他的草书才"无非短者"。如果我们一定要将书法中的草书比为文学中的诗歌，张旭便是诗歌中的屈原、李白，达到了浪漫主义的高峰。

第十章

挥毫落纸如云烟

　　早在东周时期，洛阳就成了首都。东汉时期顺依旧制，《两都赋》《两京赋》中皆有关于洛阳极尽铺排特别奢华的描摹叙述。到了隋唐时期，隋炀帝大兴土木建立起了新的洛阳城。根据考古遗址测算，隋唐时期的洛阳城也近似正方形，每面都有六七公里长，也像长安一样划分成一百多个坊，像长安一样富裕、恢宏，但比长安更年轻更有活力。更为重要的是，这里是长安的仓库。"安史之乱"时，安禄山经高人指点，审时度势，率先重兵攻下洛阳，也就等于断了大唐的供应后方，给看似庞大的唐王朝致命的一击。

　　在古代，北方的粮食产量不足，都是靠南方来运输的。隋代的炀帝杨广雄才大略，以举国之力开凿了贯通南北的京杭大运河。前人栽树，后人乘凉。唐代首先成为大运河的直接受益者。洛阳位于大运河上，进而成为唐代的粮仓，粟米、食盐、布匹、生活用品，应有尽有，且府库充盈，堆积如山。唐代的洛阳城中，洛河是由西向东穿越而过的，在城南的一块地上，河水流出来形成了一个池塘大小的湿地。这个池塘被赏赐给了魏王李泰，因此被叫作"魏王池"。池子与洛河之间还有个堤坝叫"魏王堤"，周围栽满了花草树木，春来之时，花团锦簇，莺飞蝶舞，是洛阳的名胜雅集之地。

洛阳城中名胜众多，《洛阳伽蓝记》中对此有详细的记载，比如白马寺和关林，而城外不远就是龙门石窟和香山寺。在洛阳城北面，是著名的邙山。邙山其实不高，隆起地面十丈有余，却是当地唯一的制高点。伫立山上极目远眺，玉带似的粼粼河水、交错有致的连绵群山，令人心旷神怡，流连忘返。

洛阳之所以是个"好到可以当首都的城市"，是因为地处中原腹地，是中国的丹田，居"天元之位"。得中原者得天下，地理位置的优势那是相当地重要！其次，聪慧的古人觉得，我们所生活的这片大地是有生命的、有灵性的，而龙脉则是被定为立国之本，以此来宣称君权神授。历朝历代都会对本朝的龙脉进行保护，生怕断了龙脉，导致国家灭亡、江山丧失。古人常常用"风水术"中的五个方法"觅龙、察砂、观水、点穴、立向"来寻找这个朝代的龙脉。其实，龙就是地理脉络，土是龙的肉、石头是龙的骨、草木是龙的毛发、水是龙的血液。洛阳有山有水，依山傍水，山环水绕，自然是许多王都的首选之地。邙山自古以来就是风水绝佳之地；东周、东汉、西晋、北魏的帝王陵墓大都在此，这里还有许多王公贵族墓。

随着唐王朝的发展壮大，有权有势的达官显贵自然越来越多，偌大的长安也装不下那么多的王公贵族了。在唐高宗李治时期，他在洛阳城的西北角，修建了一座离宫，叫"上阳宫"。上阳宫面积大约为八平方公里，是在隋代西苑十六院的基础上修建的，宫殿的大门叫作"提象门"，宫殿叫作"观风殿"。上阳宫雕梁画栋，飞檐斗拱，富丽堂皇，美不胜收，在白居易的《洛川晴望赋》、贾登的《上阳宫赋》、李庾的《东都赋》中都有所体现。洛阳丰富的人文景观和文化遗存自然成为文人游憩览胜、放逸诗怀的精神乐土。

唐朝文人外出游历时有在沿途墙壁上题诗的风俗，不论是在寺庙、殿堂、邮亭、客栈，还是在石壁旁，一律是走到哪里就题到哪里。很多风景名胜，寺庙园林，甚至酒肆客栈，都特意留下几面墙来供文人们题诗，并以此为荣、津津乐道。唐代诗人喜欢书剑行吟，浪迹江湖，经常有说走就走的举动；杜甫穷困潦倒，家无隔宿之粮，也不愿意在家老老实实待着，骑一头瘦驴叮叮当当探亲访友。世界那么大，应该去看看。路途囊中羞涩，没钱花了，也多靠题诗、题对联来饭店顶账，可见当时对于诗文的重视和对文人的宽容。

元稹在《白氏长庆集序》中写道："二十年间，禁省、观寺、邮候、墙壁之上无不书，王公妾妇、牛童马走之口无不道。"可见诗人的日子过得不咋地，著述且为稻粱谋，天天要为衣食操劳奔波，这里的著述就是给墙壁上写字题诗，用才华换一点银子养家糊口。为此，白居易还在《答微之》诗中说："君写我诗盈寺壁，我题君句满屏风。"白居易后来是官员，而且是大官员，有地位，有俸禄，衣食无忧，自然说得轻松，好像书壁是玩风雅似的。殊不知，有些寒士题写时恓恓惶惶，委委屈屈，完全是点蘸着泪水写的，有一种时不我与、有志难酬，乃至凤凰落架不如鸡的惆怅。但不管怎么说，互相题诗、赠诗、题壁唱和，隔空神交，这都是正宗的大唐雅韵，平添着一个时代的风致。

"题壁"可以说是唐代诗人发表诗歌的一个途径、一种载体，比现在的微信还方便快捷。当时雕版印刷刚刚兴起，并不发达，书籍的价格很贵，非一般人能够承受。而诗写在墙上，白底黑字，义理分明，南来北往的人侧目瞬顾皆可欣赏，诗的好坏优劣直接表现在众目睽睽之下、津津乐道之中，这样好的诗很快就流传开了，诗人也渐渐地有了名气。

"题壁"也是古人特有的一种书写方式，往往是风流倜傥的书法家雅集聚会，酒足饭饱、舞文弄墨的即兴表演。这时候，酒意正浓，逸兴思飞，已经不在乎书写的细节。大声叫得酒保来，笔墨伺候着，把席间唱和吟出的诗文现场书写在粉壁上。这种书写看似信手拈来，随心所欲，其实很不容易，没有书法功底，没有笔胆文采，往往会当众露丑。因为，毛笔与粉壁垂直，笔不能饱墨，水不能多蘸，粉壁也不如宣纸细腻吸墨，常常还会有粉痂凹凸，加之行草书的快捷之故，故字中"飞白"乃常见之态。

"飞白"是中国艺术特有审美方式，它的意趣已远远超出技术层面的欠缺，而上升到哲学思考的范畴。东汉灵帝熹平年间，皇帝指令书法家蔡邕撰写歌功颂德的《圣皇篇》。蔡邕，字伯喈，这个人可了不得，是东汉著名的书法家；这种著名不是虚名，而是鼎鼎大名，他也是名人蔡文姬的父亲。完稿后，蔡邕前往"鸿都门"去给皇帝交作业。适逢皇宫在整修"鸿都门"，往来不便，蔡伯喈就在门外等待皇帝诏见。闲来无事，四处溜达，他看见工匠用刷石灰的扫帚写字，心里很喜欢这个新鲜玩意儿，回去后便在此基础上创造了"飞白"书体。

书壁中"飞白有意"的典故则出自著名的王献之。王子敬十五六岁时，曾经对父亲王羲之说："传统的章草气势不够开阔。现在，我研究了民间书法的妙处，探索了草书纵横不羁的意趣，不如在章草和行书之间，找到一条与传统书法大不一样的路子。父亲大人应当适当改变改变书体。况且，书无定法，万事万物贵在变化发展和创新，传统的书法也太局促而死板了。"王羲之因为身份、学养、地位，不能任笔为体、聚墨成行，也不喜欢旁门左道、离经叛道，听完淡淡一笑，不置可否，并没有完全首肯王献之的说法。当然了，也没有一棒子打死，完全否定。

在那个君君、臣臣、父父、子子的伦理时代，准则只有两个：家长说的永远是对的；在家长说错的情况下，还需参照第一条。王献之的热情在对父亲的表达中如风一缕，如尘散去，年轻人的艺术思考碰了一鼻子灰，受到了严重打击。他没有灰心丧气，也没有一蹶不振，一直想寻找一个机会向父亲证明自己的书法理论是正确的。

一个春和景明、草长莺飞的日子，王子敬闲得无聊，出外溜达，一个人在街上东张西望，看见北馆新刷过的墙壁很白很白，白得诱人眼球，让人情不自禁书兴大发，就拿起一把刷帚蘸了泥浆在墙壁上写了一个一丈见方的大字，看热闹围观的人多得像赶集一样。人声鼎沸，好评如潮，消息瞬间传播四面八方，闻讯赶来的王羲之看见了不禁啧啧称美，问这是谁写的。有人回答道："是你家七儿写的。"王羲之当时没有说什么，后来写信给亲人和老朋友时说："（小儿）子敬写的飞白书很有意趣。"就是对书壁这件事的嘉许。

其实，擅于此道的还有大名鼎鼎、才艺双全的武则天，人称"武媚娘"，中国历史上唯一的女皇帝，也是让整个李唐王朝瑟瑟发抖的人物。

武则天的书法清新婉约、遒劲得法,以精于行草书和飞白书名动朝野。武则天的"飞白书"是自学成才独辟蹊径,还是取精用弘于王子敬的魏晋风流,不得而知。但她笔下的"飞白",与王子敬的书壁大同小异,就是在笔画中具有丝丝露白,难度极大,却极为高雅。武则天不是偶尔为之,而是常常以"飞白"书写大臣的姓名来赐给他们,这种书法造诣非同小可!

当然了,武则天作为女人,作为女皇帝,是不可能大庭广众之下表演飞白书壁的。但书壁的确是当时展露书法才能、宣传自我的一个捷径、一个平台。张旭就是以"飞白书"题壁声名渐起为人知的。他之所以到洛阳来也是因为"题壁务尽"的影响。书法家贺知章、张旭"题壁务尽"的传说很广泛、很有趣,充满着朗朗的笑意。施宿《嘉泰会稽志》记载:"贺知章尝与张旭游于人间,凡见人家厅馆墙壁及屏障,忽忘机兴发,落笔数行如虫篆鸟飞,虽古之张、索不如也。"兴之所至,非理可讲,两个有地位、有身份、有性格的第一流书法家平时片纸拱壁,千金难求,看到人家客厅和墙壁空白着就忍不住想题写,书法的魔力和性格的狂狷可见一斑。因此,很多寺院里的和尚看到墙壁上没有贺知章、张旭留下的题咏会觉得美中不足,必定会重新把那墙壁粉饰好,把墙下打扫干净,摆上笔砚,当然还有美酒,恭恭敬敬等待二人的到来。如果张旭进入寺院,看见墙上光洁可爱,看见地面干净整洁,就会坐在墙下静静地观看,脸上挂着微笑,甚至不动声色,心里却气象万千、波涛滚滚。

我们可以充分地展开想象,那不拘一格的狂人,那自由散漫的酒徒,那天纵奇才的书法家,在风神激荡的暴风骤雨劈面压来时,会平静、安静、静如处子吗?当然不会。在风中,在雨中,在酒中,在仰天长啸中,在龙腾虎跃中,张旭的艺术情怀宣泄了,爆发了,疯癫似的;一会儿端起酒来一饮而尽,一会儿口中念念有词,一会儿心无旁骛奋笔疾书,笔墨与精神融汇在一起,天地和书家融汇在一起……在张旭搦管疾书中,笔底烟云生成另一番景象——既体现了传统草书笔触龙蛇狂舞般的酣畅恣肆,又凝聚了作者个性化的生命律动与直觉感悟的线条空间。这一独具抽象派艺术特色的空灵书画墨符，使情感告别了具象的承载，心灵挣脱了有形的桎梏，赤裸裸遨游于无极，坦荡荡顾盼于幻象。

人是有情感、有思想的高级动物。一山一水，一花一草，只要对他心灵有触动，他就会感情流露，神情表达，或眼高眉低、眉飞色舞，或前仰后合、手舞足蹈，登山则情满于山，观海则意溢于海。花好月圆，他喜；天阴月缺，他悲。仔细想想，人们在感情方面无非就是四个字：喜怒哀乐。仅从字面上看，喜怒哀乐是很好理解的。中医理论中，有七情六欲之说。其中的"喜、怒、忧、思、悲、恐、惊"七种情志，如若激动过度，就可能导致阴阳失调、气血不周而引发各种疾病。所以，中医非常讲究望闻问切。而且，望是第一位的，通过你的脸上的变化，了解病情，对症下药。平日里我们能经常见到和上述七情相关的词汇，如喜：欣喜，狂喜，暗喜，窃喜……怒：恼怒，愤怒，愠怒，怒视，怒斥……忧：忧伤，忧郁，忧愁，忧戚，忧虑……思：思念，沉思，凝思……悲：悲伤，悲愤，悲怆……恐：恐惧，恐慌，惊恐……惊：惊喜，惊讶，惊奇，惊叹……

作为书法家，张旭擅长并专注写草书，书法实践贯穿一生，几乎不从事其他的技艺。这种心无旁骛的草书情结很大程度上取决于他胸藏万汇的情性。张旭的不同凡响在于，能把喜悦愤怒、窘迫困惑、忧郁悲伤、欢乐安逸、怨怼憎恨、思念仰慕、沉酣狂狷、空虚困乏、郁郁不平，乃至感情上的种种波动抒发出来、融汇笔下。即便他在观察世间万物时，看见山川峰峦、鸟兽虫鱼、花开花谢、叶荣叶枯，乃至日月星辰、风雨水火、电闪雷鸣、涛走云飞，举凡自然界事物的运动变化，凡是能够使人感奋使人惊异的，他都能融会贯通一起倾注在书法实践里。因此，张旭的草书变化万端如鬼斧神工，莫测高深，是那种"此曲只应天上有，人间能得几回闻"的境界。

下笔千言，倚马可待。不管在什么地方，不管是什么情景，张旭总是一气呵成，一定要把那方墙壁写完方才罢休，一点也没有疲倦的神色——平整的墙面上，留下形神融合、心手相应的笔墨狂舞。平正与险绝共存，落霞与孤鹜齐飞。更有那谲诡文字图形呈现出的水澹云清，玄义灵动，禅机涵于笔意流转，理趣融于图形布局，令人啧啧称奇，赞不绝口。驻足于这一幅幅氤氲莫测的书法作品前，每一个人都恍若步入了一个宁静高远却又云蒸霞蔚、生机盎然的三昧境界——倏间蜂飞蝶舞，鸟啭蝉鸣；倏间又积云滴水，甘霖叮咚。倏间是热血咆哮，激情浪涌；倏间又是禅境幽寂，山水溟溟。实可谓气象万千，幻化汪洋，节奏铿锵，动势催人。

狂草，看似没有法度，实则最有法度。章法的开始，要先求平正，再追险绝，复归平正。不险则不能引人入胜，就像走路与走钢丝，端盘子与耍盘子，但险绝之间不能救应，使人看了担惊受怕，便索然无味，如走钢丝掉下来，字之倾斜站不起来。后世名家评张旭，普遍集中于张旭草书的神奇变化，"变动犹鬼神，不可端倪"（唐·韩愈），"出鬼入神，恍恍不可测"（明·王世贞）。但是，如果只看到张旭草书的"逸轨"（癫狂），对张旭书法的所知则不免过于皮相。宋代的草书大家黄庭坚说得好：

> 张长史行草帖多出于赝作。人闻张颠未尝见其笔墨，遂妄作狂蹶之书，托之长史。其实张公姿性颠逸，其书字字入法度中。
>
> （《豫章黄先生文集》卷二十八）

"字字入法度"，是指张旭草书在其超逸狂放中，乱而有法，狂而有度。度就是自律，就是节制，就是审美。

由此也可以判断，张旭早年题壁的草书应得益于贺知章今草较多，点画厚重，骨气深稳。贺知章擅长写草、隶，广有书名。他留存的今草《孝经》写得别出机杼，很有特色。从墨迹看，他用的是紫毫或狼毫一类的硬毫尖锋，而又善于运腕，所以笔画劲利有弹性，特别是转折处，出现了肥笔，特别厚重，与其他细劲飞动的笔画形成对比，颇有意趣。且多顺笔入纸，露锋收束，草而不乱，流而不浮，神采飞扬，精神外露，已非王羲之、智永、孙过庭含蓄隽永的笔墨情趣所能笼罩。同时，也说明了张旭早年的艺术成就当为诗歌书法并兼，草书艺术尚未卓荦独立，进入外师造化、随心所欲的境界。

南朝齐国著名书法家王僧虔说："书之妙道，神采为上，形质次之，兼之者方可绍于古人。"此说对于草书来说显得尤其重要。草书的亮丽之处首先是神采，其次是形质。形质第二，并不等于不重要或者说可以不要，而是要二者兼备方可追随古人、超越古人。唐朝的书法家孙过庭也说："真以点画为形质，使转为情性；草以点画为情性，使转为形质。草乖使转，不能成字；真亏点画，犹可记文。"孙过庭这段话很精彩，精细地说明了"使转"对于草书的重要性，因为"草乖使转，不能成字"。这里的"乖"字当作"违背"讲，是说草书没有使转或者违背了书法使转的规律，就无法结字了。张旭草书的肆张狂逸，不是随性乱法，而是以精微深邃的楷法造诣为基础的自由超越——在其看似无法度可循的任性狂放中包含着极为精妙自如的神理。这种笔枯墨重濡染意象的空灵墨符貌似羚羊挂角无迹可寻，然而一旦读者沉息屏气，以心碰心，情感相融，驰骋想象，则像碧波万顷，一苇渡江，不期然就能达到逸笔意墨的彼岸。

草书的好坏高下是由线条的质量决定的。线条的质感在于笔法。张旭的草书用笔是以中锋为主的，线条匀称劲健，点画质感强烈，飞白游丝都能入木三分。这是很不容易的。张旭常常题壁，习惯于站着写字，下笔重，指、腕、背、腰全身发力，把真气贯注笔尖，让生命融入线条，挺然秀出的笔画力感劲利飞动，气格雄健。更重要的是，张旭的狂草不急躁、不张扬、不忙乱，书写的心态是平静的，意识是从容的。飞动的线条，脉动的激情，有条不紊地踏着节奏，诉说着灵魂的蜜意与隐忧，表达出对自然的敬畏、对艺术的热爱，使读者沉浸在一个目不暇接而又优美恬静的意境之中，仿佛过往岁月中一代又一代贤人逸士在墨痕里惊鸿一瞥，清幽一现，便隐入岁月的皱褶，唯剩一纸的精魂。

六祖惠能在《坛经》中释偈："一切福田，不离方寸，从心而觅，感无不通。"张旭的书法字古式新、文心艺质，给人带来的是"千变万化皆天机"的艺术享受和哲学境界。从他的作品中不难看出，最深刻的笔墨形式其实传达着最完整的灵魂诉求，书法是他与世界与心灵对话的众多方式之一，以水墨来表述情怀，以线条来传送思绪。鉴此，我们就不难理解张旭书法作品的精神向度和艺术旨归。在他的笔下，线条的性灵，水墨的逸韵，踏着传统文化的节拍，把书画崇尚的气息日复一日地镌刻为记忆深处的幽情远思，留下那个时代的温情与质地。

第十一章　兴酣落笔摇五岳

　　这是古都洛阳历史长河中的一个璀璨瞬间。这是泱泱大唐千年前的一段风云际会。

　　开元二十四年（736）的春天，姹紫嫣红的"百花之王"牡丹开了，唐玄宗浩浩荡荡从长安出发，驾幸东都洛阳赏花，庞大的队伍中诗人贺知章、画家吴道子随王伴驾。兴致勃勃的唐玄宗不知道，他的这次东游，给历史促成了一个伟大的聚会。太子左率府长史张旭这时也来到了洛阳，在学生裴儆家里教徒授课。裴儆家境富裕，是洛阳的巨贾，他和善舞剑的裴旻将军是叔侄。闲暇之余，就邀请两个艺术大家不时相聚，把酒谈艺。当时，裴旻家有"亲人新丧"，听说吴道子来洛阳了，就以重金请大画家吴道子在洛阳天宫寺（大概在今洛阳老城区）作壁画以超度亡灵，让逝者早登天界。

　　桃李不言，下自成蹊。其实，艺术也是一种交流语言。唐开元年间，热爱艺术的人们已经把李白的诗、吴道子的画、张旭的草书和裴旻将军的剑舞并称为天下"四绝"。还有一种说法，因为吴道子是张旭的学生，辈分低一些，不能和其师相提并论，因此也有人称作"大唐三宝"。

　　"三宝"也罢，"四绝"也罢，画家吴道子是不在意的。而对于离开长安到洛阳，吴道子则很高兴，有一种紫气东来的愉悦，有一种飞出樊笼的兴奋。他不是不喜欢长安，他知道长安是一座成熟的城市。成熟的城市是不需要初出茅庐的年轻人的。盛唐时期长安画坛名副其实的老大还得说是诗书画俱佳的王维。王维不仅自己有才华，皇室也有人支持，因而独得风流，辉煌无人匹敌。权倾一时的宰相李林甫新盖了个房子，请三个人作壁画，两边的请的是吴道子和郑虔，中间请的是王维，礼遇不同，润笔自然也有高下之分。除此之外，大唐与西域诸国关系和睦的时候，大批西域画家来到了中土长安。其中知名的有尉迟跋质那、尉迟乙僧父子，他们都善于画宗教故事、飞鸟走兽、异国人物。

　　作为画家，吴道子是自信的，他不是害怕和人笔墨竞争，而是把竞争等人情世故视为畏途。除了一杆画笔，除了一技之长，他没有任何可以和别人比较的优势，比如家庭、比如财富、比如文凭、比如地位。吴道子少年失怙，家境孤贫，硬是凭着坚忍不拔的个人努力，一步步从民间画工做起，一笔笔画出影响声名。好不容易当上了县尉，却受不了官场的约束，适应不了迎来送往、尔虞我诈，履职不久就辞职了，携一杆画笔浪迹四方，以从事壁画为生。开元年间，唐玄宗闻其画名，召入宫廷，随张旭、贺知章研习书法，和张旭一道从公孙大娘的舞剑中体悟用笔之法。后又教玄宗的哥哥宁王学画，遂晋升为宁王友，有了"从五品"的闲职，成了真真正正的御用画家。虽然不再漂泊流浪，有了锦衣玉食，得到了施展才华的平台，却也失去了一个平民画家的自然、自在、自由。

　　吴道子是一个全能的画家，擅于佛道、人物、山水、草木、楼阁。值得一提的是，"自然山水"在吴道子的笔墨中成为独立的画种，结束了山水作为人物背景的附庸地位，有着筚路蓝缕、开榛辟莽的首创之功。吴道子的人物画，于焦墨线条中略施淡彩，看似疏瘦，实则腴润；看似古淡，实则风华，被誉为"吴带当风"。据说，他在"大同殿"上曾画了五条龙，"鳞甲飞动，每欲大雨，即生烟雾"，真是生龙活现，腾云驾雾。他曾于长安寺观中绘制壁画多幅，而且"人相诡状，无一同者"，慈恩寺塔西面降魔盘龙，景公寺地狱帝释龙神，皆妙绝当时，冠盖京华。

成如容易却艰辛。《历代名画记》有吴道子的绘画感言："众皆密于盼际，我则离披其点画；众皆谨于象似，我则脱落其凡俗。"他的画作之中有着深沉的人生况味，也有着佛教的悲悯情怀。吴道子逸笔意墨，明心见性，其人生和艺术都有了一种明亮而不刺眼的光辉，七十九岁时安详辞世，留下"唐代第一大画家"的声名，被后世尊称为"画圣""民间画工之祖师"。有宋一朝大文豪苏东坡说过："诗至于杜子美（杜甫），文至于韩退之（韩愈），书至于颜鲁公（颜真卿），画至于吴道子，而古今之变，天下能事毕矣！"苏东坡是诗书画三绝的内行，他不吝笔墨，热情洋溢地称赞吴道子的画乃"出新意于法度之中，寄妙理于豪放之外"。这是后话，暂且不提。

惺惺相惜。吴道子受裴旻盛情重金之邀来到洛阳，并在裴旻的家中见到了阔别已久的老师张旭。高山流水，知音相聚，那一种情谊只可以想象，而不可以言说。在请示了老师张旭之后，吴道子当着众人的面如数奉还金帛润笔，他对裴旻恳切地说："久闻将军大名，若能观将军舞剑一曲，吾愿足矣。观其壮气，可就挥毫。"裴将军快人快语，豪爽答应，认为吴道子很看重他，重情重义，是一个够朋友、不俗气的艺术家。对张旭和吴道子师徒愈加尊重，"三绝"形影不离，情谊愈浓，从此结为肝胆相照、意趣相通、互为尊敬与支持的莫逆之交。张旭、裴旻和吴道子之间这种亦师亦友的情谊真挚深厚，终身不渝，一直持续到生命的终结，在洛阳乃至有唐一朝传为佳话。

中国文人历来有佩剑的习俗，并以拥有名剑为荣，文圣孔子出门也常常佩着宝剑。古人赋予了宝剑很高的想象和意义。春秋时期的宝剑不仅是一种兵器，而且是一种神器，是士大夫精神的象征，高贵，凝重，宁折不弯。因此，名剑在历史中纷纷出现，如春秋时期欧冶子铸造的"湛卢""巨阙"。郭震在《古剑篇》中写道：

君不见昆吾铁冶飞炎烟，红光紫气俱赫然。良工锻炼凡几年，铸得宝剑名龙泉。

诗人韩偓在《宝剑》一诗中写道：

> 斗间紫气分明后，擘地成川看化龙。

几乎神话了剑器！

准确地说，裴旻的剑术不是驱驰于两军阵前、取上将首级若探囊取物的武艺，而是出自公孙大娘编导的一种舞蹈，只不过道具是宝剑而已。清代散曲《赞剑》中有"这才勾惹起物外之怀添豪兴，抽剑在手中。舞几路，招法精，立于明月下，趋步把身停。这才故意的将剑撅弯、撒手崩直、当啷啷的响震，地动山摇，虎鬼皆惊，乾坤欲动心（卧牛）心神定……"的句子，描写的就是公孙大娘这种以剑为器的舞蹈。公孙大娘是唐玄宗内供梨园女乐，以《西河剑器》《浑脱舞》冠绝当时，名耀艺坛，是开元年间唐宫第一舞剑高手。她发明的舞剑就叫《剑器》，曾在兴庆宫的勤政楼前表演，漫天剑气，势若飞虹，惊艳一时。遗憾的是，"安史之乱"后流落江湖，餐风宿露，卖艺为生，一代名伶慢慢隐没于风景深处。

太阳高照，惠风和畅，姚黄魏紫的牡丹经过一夜的休眠，神采奕奕地扬着笑脸，院子里的香客游人越来越多，一传十，十传百，来来往往的人不自觉地围拥在画壁前，喁喁私语。有认识二人的还悄悄吐着舌头，心中暗想，今天来得值了，看到了声名鼎鼎的裴旻、吴道子两位艺术大家，却没有想到还有一位书法大家张旭在后面隐身喝酒。在吴道子的邀请下，在众人的期待中，裴旻微微一笑，整好衣冠，束起衣袂，在院内舞起剑来。他健步如飞，左旋右转，上下翻动，那流转起伏的剑气，变幻多姿的体态，雄健灵活的步履，使人仿佛看到豆蔻年华的公孙大娘正随着音乐翩然起舞，时而低昂，时而旋转，时而舒袖，舞蹈虽不是大起大落，电闪雷鸣，但柔中有刚，风情万种，处处风华流美。寒光笼罩中，突然一剑直冲云天，高十几丈许。然后，剑如电光下射，在众人的惊呼中，裴将军拿剑鞘轻轻一接，宝剑安然入鞘，静悄悄如神龙入海，令人叹为观止！

吴道子意兴勃发，如获神助，奋笔挥洒起来。他饱蘸笔墨，劲利飞动，倾力画佛光，一笔一个大圈，用一根线条玩出了很多花样，根本不用圆规等辅助器械，且线条的生命感极为强烈。在他的影响下，后来的高手画家画佛光、画月亮也是一笔圈成，又圆又活又生动。当然了，这般绝活，没有笔上的功夫、没有书法的功底是做不到的。因为用笔时要体会"无往不复""无垂不缩"的力量，这是《易经》上的道理，不练书法的人体会不到线条的质感，反倒用笔无力、飘浮，要不就僵硬、板滞。

唐代绘画十分注重线条的变化，给人以"天风飞扬，满壁风动""毛根出肉，力健有余"的美感，而且技法高超，题材广泛，即使是人物画，亦比较注重体现日常生活。吴道子是平民出身的画家，勤于观察客观事物，善于将客观的自然物象与个人的主观情感结合起来，既继承传统，又勇于创新，在继承前人书法绘画成就的基础上加以创新而使得自身的绘画艺术在盛唐时期达到了一个高峰。他笔下所画仙佛、仕女等都是唐朝人的样子，表现出当时人的丰润肥满、雍容大气。比如，人物发髻就是唐人典型的发髻造型，但是其以焦墨皴染勾画的发髻使用了飞白的笔墨技法，突出了发髻造型蓬松的质感，避免把头发画得太死。人物整体用笔线条简练灵动。其中在人物形体轮廓的勾画上多用飞白，富有神韵。

书法线条需要有气韵，绘画线条也需要气韵，现场写书法绘画更离不开运气，如果停停顿顿，拖拖拉拉，气就不顺了，气就没有了。而只有在短暂时间里完成作品，结构、转折、浓淡、轻重都照顾到，才能看出才情学养……一幅流光溢彩的壁画展现在世人眼前，画面仙人神采飞扬，天衣飘飘，满壁生风。果然是"曹衣出水，吴带当风"啊，果然是大家手笔、名不虚传哪！有人暗自惊叹，有人目瞪口呆，有人不言不语，悄悄地伸起了大拇指。

吴道子画完了，他气定神闲，回顾着墙上的作品，脸上微微地露出笑意，看得出，他对自己的作品是很满意的。他放下画笔，洗净双手，神情恭谨地走过来请张旭题壁。吴道子早年跟张旭学过笔法，虽没有成为书法家，但书画相通，师徒的情分一直是有的，师道的尊严也是有的。这次在洛阳和先生聚会，吴道子心情特别舒畅，除了宫中陪王伴驾，几乎和张旭形影不离。

裴旻走过来，对张旭、吴道子长施一礼，敬佩地说："以前只是慕名，今日得见大作，果然落笔精绝，丰肌神清，超凡脱俗，让人如聆纶音，如见佛面，你是如何做到的呢？"吴道子看看张旭，张旭颔首示意，让他给大家讲讲心得体会。吴道子谦逊地说："我们常常说画龙点睛，其实画人也一样，眼睛是心灵的窗户。据说菩萨、佛的眼睛是'二分开，八分闭'，二分观外、八分观内，二分观世间、八分观自在，都是有一份'禅意'在里面的。佛家坐禅讲究'外不着相，内不动心'的静止状态，半睁着眼睛，也有利于修行者不要昏睡。所以在造像时，我常常采用这种形象，代表菩萨、佛进入了'禅那'状态。这是一种很诗意的状态，菩萨、佛祖半闭着眼睛，寓意'常观己过，不盯人非'，意思就是不要去寻思别人犯的错误，修道本就是修自身的。当然也有人说，半睁着眼象征'慈悲'，代表不舍六道，是对众生的怜悯，同时又不忍全睁眼看到众生的痛苦。另外，我们肉眼看到的世界是错误的、颠倒的，佛祖微闭着双眼，也是教导大家用心去看世界，那样才能达到'禅'的境界。"

吴道子意犹未尽，继续说道："列位可能看出，我特别喜欢绘制观音造像。观音慈眉善目，心怀悲悯，慈眼视物，无可畏之色，给人一种亲切感，也富于人情味。而又宝相庄严，不怒自威，凛凛然不可侵犯。画工好的观音是能够自然之中散发出一种端庄威仪的神态，但这种神态不是单纯通过五官的塑造就可以达到的。观音脸和手的处理非常关键，细节要力求真实，让整体表现恰到好处，观世音菩萨，手持净瓶，也要注意其中的微妙之处。这是我的一点感受，敬请列位卓裁。下面，恭请我的老师张旭先生题跋吧！"

裴旻的剑气光华四射，吴道子的造像衣袂飘飘，在场的张旭亦大受感染，他不是一个善于掩饰自己情感的人，情不自禁地接笔在手。他不说话，也不看别人，大口地饮酒，恨不得把长江和黄河一同虹饮进去，化作"情在寥天独飞鹤"，化作"浩浩春江千里涛"，化作"万里西风瀚海沙"。他的表情越来越凝重，面沉似水，刚才谈笑风生的那种轻松与和悦倏忽之间烟消云散无影无踪。从他的眼睛里，我们又看见了那种曾经沧海、遗世独立、桀骜不驯的目光。他在酝酿着情绪，脸上汗如泉涌，额头的青筋蛇一般暴露出来。这时的张旭胸中只有笔墨，目中不见世人。他饱蘸浓墨，起笔如壮士出征，逢山开路，遇水搭桥，遇强则强，遇弱则弱。他运笔恰如板上拔钉，纵横捭阖，横空出世，石破天惊。他风狂浪跳，笔走龙蛇，字字飞动地写出一道道利剑般刺向长空的线条。那纠结在心中的苦辣酸甜，那凝滞在胸中的喜怒哀乐，俱化作书法上线条的疾徐与枯润、云淡与风轻，亦可以看到无奈和涩滞之气，沉雄，郁勃，飞跃……

　　闻所未闻，见所未见。流动时是那样矫健洒脱，却又是这般澎湃宣泄；明明看到电闪雷鸣、风雨交加，却自有一种珠圆玉润的宁静练达。明明看到淋漓迸溅、方峻斩截，仿佛是秦腔的叫板，一字一句，咬碎钢牙，却又像戴着镣铐的弗拉门戈最后的舞蹈，在险象环生之后直抵人心。此时此刻的张旭就进入了翰逸神飞的大化境界，他激愤郁勃，锋颖四出，不顾笔枯墨干，骨气沉稳地题上"吴郡张旭激赏吴道子绘画于洛阳"，一个"激"字，画龙点睛，而最后一笔，又惊为天人，如《英雄交响曲》里三声重重的锤音，铿锵之后一切复归于平静……

　　草书以其形象生成的多变性与随机性，给创作者和欣赏者带来极大的审美愉悦。草书创作需要很高的调控能力才能实现"运规矩于无形，任精神为变化"的要求。很多书家在创作楷书、隶书、篆书等静态书法时表现得从容不迫，才华横溢，但在创作动感十足的草书时，就显得手忙脚乱，力不从心。这是因为草书的造型与气势是随机升华，随势生变，它需要心与手双畅，需要理智与激情的完美结合。张旭把自己喜怒好恶诸般感情、天地万物诸般变象及"可喜可愕，一寓于书。故旭之书，变动犹鬼神，不可端倪"。他的草书，即便是"骤雨旋风声满堂"，即便是"飞流直下三千尺",即便是"铁骑突出刀枪鸣",却又与我们司空见惯的狂怪离乱相去甚远。相反,他越狂肆却越简练,越激荡却越宁静,柔美遒劲,气象雍容,有一种"干裂秋风风带雨,润含春雨雨带风"的质感;如入林泉蹊径,攀枝折桂,繁花满眼,美不胜收,就像置身于眼前的牡丹花海之中。

传说中的牡丹,是被武则天一怒之下逐出京城,贬去洛阳的。却不料因祸得福,洛阳的水土最适合牡丹的生长,于是洛阳人种牡丹蔚然成风,渐盛于唐,极盛于宋。每年阴历四月中旬,春色融融的日子,街巷园林,千株万株牡丹竞放,花团锦簇香云缭绕——好一座姹紫嫣红、五彩缤纷的牡丹城。因之,当你面对生机勃勃的牡丹园,只能畅发尽致,充分发挥想象的空间,想象它在阳光与温暖中火热的激情,想象它在春晖里的辉煌与灿烂——牡丹开花时犹如解冻的大江,一夜间千朵万朵纵情怒放,排山倒海惊天动地。那般恣意那般宏伟,那般壮丽那般浩荡。它把积蓄了整整一年的精气神,包括灵魂深处的怨气,都在这短短几天中轰轰烈烈地迸发出来。它不开则已,一开惊人;一开则倾其所有、挥洒净尽,一开则倾国倾城、国色天香。

"草木有本心,何求美人折。"一草一木都是一种生命的存在,存在即保持着尊严,不光是美人不能欺凌,气焰滔天的权贵也不行,振衣作响的金钱也不行。牡丹为自己建构了个性与尊严,营造了神秘与完美——张旭和牡丹一样,他的书法有着远古的苍茫,有着坚实的文化质地,有着内敛深沉的万千气象,处处闪烁着岁月深处的古铜色光泽,总能给你一种酣畅淋漓的舒爽,一种高洁挺立的风骨,一种打破自我价值观的震惊。

我们从张旭的挥洒中可以艺术地感知,写草书的人要有三分灵气,三分狂气,三分鬼气,当然,还需技艺的一分底气。草书还要有黑极白极、浓淡分明、藏拙于巧、用晦而明、寓清于涩的审美思考。狂草更是出乎其类、拔乎其萃,有一种灵动水墨的古意新味。写得一手好狂草的人,自视都甚高,骨子里都狂傲,即便表面看温文尔雅,内心却极度飞扬跋扈。字如其人。字品即人品,踏实稳重的人写不了狂草,亦步亦趋者写楷书或篆书最好。法度严格的人可以选习欧体，方峻斩截、庄严典雅的《九成宫》会让你心生敬畏。如果说，楷体是深庭大院皇家园林中种的国槐或银杏，狂草则是悬崖高处不知名的野树，任你风雨雷电，任你冬雪秋霜，任你烈火焚身，一味地挺立着，独守孤独与狂寂，笑也长歌，悲也长歌；生也千古，死也千古。

我们从张旭的狂草中可以骄傲地感知，书法发展到皇皇大唐时，准确地说，演变到张旭笔下时，草书的审美价值远远超越了其实用价值。草书作为传递信息的功能已弱化到最低限度，而书法的艺术性、创造性却达到了极致。无论书法家们创作草书还是人们欣赏草书，"认字"已不是最主要的目的。书法家从事的创作活动，已非一般意义上的"写字"，而是"艺术创造"。艺术家通过草书创作抒情达意，表现自我，表现心灵深处最强烈的感悟，来反映人文精神，展示时代风貌。

我们从张旭的笔走龙蛇中可以真切地感知，张旭的狂草将书法艺术的书写自由推向字与非字的临界点，在这个临界点，正如他身体的沉醉放达，张旭对书写极限的挑战，犹如一出风起云涌的歌舞戏剧，演示了追求超规范的自由是被规范着的人最深刻的激情。所以，我们看到张旭作为一个书法家的癫狂，看到他人无可企及甚至望而生畏的"逸轨"。这就无怪宋人米芾因爱生恨地责怨"张颠俗子，变乱古法，惊诸凡夫，自有识者"（《米书九帖》）了。

感谢张旭，感谢吴道子和裴旻，感谢在场的每一位观众，感谢姹紫嫣红的牡丹，感谢他们给我们留下了关于"倜傥才子气，潇洒圣贤风"最高最美最艺术的遐想。就在我们沉醉之时，十足的动感与鲜活又扑面而来，童年的天真、青春的活泼，还有人到中年那智性的步伐，都可以看出和验证古往今来人类共同的追求：更快、更高、更强、更美。没有什么比艺术更具说服力的了，没有什么比艺术更具感染力的了，在草书纯粹的精神舞动中，它无须饶舌就证明了一切。

围观的群众震惊了，沸腾了，欢呼了，他们大饱眼福，一叹二叹连三叹，皆云："一日之中，获睹三绝。"据说，这幅壁画是吴道子"生平绘事得意，无出于此"。而草圣张旭的墨宝，亦当是一时极品。只可惜洛阳历来为兵家所争之地，城郭几番毁于兵火战乱，天宫寺早已湮没于刀光剑影。皮之不存，毛将焉附？我们只能从《图画见闻志》《唐朝名画录》等古籍的简约记载中，感受那种潇洒、豪迈、自信的艺术的盛唐气象。

"三绝"聚会、洛阳雅集的讯息不胫而走，人们津津乐道，风华绝代很快就辉煌了整个大唐。那是怎样的一种自豪，那是多大的骄傲呀！文宗皇帝也掩饰不住心中的喜悦，顺应民意以国家荣誉向全国发出了一道罕见的诏书：李白的诗歌、张旭的草书、裴旻的剑舞、吴道子的壁画可称为天下"四绝"；艺术家在尊重艺术的同时，也赢得了艺术的尊重。诏书所到之处，群情激奋，几乎感染轰动了天下的饱学之士、书法名家。

幸福不会从天降。任何一件与众不同的艺术精品，都是以无比的勤奋为前提，要么是血，要么是汗，要么是泪，要么是大把大把的曼妙好时光。张旭，一个地面行走、高度守正的人，却在神传天外的艺术中被颂为神，被誉为圣，其间的艰辛可想而知，其中的成就却又在情理之中甚而不以为奇。他自己也是这么认为的。张旭作揖——致谢，并设宴款待洛阳名流。席上，有人提议张旭谈谈草书到"绝"的秘诀，张旭推辞不过，谦虚地说："各位见笑了，我自知浅陋，皇上奖掖，却之不恭，受之有愧。说到秘诀，无非在于'用心'两字。我从小所喜欢的事物很多，中年以来，渐渐地都废弃了，有的是厌倦了不去做，有的是虽然喜欢并未厌倦，但因为力不从心而停止的，时间越长爱好越深而不厌倦的，要算书法了。至于说到学字，在于不疲倦时，往往可以消受时日，可知古代贤人留意书法，不是没有道理的。"

张旭性格豪迈，狂放不羁，在这里说出感慨之言肺腑之言。他沉吟片刻，平复了一下情绪，坦诚地给大家讲述了一个真实的故事。

开元十一年（723），我外出在邺县第一次得见公孙大娘舞《剑器》，觉得有一种"一舞剑器动四方"的艺术质感。后来，在长安不止一次见过公孙大娘的舞姿。每次看时，都引起我的联想：她将左手挥过去，我就立即感触到这种姿态像个什么字；她跳跃起来旋转，我想草书中"使转"笔锋的驰骋也应如此吧！她那整个起舞的姿态音容，给我一个全面的草书结构的启发，始悟草书之神，于是才有大进。

张旭书法的蜕变升华源自公孙大娘《剑器》舞这段趣闻，李肇在《国史补》中有着记载：张旭自言，"始吾见公主担夫争路，而得笔法之意。后见公孙氏舞《剑器》，而得其神。"除了这些客观原因，张旭之所以成为"草圣"，还有一个必不可少的东西，这就是人文精神！

第十二章

山光物态弄春晖

中国是诗歌的国度，诗歌在历史上一直是文学的主流。人们用诗歌歌唱劳动，歌唱英雄，歌唱光明，歌唱生活；同时也用它来诅咒黑暗，揭露丑恶，抒发心中的愤懑与苦闷。作为文学表达的精华，诗歌既是文学园地里的奇葩，也是文学皇冠上的明珠。更为重要的是，诗歌承载和传递着中国人的哲学思想、伦理道德、审美情趣，是中华文化的结晶，也是华夏文明的圭臬。

"诗言志，歌咏言。"诗歌几乎是与人类同呼吸、共命运的。从黄帝时代到西周的一千多年，是中华诗歌的萌生期。虽然当时文字初创或尚未普及百姓导致诗歌作品基本失传，但偶尔被保存下来的作品却已经看得出气势非凡。从《诗经》问世到南朝的一千多年，是中华诗歌的迅猛发展期，从二言到四言，从四言到五言，从五言到七言，由于音乐感的不断增强和表意性能的日益完善，继承和创新层出不穷，诗歌宝库琳琅夺目，其中熠熠生辉的《诗经》、楚辞和汉乐府，代表了这个阶段中国诗歌创作的最高峰，也标志着以屈原、"三曹父子"、"建安七子"、陶渊明为代表的文人诗歌产生并走向成熟。

从南朝齐梁到清末的一千多年，则是中华诗词的鼎盛期。人们发现了汉语音韵的平仄规律，创造了称之为"近体"的格律诗，由于极大地调动了汉语言文字的意象美、音韵美、节奏美、对称美等优势，具有了旺盛的生命力，很快地得到认可和定型，并占据了诗歌创作的制高点。而且由于最高统治者的重视和科举制度的推动，格律诗又幸运地取得了中国诗歌的正统地位。其中在中唐出现并在宋代兴盛的被称为"长短句"的歌词，在讲求格律的基础上又使语言更加生动鲜活，音韵更加婉转多姿。再往后，诗词曲被引入新兴的戏剧中，在勾栏瓦舍演唱经久不衰，又极大地推动了这种文学样式的广泛普及，为人民群众所耳濡目染，喜闻乐见。

作为一种自由而实在的文体，诗歌在写作对象上可能游目骋怀，百无禁忌，在表述方式上也可以不拘一格，率尔操觚；但无论写人述事，还是描山画水，都需要真情、真性做依托，真思、真感为主导。但唐初的文学创作，仍然"沿江左余风，绮句绘章，揣合低昂"，正如卢藏用在《右拾遗陈子昂文集序》中所说："宋齐之末，盖憔悴矣。逶迤陵颓，流靡忘返。至于徐、庾，天之将丧斯文也。后进之士若上官仪者，继踵而生，于是风雅之道，扫地尽矣。"卢藏用是"终南捷径"这个成语的主人公，曾被当作不正之风的代表而非议嘲讽。但他的才情识见却不容忽视。这段话说得特别好，当时的文坛风气的确是："争构纤微，竞为雕刻。糅之金玉龙凤，乱之朱紫青黄，影带以徇其功，假对以称其美。骨气都尽，刚健不闻。"文章成为那些养尊处优、闲暇迂腐的官员和文人的玩物，变成了他们寻章摘句、雕琢堆砌、言不由衷的工具。

文章失态了、失真了、失情了，成为一件华美的冠冕，既不贴身，也不御寒，甚至也不能遮羞，中看不中用了，就没有了存在的意义和价值。面对这种冠冕堂皇装模作样华而不实的形式主义的文风和诗风，许多有识之士痛心疾首忧心忡忡并孜孜不倦地立志改革。著名诗人王勃、杨炯、卢照邻、骆宾王等"初唐四杰"就曾以"思革其弊，用光志业"的精气神，拧成一股劲儿激浊扬清、移风易俗；"移不正之风，易流遁之俗"（葛洪《抱朴子·辩问》）。影响最大的是后来居上的陈子昂，就是那位衣袂飘飘在幽州台上一叹千年，或千年一叹的诗人。他的"前不见古人，后不见来者。念天地之悠悠，独怆然而涕下"的忧伤和感慨至今仍袅袅余音绕耳不绝。陈子昂对唐诗的影响是相当大的，所谓"横制颓波，天下翕然，质文一变"，而宋人刘克庄的评价就更加直白，他说："唐初王、杨、沈、宋擅名，然不脱齐梁之体，独陈拾遗首倡高雅冲淡之音。一扫六代之纤弱，趋于黄初、建安矣。"这些评价没有虚与委蛇，不是浮誉应付，而是真知灼见。陈子昂在《与东方左史虬修竹篇序》一文中一针见血，义正辞严，批评了齐梁以来"彩丽竞繁而兴寄都绝"的浮靡诗风，提倡"风雅"和"汉魏风骨"。也就是要求诗歌创作继承《诗经》、汉乐府以来"通达天意，品读人情"的优良传统，作品要具有充实鲜活的社会内容和感人至深的艺术力量。这种说法至今仍有现实意义。可以说，在陈子昂开阖纵横的诗风下，剑气所指，光英朗练，身后是一派磅礴的大唐气象。

初唐诗歌，我们可以把它分为两个阶段来叙述，即太宗时期和武后时期。前者为唐诗之发轫，后者为初唐诗之鼎盛。关于初唐诗风的评论，历来就有不同的看法。如宋祁在《新唐书·文艺传序》（卷二百一）称："唐有天下三百年，文章无虑三变。高祖、太宗，大难始夷，沿江左余风，绮句绘章，揣合低昂，故王杨为之伯。"这里所说的"沿江左余风"，就是指南朝宫体诗风对唐初的影响。客观而论，这种影响虽然漫漶存在，但也如一江春水，逐步解冻破冰，缓缓东流。而唐太宗李世民在这一变革中起了决定性的推动作用。据《唐诗纪事》（卷一）记载：

> 帝尝作宫体诗，使虞世南赓和。世南曰："圣作诚工，然体非雅正。上有所好，下必有甚焉。臣恐此诗一传，天下风靡，不敢奉诏。"帝曰："朕试卿尔。"后帝为诗一篇，述古兴亡。既而叹曰："钟子期死，伯牙不复鼓琴。朕此诗何所示耶？"敕褚遂良即世南灵座，焚之。

这段话讲了好几个道理，一是提醒领导人做事，不能随心所欲，要注意自己的地位对社会风气的影响。二是表彰虞世南这个人特别可敬，敢于说真话，不说假话，面对皇帝的宫体诗，毫不客气地进行批评劝阻。三是，赞颂唐太宗虚怀若谷，光明磊落，没有觉得自己就是金口玉言，就是文坛盟主，就是句无可削，乃至老虎屁股摸不得。更重要的是，唐太宗这个人不光有才有识，也有情有义，他把虞世南视作高山流水推心置腹的文学知己，把自己的诗文烧掉祭奠自己的朋友，这种平等交流，下情上达，"有则改之、无则加勉"的君臣关系让人敬仰、羡慕，值得现在的领导干部认真学习。

毋庸讳言，初唐文学变革的主要力量来自一群社会地位不高的文人。他们积极进取不满现状的原因，是想打破御用文人一统天下的僵局，在变革之中寻找自己的机遇和发展。但不可否认，他们的成功离不开某些具有远见的权势人物的大力支持。如高宗的股肱重臣薛元超，曾举荐文学青年杨炯为"崇文馆"学士。杨以"薛令公朝右文宗，托末契而推一变"（《王勃集序》）之语，称颂薛氏对他们的文学事业所起的推动作用，"初唐四杰"因此能在很短时间造成巨大影响。"四杰"、陈子昂之后，到了中宗神龙、景龙年间，"应制"之风大盛，诗坛有故态复萌的趋势。我们检阅这一阶段的现存诗篇，大多为述怀、赠答、节令、园林、应诏之作，大多文质彬彬，恭恭敬敬，规规矩矩，客客气气，讲究华丽辞藻，讲究云淡风轻，缺乏真情实感，缺乏社会内容。这种宫廷文学的兴盛炽热，对诗歌程式的影响也自然形成，表现在声律与对偶上，就是上官仪的"六对""八对"之说。上官仪于贞观中擢进士第，召授弘文馆直学士，迁秘书郎。唐太宗作诗文，常常命他订正、和律。他经常参加宫中私宴，吟诗作赋，为太宗所赏识。上官仪的诗，绮错婉媚，讲求工致，特别注重对仗，几近一丝不苟，当时有很多人效仿他，称为"上官体"。

诗歌创作，包括别的艺术门类，有两个倾向性的东西必须要警惕。一个就是离生活太近，它几乎就是生活的原样描摹，根本谈不上文学性和艺术性。作者坐井观天，闭门造车，乃至无病呻吟，故意放大个人病态感受以期引起别人的同情或者同感。第二个倾向就是离生活太远，既高高在上，故作姿态，又胸无城府，语焉不详，从头到尾滔滔不绝却不知道作者要表现的到底是什么。殊途同归，这两种倾向的通病如出一辙，都是离人性、人情、人生很远，即使作者说的是所谓的心里话，那也是来自心脏，而不是心灵。

"沉舟侧畔千帆过，病树前头万木春。"革故鼎新是万事万物进化发展的必由之路。开元前期，身兼执宰大臣和诗人双重身份的张说、张九龄对扭转"上官体"这一趋势起了重要作用。张说、张九龄自身就是声名鼎鼎的诗人，他们的文章诗歌，虽因出身地位关系不免常常作出努力报效君主的表述，但也饱含了积极求取自我人生价值的热情，因而能脱出空洞矫情、虚饰繁缛的宫廷文学陈习，具有感人的生气与活力。他们作为官员的自身表率和对众多优秀诗人的奖掖提拔，使得唐诗的变革和发展得到了意存高远的推进和嬗变。

开元、天宝年间，直至"安史之乱"爆发以前，是唐代社会高度繁盛而且极富于艺术气氛的时代。唐诗经过一百多年的准备和酝酿，至此终于达到了全盛的高峰。虽然在唐诗的初、盛、中、晚四个阶段中，盛唐为时最短，其成就却最为辉煌。这一时期，不但出现了伟大的诗人李白、杜甫，诗书画兼擅的王维，还涌现出一大批个性丰盈、才华横溢的优秀诗人。《将进酒》《蜀道难》、"三吏"、"三别"等许多千百年来脍炙人口、感天动地的诗篇，便是在这一时期井喷般产生的。热情洋溢，豪迈奔放，光英朗练，具有华光四射的浪漫气质，是这些诗歌的主要特征；而即使是恬静优美、流丽古雅之作，也同样是生气弥漫、光彩熠熠的。这就是常为后人所艳羡、钦慕、回味的"盛唐之音"。

在恢宏壮阔、流光溢彩的"盛唐之音"协奏曲中，张旭的诗歌如一支清新优雅的柳笛，徜徉在自然天籁的风花雪月烂漫美景中，流溢着别样的音韵节奏，又有着一股阳刚之气，对大千世界、自然万象、时空距离，甚至生命本身构成了一种深度解释，把诗歌引入了一个新的境界。可以说，张旭的诗歌是一种对人性、人情的人文认同，也是对传统文化的记忆和吟唱。张旭生活的时代大部分在唐朝开元、天宝年间，这一时期大唐经过"贞观之治"及"开元盛世"，社会经济繁荣发展，国力充实，繁荣富强，文化艺术自然是万紫千红、多姿多彩。作为诗人，张旭顺应时代，歌唱生活，将真实的人生体验、岁月磨砺和美学理想都倾注于诗歌创作，饱含充盈的生存智慧和艺术的诗性眼光——我们用"一身诗意千寻瀑，万古人间四月天"的风致来形容一点也不为过。

张旭是词科出身，工诗书，由于其狂草书名太大而把诗的光辉名气遮住。当然了，丰盈深厚的诗词文化底蕴对他成为一代狂草大师功不可没——从来没有不爱文化、不要文化、不尊重文化，提一支笔行走江湖的"书法家"，如果有，肯定是掮客、骗子。其实，唐玄宗开元间，作为地方小吏的张旭最早是以诗词闻名的，草书未成之时就与会稽贺知章、润州包融、扬州张若虚以诗歌名满天下，人称"吴中四士"。"吴中四士"不是泛泛之交，不是浪得虚名，都是文坛有真才实学的精英翘楚。张旭和贺知章的文采风流我们后面详细介绍。就拿名列其中、历史上非常"低调"的诗人张若虚来说，就非常了不起。

人的一生，熙熙攘攘，来来往往，皆为名利。名这个东西很奇怪，折射着人间百态。有趋名逐利，有隐姓埋名；有寂寂无名，有名满天下；有臭名昭著，有英名流芳；有名实相副，有徒有虚名。人是复杂的，名也是复杂的，要从名声中看透一个人很不容易。不管怎么说，众声喧哗、精神流浪的名利时代，举凡沉默"低调"的人，我们必须予以重视；要么是他抛弃了时代，要么是他被时代抛弃了；前者是天才，后者就是庸才了。张若虚肯定是前者，是蓄势待发的藏龙卧虎，是万物静观皆自得的逸仙雅士。他的文采特别好，一首《春江花月夜》有"孤篇横绝，竟为大家"的声名，人却寂寂无名，没有留下多少记载。在正史中只有《旧唐书》提到："（张）若虚，兖州兵曹。"稍有补充的记载是，"先是神龙中，（贺）知章与越州贺朝、万齐融，扬州张若虚、邢巨，润州包融，俱以吴、越之士，文词俊秀，名扬于上京"。这几个吴中才俊很有意思，不仅是钟灵毓秀的地域风华，不独以诗文同声相和，同气相求，且多以善书而闻名江南，称誉一时，这也是他们相得益彰、默契道妙的原因吧！

同道曰朋，同志曰友；物以类聚，人以群分。与凤凰同飞，必是俊鸟。与虎狼同行，多是猛兽。一个人能走多远，就看你与什么样的人为伍同行。

诗人张旭时年三十而立，贺知章、张若虚则五十有余，包融最小，年近二十。四人之中，贺知章与张旭并擅七绝，贺以自然质朴取胜，张以清新俊逸见长。惜乎《全唐诗》中二人存诗都不多，张旭仅仅只有六首。作为诗人，张旭的诗不像他的草书那样锋芒毕露、癫狂张扬，而是语言平易，清新俊逸，感情质朴，以《桃花溪》《山行留客》最为著名。这些诗都是篇幅短小的绝句，基本上是妙手偶得的即景抒写，没有滔滔不绝，没有雕琢淬炼，却带来了一个令人耳目一新的生态话题。中国古人一直强调"天人合一"——这个合一，就是说人是自然的一部分，人和大自然同为一体，我们是大自然家族中晚来却更会思考的自然体。诗人以人与境谐的理念、以悲悯敬畏的情怀、以流畅自然的笔触，微妙入神地写出了自然景物多种多样的色彩和千姿百态的容貌，不仅写出自然之形，也写出了山水之神；不仅写出了客观之景，也写出了主观之情。在情与景、主观与客观、人格与自然高度统一的诗歌意境中，寄托着诗人清新淡雅的思想与情怀，包括趣味。

美学家朱光潜先生说："诗是一种音乐，也是一种语言。音乐只有纯形式的美，没有语言的节奏，诗则兼而有之。"诗歌是语言艺术之花，艺术地表现母语的音韵乐感正是诗歌的特殊功能。作为唐初诗坛的一位重要作家，张旭的贡献主要表现在两个方面：一是当众多的诗人沿袭齐梁余风，倾心绮靡，争作"应制""奉和""赋得"一类御用文字的时候，他则古调别弹、独辟蹊径，无论是诗还是书，内容、风格、语言都别出机杼、与众不同。值得一提的是，有唐一代，在诗作中明确论述实践诗歌主张的诗人，李白、贺知章、张旭是先驱者，他们最早洗却了宫体粉黛，离开了叠词架句，透露出了革新的气息与活力。张旭仅存的六首绝句，皆细润有致，清新俊逸，别具风姿，表现出张旭对自然景物观察的细致、体物的精微、描摹的生动、情致的飘逸，这在当时群英荟萃、百花齐放的诗坛上也是比较突出的。

张旭诗歌在艺术上的重要特色是疏野、淡朴。所谓疏野，并不是粗野，而是说他的诗不事雕琢，不像"宫体"和"上官体"那样铺锦列绣，清词丽句堆垛得密不透风；所谓淡朴，不只是指语言通俗浅淡，也包含着感情、意境的质朴自然。如他的五绝《清溪泛舟》：

> 旅人倚征棹，薄暮起劳歌。
> 笑揽清溪月，清辉不厌多。

这首诗好像诉说家常语，明白质直，没有用任何华丽的辞藻修饰点缀，读起来却有深情绵邈、优美动人之感。我们可以温婉地看到，张旭抒写多年在外的思乡之情，不像有些诗人那样狂喷乱射，也不像有些诗人那样顿挫跌宕，更不是悱恻凄怆，而是通过对征棹劳歌、薄暮夜月、茅舍流水一连串家乡小景的铺垫，使长期集结在胸的深情，如潺潺山泉自然流出，质朴亲切，收到了"外淡内膏"的艺术效果。

陆机在《文赋》中说："诗缘情而绮靡，赋体物而浏亮。"情，是诗歌中的核心元素，也是生命中的核心元素。离开了"情"，再好的诗也会索然无味。当然，诗歌所抒发的"情"，必当是真情、实情，而非虚情、假情。真情，源自心灵的最深处，表现出诗人对生命意义的热烈追求。张旭的诗歌语言清新典雅，注重语言出处的"个性化"，不太喜欢用典。既没有在词语上去刻意地精雕细琢，也没有在诗句上做人为的装饰摆弄，而是不拘一格，让源自心灵深处的真情自然而然地迸发、流露、抒怀，展示他对生命自然的探寻，对人生意义的求索。众口交誉、流传千载的《清溪泛舟》《桃花溪》《春游值雨》等诗，都以绝句这样短小的篇幅，勾勒出一幅幅形象鲜明、有声有色、充溢着动态美的风景画卷。其中有月下清溪泛舟，有山间隐隐烟霭，有春日桃花流水，还有融于画境的渔舟问答等；诗人潇洒的神态、寻幽的乐趣、探胜的愉悦都跃然纸上。在《山行留客》中：

> 山光物态弄春晖，莫为轻阴便拟归。
> 纵使晴明无雨色，入云深处亦沾衣。

诗人以高度的艺术概括力，描绘了春日山中看似晴朗无雨，云雾缭绕之处"亦沾衣"的特有景色，给人一种缠绵多情的感觉，从而表达了诗人殷勤留客的情意，别有神韵，饶有情致。其他如《春草》诗，则以春风吹又生的普通小草起兴，抒发怀友之情；咏物诗《柳》，以拂地柳丝，比喻绵绵无尽的春思，构思婉曲，耐人寻味……

古典诗歌讲究意境，而意境的产生离不开意象的营造。意象出于情性，形式见诸涵养。张旭博观厚识，心态从容，视自然、自在、自由的人性人情为精神向度和价值旨归。他的诗歌，讲究情景结合，讲究道法自然，讲究斑斓多彩的意象。意象是诗的精髓。有了意象，诗歌才会含蓄蕴藉、如梦如幻，避免直抒胸臆的浅白，滋生丰富多彩的意境。当然，意象要不断创新，不能陈旧，更不能东施效颦；人云亦云、按部就班的诗歌，自然不会有强烈抑或别致的艺术感染力。"不拘格套、独抒性灵"，张旭在他所创造的诗歌意境当中，认识着自己，表现着自己，问道着自己。读《春游值雨》时，我们从"须情东风吹散雨，明朝却待入华园"的形象里，可以感觉到诗人内心的苦闷和愤懑，从"情知海上三年别，不寄云间一纸书"（《春草》）也可以体会到诗人失意后的怅惘和不平。当然了，我们从"请君细看风流意，未减灵和殿里时"（《柳》）的惆怅中也可以看到，诗人并没有丧失生活的信心，也没有忘记对美好事物的向往。他没有远离日常生活，而是常常于不经意的离情别绪中，尽享思古念旧的快乐……其他一些优美的诗篇，触摸着生命与自然，描绘着蓬勃旺盛的生命力和温暖和煦的天光云影，表现出自然界鲜明的色彩和欣欣向荣的姿态，折射出强大的生命张力和自然力量。这种裕如充实的深刻涵泳，在致思路径和创作态度上倾向于感性、自发、缘情、重趣的一面。但支撑它的却是对历史的通感、对人性的洞悉、对常识的尊重以及对诗歌生命力的关切。无论是对当时的读者还是对今天的读者，都有着美感、教育和认知作用。

中国历来就非常重视诗歌的教化作用，早在两千五百多年之前，先哲们就指出，诗可以感化人，启发人，教育人，团结人，可以通过它来了解社会，增长自然科学知识，批判不合理的政治制度。人不学诗，不吟诗，就不能踏上社会交际交流，说话没有说服力，写文章没有文采。而人之所以持续不断地向诗歌靠拢，就是因为它既能滋养内心的安宁，又能指引高远的理想和文明的远方。作为诗人，写作也是为了更好地抵达生活中那些让人讶异的事物，而不是远离它。诗人只有带着个人的记忆、心灵、敏感和梦想进入此时此地的生活，也许才能发现真正的时代精神：一种来自生活深处，结结实实、充满人性气息的精神。可以说，张旭的诗歌之中洋溢着对自然之道的感悟，对现实生活的体味，对时代气息的咀嚼。他的诗歌，悟化了行草书的清灵俊秀，赋予了狂草由心而书的水墨之象，品之与其草书霞霓互染，相得益彰，古典而不古板，苍劲而不苍老，充盈着时代生活的人文情怀，恰如原野大地平和之下的深邃与饱满。文化入境，生活为墨，心灵为笔，这是张旭对诗词包括书法的理解，也是他行走的姿势和目标。他的诗词从容、自然、清新、典雅，尽管没有书法那样天骨开张、雄健跌宕，有着风激浪跳、惊心动魄的力量，但诗中所表现出来的清灵秀润、思高笔逸，在成就他书法景象的同时，也成为诗坛的一道独特风景。

第十三章

请君细看风流意

诗歌合为时而作。

诗歌走入唐代，就像一条溪流欢快地走入了江河，自然而然成为时代的精神主流。它昂扬的气势，豪宏的笔调，雄浑的特色，健朗的风格；它谜般的色彩，花般的幽香，梦般的意境，它所有的苍凉、沉郁、奇诡、幽丽之美；它对生命，对爱情，对家事、国事、天下事的歌咏、热望与哀伤；它作为古典文学璀璨的瑰宝，作为中国文化辉煌的乐章，在中国人的精神世界中有着熠时名世的重要位置。

诗，是动中致静、静中有动的和谐，是平常人以锦绣心领悟诗之气、格、韵、觉、情、思的真情实感。心游万仞，思接千载，今天的我们读唐诗，不仅能感受到文字的旖旎和卓越的韵致，也能感受到那个时代诗人的精神气质和文明底色。著名作家铁凝说："那些伟大的诗人不仅令诗歌艺术臻于完美，还把世间最隽永的诗意、人性中最美好的情意，传递给生活在这片大地上的人们，让诗歌的思维渗透到我们生活的角角落落。可以说，如果没有了诗歌的情怀和智慧，中国文化中最令人神往的事物和最精妙的意趣将会黯然失色。"

唐朝是诗的时代，几乎人人爱诗，人人懂诗，诗歌已经融入了大唐生活的血液之中，就像空气一样充满营养，不可或缺。韩愈、张籍和白居易相约出去玩，白居易不来，韩愈就信笔写了首《同水部张员外曲江春游寄白二十二舍人》：

漠漠轻阴晚自开，青天白日映楼台。

曲江水满花千树，有底忙时不肯来？

然后派随从送给他。韩愈在诗中的意思是说：老白啊，你不够意思呀，你哪有那么忙啊？怎么现在还不来啊？明白如话，亲情荡然，几近于现代人发了一个信息。太学博士李涉在船上遇强盗，强盗一听说是诗人李涉，立马放下刀枪，客客气气捧上瓜果美酒，就想要他写首诗。李涉进退两难，哭笑不得，在茫茫大江中写了一首赠强盗诗《井栏砂宿夜遇客》曰：

暮雨潇潇江上村，绿林豪客夜知闻。

他时不用逃名姓，世上如今半是君。

面对险境，心态平和，不仅即兴抒发了自己虚惊一场的感知，也流露了对盗贼四起民不聊生的忧心。强盗们听了兴高采烈，欢天喜地，非但不劫李涉了，还赠了许多财物给他。

唐人不仅爱诗，也尊重诗，有些诗人看重自己的诗，甚至到了形成怪癖的程度。诗人周朴常常矜然自得有"禹力不到处，河声流向西"的佳句。有个人故意逗他，特意骑着驴从他面前走过，大声吟诵："禹力不到处，河声流向东。"周朴听了不是味，怕以讹传讹，就奋起直追。那人骑着驴嗒嗒地跑，他气喘吁吁一直追。跑了好几里地，追上后周朴郑重其事地告诉对方，他的原诗写的是"向西"不是"向东"。这种怪癖并不鲜见，诗人杜审言一边孜孜不倦给苏味道写书评，一边说苏味道快死。别人问原因，他说苏味道看了他的判词评语，肯定会羞死的。杜审言的孙子大诗人杜甫更有意思，他的好友诗人郑虔的妻子病重，杜甫不知道劝慰，也不去找医生，只是说："你让她读我的《戏作花卿歌》中的'子章髑髅血模糊，手提掷还崔大夫'，不行再读别的，如果还不行，那扁鹊也救不了她了。"

唐诗很普遍，但不随便。古典诗词到唐时经过千年磨砺炉火纯青，已形成了稳定的语言结构。写好古典诗词，首先要求语言精湛、熨帖、圆融，不可生造语汇，不可无病呻吟。进而要求语言需有韵味，韵者意韵、情韵、气韵、神韵也，绝非能合辙押韵的顺口溜而已。古人认为，写诗"有韵则生，无韵则死；有韵则雅，无韵则俗；有韵则响，无韵则沉；有韵则远，无韵则局"。然后，又指教我们"物色在于点染，意态在于转折，情事在于犹夷，风致在于绰约，语气在于吞吐，体势在于游行，此则韵之所由生矣"（陆时雍《诗境总论》）。

"诗有九品"，"品"指的是境界的高下，包括写诗的人和读诗的人。对于诗歌的读者，唐代诗人也分得很清楚，他们知道自己的诗是写给谁看的。比如李世民的宫廷诗就很不好懂，都是他在一些隆重的场合下写的，是写给史官记录用的，不必通俗也不能通俗；李商隐是情种，妻子早逝后，他的很多悼亡诗是写给自己的，因而用典偏僻艰涩，只有自己心里明白。乐府诗是为了表演吟唱，受众面宽泛，相对明白晓畅。白居易的诗很注重流传性，他的"小娃撑小艇，偷采白莲回。不解藏踪迹，浮萍一道开"是吟诵给不识字的担夫走卒，包括邻居老太太听的，谁都能吟，谁都能懂。白居易去世后，李忱在《吊白居易》一诗中写道："童子解吟长恨曲，胡儿能唱琵琶篇。"童子、胡儿都能吟唱篇幅如此之长的诗歌，这是白居易的才能，也是大唐社会的文化气候所在。

在张旭看来，诗词就是把大家常见的东西写得有意思、有趣味、有诗意而已。在他的笔下，诗词是有精神的写作，而不是避世的梦境。张旭是多才多艺的艺术家，有着极其敏锐、细密而又精到的艺术感觉，他所营造的意象符号新颖鲜活，包蕴着美妙的情思和丰盈的内涵，有时像春风流云般清新曼妙，有时像宏阔的秋天气象高远，有时像奔涌的江河惊涛拍岸，如此地多彩多姿灵动变幻，让人目不暇接、美不胜览。当然了，对诗人来说，诗词创作不仅要体现诗的本质和诗的审美特征，诗之上品还需要与众不同的审美发现。古人云，写诗要"以命意为主，命意不凡，虽气格不高，亦所不废。意无可采，虽工弗尚，所谓宁为有瑕玉，勿为无瑕石"（钱良择《唐音审体》）。这是指摆脱平泛化和类型化，体现独特的审美个性。张旭的诗歌，如他的草书，恰恰体现出卓尔不群的个性之美。

春回大地，万象更新，而早春时节的草木尤其能显示出勃勃生机，触发诗人的创作灵感。两千多年前，孔子就有教诲，"多识于草木鸟兽之名"，在他看来，认识草木鸟兽虫鱼的过程，就是审美的过程，就是走进自然、体悟世界、接通外物与内心交流契合的过程。中国文章历来有托物言志的传统。《诗经》六义"风雅颂，赋比兴"的"兴"即借物引起所咏之词。草木是唐人诗中出现次数最多的物象之一，尤其是依依杨柳，更是牵绊着向往自然、喜欢郊游，包括贬谪远行的迁客骚人。古人赠柳，寓意有二：一是柳树速长，送友意味着友人无论漂泊何方都能枝繁叶茂；二是柳与"留"谐音，折柳相赠有"挽留"之意。诗人司空图有《杨柳词》十八首之多，把杨柳和送别联系起来吟咏的诗人如刘禹锡、李商隐、罗隐等层出不穷，名篇华章更是数不胜数。作为诗人，张旭和贺知章也写过柳，不仅同题，而且同时，几乎是出口成章。他们笔下的柳，别开生面，与其说是赞美早春的风物佳景，还不如说是作者创作理念的更新。

早春的柳树，鹅黄娇羞，柔弱妩媚，风情万种。那么，诗人如何来表现这一特点呢？贺知章人生得意，性格开朗，他眼中的柳就是景色，就是美好，就是诗意：

> 碧玉妆成一树高，万条垂下绿丝绦。
> 不知细叶谁裁出，二月春风似剪刀。
>
> （《咏柳》）

作者用了以物拟人的手法，起句就营造出"小家碧玉"的典语意象，她俏丽活泼，生气盎然，给人以邻家有女初长成的亲近感。"万条"一句，正面写柳，却用曲笔，缕缕下垂的柳枝像千万条绿色的柔丝。透过旖旎婉转的风致，我们能够想象出婀娜多姿的柳条在吹面不寒的春风中摇曳顾盼的动感。第三句突然发问：这美妙的万千柳枝是哪儿来的？作者自问自答，尾句的结论让人禁不住拍案叫绝：二月春风似剪刀！温柔而不失警策，别致而不失质朴。作者用柳枝来形容春水初生，春林初盛，春风十里不如你，抒发的是对春天的热爱。

刘勰在《文心雕龙·物色》里说得好："诗人感物，联类不穷；流连万象之际，沉吟视听之区。写气图貌，既随物以宛转；属采附声，亦与心而徘徊。"这就是说，在大自然面前，诗人不是消极和被动的，而是以自己独特的个性感受，将思想感情不着痕迹地融入景中，打通了人与大自然的界限，置身于"思与境偕""天人合一"。张旭和贺知章郊游踏青的时候，是客居京城长安的游子，也是时不我与，壮志未酬抑或难酬的落魄之人，他的游春是为了散心，是为了陪友，是为了让春风拂去去冬以来的愁烦与郁闷。因而，随风荡漾、婆娑起舞的细碎声中，情怀的飘逸与悠远的愁思无羁地流淌：

> 濯濯烟条拂地垂，城边楼畔结春思。
> 请君细看风流意，未减灵和殿里时。

（《柳》）

在他眼里，这些明净清新拂垂地面的柳条，在城边路畔，在阡陌田园，凝结着缠绵的春思，它们的风流情致，它们的婀娜多姿，丝毫也不亚于皇家宫殿里的奇花异草，而且更自由自在，更风流婉约，更能招致普通百姓的喜爱。这样的触景生情，这样的托物言志，这样的深邃意境，让人遐思联翩，如一杯陈年老酒，愈品愈醇，沁人肺腑。

"诗者，感其况而述其心，发乎情而施乎艺也。"王国维先生也感慨地说，"一切景语皆情语也。"诗人的笔下，自然，环境，景物，声色，都是其内心的投射；外物与内心相互映照，相互影响，诉诸文字，物与心是为一体，诗与人相得益彰。张旭这些洋溢着人性美、人情美、艺术美的诗词，我是特别喜爱的，如他的书法一样爱不释手。看似狂放洒脱、不拘一格的张旭，其实一生历尽艰辛，踏遍坎坷。在同时代的诸多艺术家中，他虽然不是最苦难的，但也充满了磨难与忧患。可贵的是，他战胜了艰难，越过了坎坷，却始终保持着质朴、生动和优雅的品质，把诗的温馨、温暖和安宁传递给读者。

"一语天然万古新，豪华落尽见真淳。"由于拥有一颗平常自然之心，张旭先生常常能自觉找到精神层面上的某种平衡。这种平衡应该说是儒、释、道等传统哲学的融合，使之能面对人生的各种变故。这样的人生哲学其实传承了中国传统文人的脉络，特别是陶渊明、阮籍等这样一脉带有出世情怀的文人雅士，他们的文风行止在影响他的同时，其哲学思想和人生观也自然而然浸入到他思想的血脉，形成了平淡优美的文笔和意境。这一点，诗人李颀感受得特别真切，他因之写下了著名的《赠张旭》，我们从这首诗中能清晰地看到一个诗人、一个书法家、一个真正的艺术家。

李颀（690—751），字、号均不详，郡望赵郡（今河北赵县），河南颍阳（今河南登封）一带人，唐代诗人。开元二十三年（735）中进士，曾任新乡县尉，后辞官归隐于颍阳之东川别业。李颀少时家本富有，后因交友不当，误识轻薄子弟，花天酒地，倾家荡产。清醒之后，洗心革面，隐居颍阳苦读十年，考取进士，曾任新乡县尉。任职多年，没有升迁，晚年仍过隐居生活。李颀性格疏放超脱，厌薄世俗，交游广泛，与盛唐时一些著名诗人王维、高适、王昌龄、綦毋潜等，都有诗作往还。他还喜欢炼丹修道，王维有诗相赠说："闻君饵丹砂，甚有好颜色。"（《赠李颀》）李颀的诗以长歌著名，也擅长短诗，他的七言律诗尤为后人推崇。而以边塞诗成就最大，奔放豪迈，慷慨悲凉，最著名的有《古从军行》《古意》《塞下曲》，音乐诗《听董大弹胡笳声兼寄语弄房给事》《听安万善吹觱篥歌》等。

李颀是诗人，常常用诗歌来描写音乐和塑造人物形象，类似于今天的报告文学作家，当然了，是特别优秀的，如徐迟、李炳银、徐剑、赵瑜、李鸣生等等。他善于在赠别友人的古体诗中，捕捉住人物的形神动态，刻画出人物的性格特征。《送陈章甫》《别梁锽》《赠别高三十五》等诗，分别描绘了当时几位卓有才识、超群拔俗的人物。李颀是慕名去苏州和张旭相聚的，从诗中可以看出他们相处的时间不短，交情很深，也看得出李颀对张旭很了解，很尊敬，近乎于崇拜了：

> 张公性嗜酒，豁达无所营。
> 皓首穷草隶，时称太湖精。
> 露顶据胡床，长叫三五声。
> 兴来洒素壁，挥笔如流星。
> 下舍风萧条，寒草满户庭。
> 问家何所有，生事如浮萍。
> 左手持蟹螯，右手执丹经。
> 瞪目视霄汉，不知醉与醒。
> 诸宾且方坐，旭日临东城。
> 荷叶裹江鱼，白瓯贮香粳。
> 微禄心不屑，放神于八纮。
> 时人不识者，即是安期生。

李颀是大手笔，也是好朋友，他写张旭很到位，没有从外面泛泛而谈，而是深入内里写。他有真切的感悟和体验，也有深入的思考和思想。他写的是生活，是心理，是文化。他把张旭这个桀骜不驯的艺术家时代化、细节化、人性化。他用诗人的语言写诗人，用诗歌的文体写诗人，用画家的风格写诗人，用朋友的情怀写朋友。这首诗夹叙夹议，娓娓而谈，对张旭的人生状态和精神境界充满了理解与尊敬。从现实上看，张旭是个失败者，起码不是成功者，住的破房，吃的简餐，庭院长满荒草，身世漂如浮萍。但他的内心世界却是饱满丰盈，甚至是张扬的。你看他左手握着大闸蟹，右手持着《丹符经》，精神和物质两手都抓，两手都很硬。更重要的，他以一双不知是醉是醒、亦醉亦醒，抑或世人皆醉我独醒的眼光睥睨着这个世界。当然了，从一首诗中去考察一个人在现实中是成功还是失败，未免有些偏颇不符逻辑。而且，如何衡量成功与失败，本身就有不同的指标——成功者看出了成功，失败者看出了失败。但，我和李颀一样，对张旭的精神向度和价值旨归充满了敬意。

中国古代的儒学，从孔子这个源头开始，就自觉地在道德上扛起大旗，并努力成为天下楷模。从"一日三省吾身"，到"穷则独善其身，达则兼济天下"，历史上的大儒都在一代一代地接力。唐朝的文人艺术家也手持着这样的接力棒，不能做官积极用世，往往改换另一种方式，由儒而入道入佛，追求精神放飞、身心自由。比如，当张旭仕途不畅、宦门失意，无法施展自己才华抱负的时候，他的精神足迹却在诗、酒和书法中找到了灵魂的栖居之地。笔墨蹈舞之中，张旭是深藏的道家，羽扇纶巾，恬淡得很。他的草书也瓣香老庄"逍遥游"的精神，有一种如放风鸢而线常在手的乐趣。

一个人最好的状态是什么样？有人说，无非是眼里写满故事，脸上却不见风霜。每天笑意满满，自信温和，不羡慕谁，也不轻视谁。随遇而安，逍遥自适。的确，诗人张旭常常"笑揽清溪月"，似乎看不出有什么惆怅。他一直温情地对待着世态人情、天光云影。轻松、开朗、自然，是他诗词的最佳表情。张旭是一位自由散漫、飘然不群的人，也是一个严谨、真诚、可以信赖的人。他的这些诗词，写得潇洒放逸、逸趣横生，像春天牧童骑牛横吹的柳笛。他的流丽清新，不只是笔墨技巧，还有他对事物的静观和考量，是自然、是顺生、是智慧。他天真烂漫，视野开阔，思考却又深刻地根植于土壤。他可以把大千世界所发生的事情，换一种诗意的方式呈现出来，如图画、如逸趣、如桃源。总之，他找到了自己喜欢的艺术语言和表达方式。

张旭是诗人书法家，从诗歌园地到书法天地，笔致虽经稀释消融转化，但诗的灵动之趣依然跳跃在书法的字里行间。他偏爱魏晋风度，耽溺点画，于性灵与率意中散发出静水流深般的独特韵味。也因此，他的诗歌有鲜明的水墨风味，疏朗淡远，坦然明澈，细腻而不造作，成熟而不世故，独抒性灵，不拘格套，仿佛天生就和书画息息相通。唐诗专家陶文鹏先生在《狂草逸诗，舒卷云烟——谈张旭的诗中有诗》（《唐宋诗美学与艺术论》，南开大学出版社）一文中条分缕析论述了张旭为什么多写绝句，写自然风物，爱写烟雨迷蒙和云雾缭绕而不用色彩字；论述了张旭诗中有画，是"入云深处亦沾衣"的水墨画，诗中有书，是"挥毫落纸如云烟"的草书；结论是，张旭的诗与狂草共同显示出作者的狂放个性，浪漫气质，纵横才情与俊逸风采。

诗评家顾随先生在《论学精要》中，谈诗界有"诗人"和"诗匠"之分。他说韩愈不是诗人，却是极好的写诗人，因为他以修辞之工妙近乎"捶字坚而难移，结响凝而不滞"，所以不好称之诗匠，故称之为"写诗的人"，此见有失偏颇。但他提出诗人要有博爱精神，要有真性灵，是识诗人本色的。鲁迅先生也说，诗是"血的蒸气"，"是醒过来的人发出的真声音"，既指内容，又指形式。可以说，艺术创作是一种心学，不管这个时代怎样变，艺术家都不应该丢失人的本质和灵魂。写诗不仅仅是于寂静处倾听内心的声音，更要关注生活、关注社会、体现人文精神。对张旭而言，诗词固然是一个读书人的本分，也是纯净灵魂的艺术载体，是抒发情怀的美好途径，而不是远离世俗的梦想港湾。他有责任坚守诗歌精神，让其呈现出"盛唐气象"。因而，他在诗歌中既流丽古雅，又言之谆谆地提醒读者，"欲寻轩槛列清尊，江上烟云向晚昏。须倩东风吹散雨，明朝却待入华园。"（《春游值雨》）

"所谓诗人者，非必其能吟诗也。果能胸境超脱，相对温雅，虽一字不识，真诗人也。如其胸境龌龊，相对尘俗，虽终日咬文嚼字，连篇累牍乃非诗人矣。"诗人袁枚这句话说得特别好。文学是人的艺术，文学对人性复杂性的探索、认知便有了更宽广的维度，人类鲜活的历史在文学里也便有了光怪陆离的永恒。张旭首先是一个敬重艺术、内心有光的人，他温暖而热情地看着这个世界，笔下充满着活力、和谐、善良、美好。他的一言一行、一举一动都似从魏晋汉唐穿越而来，带着君子之风的包容与美好——他的清词丽句，他的书风流被，不是营造出来的，而是求索之间的那种自在与从容，仿佛整个人性都在诗意与笔法之中涵泳，有一种明亮而不刺眼的光辉。

　　我一直认为，写诗歌的人都是圣徒。没有一颗纯净虔诚的心灵，没有一种悲天悯人的情怀，是不能成为诗人的。张旭也用精美之绝句温婉地告诉我们，这个世界只有一次成功，就是以自己的方式度过一生。张旭青年时代意气风发，以一手"龙飞凤舞剑无痕"的狂草书法闻名遐迩，之后的经历却是山重水复、柳暗花明，什么世事不曾经过，什么风雨不曾见过？到如今，即便是"千江有水千江月，万里无云万里天"，也只是回眸一笑、等闲相看了。这等沧桑历尽、人情练达的智者境界，好比天心月圆、风轻云淡。用他自己的话说，他是用了"曾经沧海"的阅历，用"坐冷板凳"的方式，把大半生都搁在心中的一种"诗意"，更换成了一种叫作"狂草"的书体。

　　——这是一种书斋里嬗变不出的情怀。

第十四章 数声风笛离亭晚

"穷则独善其身，达则兼济天下。"这句话很文艺，很好听，很冠冕堂皇，因而，流传了许多年，成为许多人的口头禅、座右铭，乃至金科玉律。其实，这句话莫衷一是、模棱两可、似是而非，说了等于没说。什么是穷，什么是达，标准何在，如何评判，至今也没有人能解释得清楚，思辨得明白。毋庸讳言，中国古代文人的理想中，辅佐明君，经天纬地，建功立业，光宗耀祖或光前裕后，才是真正的事业。

唐朝是一个文化昌盛的时代，也是一个文人有着太多出名机会的时代，才华被埋没、被掩盖的困窘在这个时代基本上是不存在的，除非你是假模假样的银样镴枪头，抑或滥竽充数根本没有才华。这句话是有道理和依据的，所谓百花齐放、百家争鸣的时代，其实就是人才辈出、鸾飞凤舞的时代；所谓伟大的时代，其实就是没有小人或谁也不把小人放在眼里的时代。只要你的作品足够好、本领足够大，是不会没人赏识、无人喝彩的，天高地阔也不会缺乏发现千里马才华的伯乐。反过来说，人尽其才、物尽其用，英雄有了用武之地，大家都抢着把自己的本领能力呈现出来报效家国，时代能不发展进步吗？

中国古代的"立德、立功、立言"三不朽中，相当程度上就是对文人说的，是对文人巨大的诱惑。历代科举考试也特别偏重诗文的内容，世间也有着"万般皆下品，惟有读书高"的说法。但在传统的观念中，"文章止于润身，政事可以及物"，文人书画在历朝历代多被视为小技，"宁为百夫长，胜作一书生""男儿何不带吴钩，收取关山五十州"才是男儿真正的事业和抱负。《旧唐书·阎立本传》中有一句话："左相宣威沙漠，右相驰誉丹青。"提到唐朝高宗李治（650—683 年在位）朝的两个宰相：左相姜恪在疆场上屡建战功，右相阎立本却以画名世。这句话很有意思，在画家的传略中一语双关，既是表彰，也含讽喻，是史家常用的春秋笔法。一个画家出将入相，功成名就，为后人所欣赏，却为时人所讥诮。同样一件事情，出现这种云泥之判，为什么呢？

其实，这种观点很普遍，很正常，不仅是古调新弹的道统，也是客观真切的实践，与现实生活息息相关。对统治阶级来说，皇帝的江山是一刀一枪打来的，一城一地也要有人手持刀枪来守护。笔杆子是完成不了这些关乎朝廷生死存亡任务的。因之，在封建王朝，虽然也有一些职业艺术家以自己的才华博得皇室和官员的宠幸，但他们的社会地位终究不高。即便是阎立本自己，也有着一肚子委屈。一次，皇帝出城游览，看到了好的景致，就派人急如星火地把阎立本宣来，让他现场作画，绘景留念。大腹便便、身材矮胖的阎立本气喘吁吁地赶来，铺纸濡墨，忙上忙下，汗流浃背，满面狼藉，皇帝却和其他大臣坐在阴凉处，品着茶，喝着酒，谈笑风生，评评点点。鸟一样地被人拘囿喂养，狗一样地被人摆布戏弄，猴一样地被人品鉴观赏，这是一个丞相的风光地位吗，这是一种对艺术家的尊重吗？这是高官艺术家的无奈与心酸。

凌辱归凌辱，心酸归心酸，艺术家出人头地的心思却不会断。这是人性。文人的地位不高，但仍然是与众不同的晋身之阶，还是有人趋之若鹜，如过江之鲫。客观而论，"学成文武艺"，也只能"货与帝王家"。在古代中国，很少会有读书人一开始就决定自己隐居江湖、终老丘壑，一辈子不问世事。淡泊如老子李耳，念念"无为"也做过"守藏史"，相当于国家图书馆馆长。高洁如陶渊明者也是做了小官以后，不会迎来送往，不会寒暄应酬，不愿意"为五斗米折腰"才勉强辞去的。和所有的读书人一样，张旭也有着朝气蓬勃出类拔萃的用世之心。由于唐代社会把儒家思想推为正统思想，从青年时代起，那"奉儒守官，未坠素业"（杜甫《进雕赋表》）的封建家庭就给了他深刻的影响，就以"许身稷契，致君尧舜"为己任。事实上，让张旭等一代心怀壮志的年轻人真正在意的，是世路的"穷通"，是否可以有所作为，是否可以建功立业。当然了，时代清明、社会繁荣、人才辈出、经世致用，一个才华横溢的年轻人又如何可能袖手旁观、置身事外呢？

因为家境贫寒，张旭从小就有着光宗耀祖、改换门庭的用世之志。这是他作为男儿的责任。张旭自幼便贵节好义、侠骨柔肠，最喜欢谈兵论剑、救患释纷，是一个性格开朗、热血澎湃的年轻人。因为在名门望族、诗书传家的陆家随舅父陆彦远长大，张旭也不缺乏知书达理、经天纬地的儒家教养，还有着挥毫生辉的特殊天分。如此，便自然地集才子、诗人、书家、侠士、豪杰性情与雅人深致于一身。仕宦之后，他深谙"笔中法"，懂得"酒中趣"，也有"功名心"，是一位极为入世的艺术狂人。见过他的人说他"白发老闲事，醉后语尤颠"（高适《醉后赠张九旭》）。而在后人给他的绢本画像中，张旭长身玉立，脸形瘦削，轮廓分明，喜穿白袍，靴帽重戴，乘款健驴，风仪落落，身上有着一种卓尔不群的出尘潇洒。如果一定要比喻的话，不妨拾人牙慧，学贺知章赞誉李白，张旭恰似书法家里"谪仙人"。

蹄声嗒嗒，脖铃当当，雁叫声声，长路漫漫，引发了人性中黯然销魂的离情别绪。书法家张旭开始了他人生最为重要的一次漫游之旅。说他浪漫也好，说其无奈也好，二十多年的宦海浮沉，二十多年的岁月荏苒，已把一个英姿勃发的风流才子折磨成两鬓霜染的中年士子。

他从苏州出发，徐徐北行。也许是无意，也许是宿命，与朋友们依依惜别的第一站却是吴县姑苏山上的姑苏台。江南水乡的秋色，平远开阔，疏淡优美。雨晴之后，溽热已消，天高气爽，给人以舒适清新的感觉。张旭登上江边楼台，伫立远望，烟水浩渺，渔歌互答，眼前一派祥和的诗情画意。江水清澈澄明，波浪在夕阳落照中粼光点点，熠熠生辉。更远处是锦绣苍翠的远山连绵起伏。黄昏时分，一缕炊烟从幽径尽处的渔村中袅袅升起，在空中含情脉脉，扭结盘旋，然后，随风而去。

古台，斜阳，静水，孤烟，妙手偶得地构成了一幅秋日暮色的画面，这幅古台日暮秋色图，却给人以荒寒、凄清、寂寞之感。吴王夫差曾经建都的苏州，美女西施采芹的路径已不见踪影，只有荒台勉强留目，只有江水无语东流。曾经的烟柳繁华之地，竟然这般悄无人烟，远处传来的是呦呦的麋鹿鸣叫之声。

想当年，金戈铁马，气吞万里如虎。越王勾践为谋图霸业，先卧薪尝胆，后征战不休。前有范蠡运筹帷幄，后有西施儿女情长，功成身退，两个人驾扁舟一叶泛游五湖。俱往矣，多少个杰出不凡的英雄人物，多少个金戈铁马的壮士豪杰，多少个沉鱼落雁的美貌佳人，时光之下，风景深处，全都成为一页页史书留下来的颓伤文字，让人凭吊，令人惆怅，使人感伤！

山河依旧，人事全非。怀古吊今，遐想联翩。想着运筹帷幄、力挽狂澜的政治家范蠡，在越国胜利之后却急流勇退，辞职归里，驾扁舟携美人逍遥于五湖的明智之举，令张旭十分叹服，万般纠结，常常自愧不如。

这是唐时的天空，袅袅酒香已经醉软了悠悠白云，江湖浪迹的步履不经意地舞蹈出《霓裳羽衣曲》的旋律。夕阳灿烂的地方，亭台楼榭高高飘扬的杏黄色酒旗已经遥遥向着太湖招手。一骑通体透黑、毛色油亮的健驴从湖边出发，叮叮当当，徐徐而行。唐代的官员骑马，没有官职的文士多骑驴，例如李白骑驴过华阴，杜甫"骑驴十三载"，李贺骑驴思觅诗句。骑驴的好处千般，最好的却是诗人郑綮的一句妙语："诗思在灞桥风雪中驴子背上"。此刻，书法家张旭横坐驴背，腰挎酒壶，怀揣三尺狼毫。一个总角的童子，提着书箱，背着古琴，一路跟随。茶圣陆羽，诗人张若虚、包融，书法家陆景融等凭风凌虚为他送行。长空秋雁，依依惜别，胸中离情化作杯中滚烫的酒。三杯过后，脸庞酡红的张旭挥毫向天，晴朗的天空滚过一串惊雷，恣肆笔意幻化成满天风雨。挥手自兹去，不带走一片云彩，健驴扬蹄踏碎世路坎坷，循着酒香奔向长安。

风中雨中，日升日落，张旭心之所向，素履以往。他没有回头，也无法回头，就这样义无反顾，风雨兼程，他的低吟浅唱随着嗒嗒蹄声敲打着数千年的文化古道，回荡在烟云深处……哪怕是初霜径滑，哪怕是天寒路远，哪怕是山高水长，哪怕是前路漫漫，大唐书法家张旭依然怀抱着温馨乃至火热的向往，跋山涉水，远度重关，他期待着一种渴望飞翔、渴望超越的人生体验。

年过不惑的张旭开始了一生最重要的游历生涯。浪迹江湖，幕天席地；寻师访友，吟风弄月。履痕处处，伴随着他的刻苦自励；名山大川，陶冶着他的情操格局。他品味王羲之观鹅掌拨水而得行书笔法。他观公孙大娘舞《剑器》而得草书之法。他走在路上看到挑夫换肩颖悟回旋，他坐在船上观船夫荡桨而得笔势……他捕捉到"鸾舞"之姿，"龙腾"之态，悬腕运笔，掌虚指实，快而不急，慢而不滞，追求浑然忘我的"天人合一"状态。

读书是心在旅游，旅游是心在读书。

从苏州出发，张旭倾注艺术的全部生活内容几乎就是"交游"二字，用沾满泥巴和露水的脚丈量自然的千山万水。这个时期，他的生活是简朴的，风格也是简朴的，人生样态也是简朴的，这种"大道至简"的特质是令人敬畏的，是会使那些较聪明较熟悉世故的人自惭形秽的。我们可以这样理解，他是在向万象自然表达自己的敬意，也是向不可预知的未来表达自己的诚意。

不可否认，张旭看似游山玩水，吟风弄月，其实，他的心一直向着北方，向着京城。他望着烟雾深处路途迢遥的北方，仿佛看见大唐长安的琼楼玉宇、殿堂辉煌、紫蟒玉带、风花雪月。个性狂狷的张旭，内心深处的功名情结其实一直挥之不去，并且在嗒嗒的驴蹄声中愈演愈烈。从二十多岁开科一直到从六品的闲差小吏，蹭蹬奔波二十余年，他从未放弃对功名的追求，没有放弃过任何一次可以升迁的机会。他的灵魂深处一直期待着大唐长安的呼唤。他有着一种坚定的信念，山河岁月，一切的一切就在那里，等着我们！

长安、长安，我来了。云烟深处、驿道漫漫，铃铎声中不时传来一个跋涉者心灵的呼喊。

唐代最为重要的驿道是"两京驿道"——从东都洛阳到西都长安，这条路当然是因国家公事走得最多的，并以此为基础形成了四通八达辐射全国的驿道网，让这些网络车水马龙活跃起来又充满离愁别恨、苦辣酸甜的，是一个个如串贯珠的驿站。

驿站是古代官方人员递送官文时，中途休息和换乘马匹的场所。在唐代，驿道已经很发达了，驿站分为陆地驿站、水上驿站、水陆兼备的驿站三种。陆地三十里设立一处驿站，西北等偏远地区上百里一处。驿站中有房舍、马圈、客厅、酒库、茶库、咸菜库等。驿站设有良马，一共分为七个级别：特级驿站要有七十五匹马，一级六十匹，二级四十五匹，三级三十匹，四级十八匹，五级十二匹，六级八匹。马的脖子上都有所属驿站的名字，不会和其他驿站的马混淆。若是日行百里加急的文书，往往是"马歇人不歇"，送的人换上马就走，延误了是要受惩罚的，最高可判两年监禁。

古代的车都是马车，除此以外还有牛车、驴车、骆驼车等。唐代的车主要分为礼仪用车和日常用车，礼仪用车基本延续了前代传统，仍然是天子五辂：玉辂、金辂、象辂、革辂、木辂。百官的车，一品官的为象辂，二品、三品为革辂，四品为木辂，五品为轺车，即古代的轻便马车，而隋代还是以牛车为主。天子五辂在唐玄宗以后，连礼仪带出行时都乘坐了，就是放在出行的仪仗队里充数。同样，唐代也是"天子驾六"，也就是天子坐六匹马拉的车，其他人坐两匹到四匹拉的，其中两匹马拉车叫骈，三匹叫骖，四匹叫驷。这些都是从《周礼》中因循过来的。马车上的每一个部件都有名字，如轩，如辕，如辐，等等，现在人看来是很复杂了，以前则是一种级别，一种享受。

中国古代交通并不发达，如果是步行的话，"二十里一歇，四十里一饭，六十里一站，八十里一店"。每天能走出四十公里算多的；如果坐车，沿着固定的车辙走，也不会很快。因此，古代的人离开家乡外出考学也罢，经商也罢，做官也罢，风雨飘摇，旅途漫漫，经常是三年五载回不了家，甚至客死异地。一旦发达了，也要衣锦还乡，荣归故里，最好的结局是无疾而终，埋在祖坟。由此可见，张旭的长安之行是充满艰辛的，也是幸运的！

唐玄宗天宝五年（746），书法家张旭抖落了一身风尘，圆满结束了吴越、齐赵间的漫长游历，开始了为期三年的京城生活。初到长安，大唐帝都展现在张旭眼前的是一片繁花似锦、车马扬尘的歌舞升平景象。这时的张旭，尽管吴越间的潇洒豪情，齐赵间的放荡意绪，以及浪迹江湖的英发侠气还荡然于胸，余音在耳，没有消逝，但很快被皇城这种龙蟠凤舞、爽健厉举的时代气氛而点拨起来的傲世激情涂抹取代，一种"挺然秀出"的欲望强烈地笼罩着他，诱惑着他。他在心里一遍又一遍激励着自己，既来之，则安之，好好地干一番事业吧！从张旭大鹏展翅的踌躇满志中我们也可以看到唐代文人以天下为己任的积极向上的进取精神。

唐长安，是中国的也是世界的，是政治的也是艺术的，是大唐的也是张旭的。这个时候的这个地方有过太多的传奇：皇帝李世民的功勋，女皇武则天的无字碑，玄宗与杨贵妃的爱情，诗人李白与杜甫的风度，丝绸之路上的缤纷花雨，等等，等等，令人吟咏不尽、留恋不已。而更令人赞叹不止的是，在这个泱泱大国的中心土地上高耸而起一座有八十四平方公里面积、百万人口的辉煌大城。

巍巍大唐、盛世长安，是每一个读书人富贵荣华的梦想之地，是文人雅士艺术情怀中的圣地，也升腾着一个旷代书法家炽热的期盼、崭新的希望！

第十五章

丈夫相见且为乐

　　文化检验着一个民族的底蕴和情操，也检验着一方水土精神向度和价值旨归。张旭初到的这块土地，"周以龙兴，秦以虎视"，自汉以降，皆称关中。山光凝翠、川容如画；广植秀美、合抱雄奇的关中不仅是中国文化文明的肇始之地，也是中国书画艺术的源脉所在。

　　长安是历史的港湾，也是时代的码头，历来就是国人留意斯文之地；周礼秦制，数千年绵绵不绝，汉风唐韵，历百代熠熠生辉，有地上文物灿烂为证，有地下发掘瑰丽为凭——思想理念在前，文采风流在后，其间自然会有艺苑风华的繁茂。就书法而言，长安不只是精神的食粮，更是诗意的渊薮；代有妙笔，各擅胜场；翰墨生辉，至今揄扬。今天，在这座城市中，仍完整地保留着一座书法的殿堂——西安碑林博物馆。中国历史上许许多多杰出的书法作品，都以自信非凡的姿态，伫立在这里，璀璨在这里。这些石碑是被历史检阅的艺术，是没有被岁月轻易泯灭的历史。而张旭的狂草，就是其中的典范之作。

　　一座城市就像一个人。有血、有肉、有灵魂、有温度，它的生命是在人类文明史的长河中兴衰、沉浮，逐渐成长、日臻成熟的。

　　长安的盛名源自历史的荣耀。长安，最早是秦时一个乡的名字，到了汉高祖五年（前202）建都城，改秦都咸阳为长安。王莽政权短命，却爱折腾，把"长安"改成了"常安"，一字之差，大同小异，现在看起来是举有点无趣、无聊，也无益。隋初时，形制狭小的长安城，传说宫内多妖异，隋文帝甚至梦见洪水淹没了都城。事实上也是，使用了近八百年的汉长安城那时已是屋舍狼藉、污水沉淀，连饮一瓢清水也成了问题，就只好在"龙首原"以南另建新都"大兴城"。唐高祖李渊沿汉之旧制，改大兴复为长安。但今非昔比，此长安已非汉长安，是在隋大兴城的基础上扩建而成，最后达到了同代世界城市宏大辉煌之峰巅的唐长安城。

长安，就这样成了一个标志着辉煌、灿烂、富强的文化符号，镌刻在恒久的时空之间。

唐代长安城是在隋代的基础上继续发展的，周围约三十五公里，是汉长安城的三倍，相当于现在明建西安城的七倍左右。城池面积达八十四平方公里，是明清北京城的十四倍，比同时期的拜占庭都城大七倍，较巴格达城大六十二倍，居当时世界名城之冠。长安城墙的规模宏伟，城基宽度为九至十二米，外郭墙高一丈八尺，宫城墙高三丈五尺。这么宽、这么高、这么长的城墙全部是由黄土夯成的，没有城砖，这种建筑方法现在俗称"干打垒"。长安城的每一面都有三座城门，其中以城南朱雀大街上的"明德门"最为宏伟。

长安采用的是巷坊制，整个城市横着有十四条大街，纵着有十一条。南北向的十一条大街中，最中间的那一条是长安的主街——朱雀大街，又叫作天门街或天街。这条街道长约五千米，宽约一百五十五米，容得下八驾马车并排行驶，比现在的北京长安街还要宽上一倍，将整个长安城平分为左右两半，东边归万年县管理，西边归长安县管理。长安的商业区集中在东西部，分别叫"东市"和"西市"，"东市"对内贸易，"西市"对外，有很多阿拉伯人、波斯人都在西市经商。集市每天中午开市，营业到太阳落山，十分热闹。唐代长安城的集市以东市和西市最为繁华，人们多在此买卖物品，所以，后来就把购物也叫"买东西"。

唐代长安分为宫城、皇城和外郭城三部分。宫城在城北，以大明宫和含元殿为主体，是皇帝、后妃和太子居住的地方。皇城在城内中部偏北，是文武百官上朝议政的地方。唐朝的中央机构，包括三省六部五监及御史台、翰林院、国使馆等，都集中在这里。剩下的部分叫外郭城，就是官员和百姓居住的"巷坊"。街道划分出的中间的部分就叫"坊"，长安总共有一百零八个坊，每个坊都有名字，都有门。清晨有人负责敲鼓，鼓声一响坊门才开，这样繁忙的一天才算开始；这里晚上是有宵禁的，人们必须待在坊中，有专门的士兵负责查夜。人们一说在哪个坊居住，就可以互相找到。白居易、褚遂良、魏征、李白、杜甫等人，都在长安的坊间长期居住过，那时在唐代长安的大街上就能遇到他们。当然，后来还能看到我们的书法家张旭先生。

中国的都城皆是按照《周易》和星象布局等来设计的，每一处都有来源和讲究，比如皇宫在长安城的位置，相当于天上北斗星的位置。而这些传统的规划思想，源自《周礼》："匠人营国，方九里，旁三门。国中九经九纬，经涂九轨，左祖右社，前朝后市。"以王宫为中心，将一个城市的行政、宗教、经济中心分开，足见以功能区分的原则。王宫居于核心位置体现出君主的权威性，而前朝后市的规划则代表儒家先义后利的理想。

在长安城中最能体现大都市气派的莫过于皇家宫殿。"太极宫"是长安第一处大的宫殿群，三四十座宫殿，构成一组富丽堂皇的建筑景象。其中一座称"镜堂"，用铜镜三千面、黄白金箔十万片，极尽奢华，世称其丽。"大明宫"则是李世民为孝敬父亲李渊在外郭城北的禁苑中建造的夏宫，至唐末二百年间，这里一直是皇帝居住和发号施令的地方。它高踞龙首原上，可俯瞰全城，使唐朝统治者更加占有高亢而优越的地理位置，更显大一统帝国的气度与风范。

唐玄宗做太子时的宫殿，登基后改建为皇宫的兴庆宫，因有了唐玄宗与杨贵妃的爱情传奇，而更加靓丽夺目。它占地两千多亩，为北京故宫的一倍。宫内飞檐斗拱、楼阁耸峙、花木扶疏、湖光塔影，为城中的皇家园林。玄宗与杨贵妃常年在宫内享乐，诗人李白、梨园长李龟年曾常常应邀入宫做寿演戏，贺知章、张旭、吴道子也在里面切磋过书法，看过公孙大娘的《剑器》舞蹈……

中国城市，由氏族聚落的城堡开始，在唐朝达到了高峰：宫城与皇城内，建筑巍峨，金碧辉煌；全城上下玉桥横架，流水淙淙，草木葱郁，俨然就是一座环境优美的大花园！唐长安城既承继了传统又不拘一格，彰显着一个皇皇时代的宏大追求。长安城之大，已经大到了超乎需要的地步，以至于城西北部成为外围地，坊内住房稀少，竟可以耕田。大概在唐朝皇帝看来，一个主宰天下的帝王首都，不大不足以显其尊贵与威仪。如果能够回到唐代的长安城，我们肯定能和张旭一样感受到这座城市的壮阔，它是唐代数百年的帝国大梦，是中国帝王建都理想之中最完美的"京样"。

其实，每个人心中，都住着一座长安城。它或许是王维"九天阊阖开宫殿，万国衣冠拜冕旒"的盛世繁华；或许是骆宾王"山河千里国，城阙九重门"的磅礴大气；或许是张说"花萼楼前雨露新，长安城里太平人"的民生祥和；或许是张籍在《沙堤行·呈裴相公》一诗中写到的"长安大道沙为堤，早风无尘雨无泥"，借此点赞官员的勤政。在李白踏步高吟"天生我材必有用，千金散尽还复来"时，书法家张旭进入了长安——一个心目中崭新的火热的燃烧着希望和欲望的城市。心急如焚、翘首以盼，站在酒肆门前瞭望的杜甫老远就大叫："'太湖精'来了，'太湖精'来了！"

长安街上，风尘仆仆的张旭跳下驴背，轻抖长衫，一身墨香立时飘散开去，沿大街小巷传播到很远很远的地方。张旭四顾回望，贪婪地呼吸了一口，闻到了这座亭台楼阁鳞次栉比的城市骨骼中丝丝缕缕袅袅散发的酒香。

这是一座纸醉金迷的城市，一切都在半醉半醒之中。这座城市的商贾如果经营，首选的是开设酒肆，只要有地方就行，不论是繁华的都市还是偏远的小镇，不论大街还是小巷，到处都有喝酒的人。从长安往华清宫几十里的官道旁，酒肆林立，每一家都挂着精心设计的酒旗，即招牌幌子。上面斗大的银字闪着光，离得很远就能看到，人们看到后就直接奔过去。有的直接把酒放在路边来卖，甚至免费送给过路人一杯酒喝，名为"歇马杯"。唐代酒肆中的酒，主要是店家自己酿造的，以颜色和味道来判别高下，味道往往偏甜。酒肆营业时间很长，有客人就开，甚至二十四小时通宵营业。人们在这里讲究排场与礼仪，注意社交与美食，轻视钱财和匆忙，唐人多把酒肆当作最佳的休闲消遣场所，像南方人泡茶馆一样长期泡在酒肆里。

胡人善于经营，他们是唐朝开酒肆的主力军，每家酒肆都会有多重的经营项目，置办酒席、送外卖一应俱全。在国际化的长安，胡姬劝酒是一大风尚。两大排的酒家，每一家里都有能歌善舞健美妖艳的胡姬，或者相对娴静柔美的汉家女子。每一家中都有一个个大酒缸、一个个用黄泥封着的酒坛子，还卖有各种各样物美价廉的切片肉食，包括西域风情的音乐歌舞，烘托出一幅大块吃肉、大碗喝酒、人生如梦、不醉不休的繁华场景。

在中国，没有什么问题是一顿饭、一场酒解决不了的，这是人们源远流长的共识。如果有，那就多吃几顿、多喝几次！几个人围坐在一起，推杯换盏，你来我往，看似欢歌笑语的颜色，看似简单轻松的场景，里面的门道却很深，隐藏的内容却很多。排序、入座、点菜、敬酒、劝酒乃至吹牛，每一项都要把握得恰到好处、小心翼翼。所以，每一个久经饭局的男人情商都很高，都有一身左右逢源察言观色的好本领，那就是把正事拐着弯地谈，坏事换着法地绕，话里藏锋，步步为营，小心试探，稳健摸索，这在圈子里，叫作"炼心"。当然了，这是就商场、官场而言，人们习惯于尔虞我诈、勾心斗角，把酒场当作应酬斡旋之地。而对于艺术家来说，酒场就是一场雅集，就是一次文采风流的展示。

"醉仙楼"的招牌是贺知章题写的，粉墙上的"将进酒"是李白书写的，门前的金顶小轿是王爷李琎的，拴马桩系的五花马是丞相李适之的。"醉仙楼"高朋满座，圭璋特达，京城的几大名人在此治席为远道而来的张旭接风。瘦削精干、年轻机敏的杜甫陪伴着张旭穿堂入室，延请入席并逐一介绍：太子宾客贺知章、玄宗皇帝侄儿汝阳王李琎、左丞相李适之、玉树临风的名士崔宗之、醉中逃禅的苏晋、昨晚就喝醉了的诗仙李白，还有圆睁着眼、面带着笑，却一句话不说的布衣焦遂……一个个偶傥卓异、一个个才藻艳逸、一个个天之骄子。

在座的诸位张旭有认识的，有不认识的；有久违的，也有没有见过面的；有闻其名的，也有从来没有听说的。但他知道物以类聚、人以群分，这些人能在一起，肯定是一次高端的聚会，与会的嘉宾一定是"诸事皆能"的人才。这个词很有意思，值得一解。"诸事皆能"不是一般意义上的十二能，啥都会、啥都懂，而是指艺术上的触类旁通，行止中的风流偶傥，地位上的一言九鼎，是一个充满优雅气息的褒义词。借长安坊上说书艺人的旁白之口解释就是："这些浮浪子弟门风帮闲之事，无一般不晓，无一般不会，更无一般不爱，即如琴棋书画，无所不通，踢球打弹，品竹调丝，吹弹歌舞，自不必说。"

已经落座的张旭站起来，一一打拱，感谢大家的把酒接风。显然，刚刚进入京城的张旭还没有适应这种扑面而来的热情，他的谦恭客气彬彬有礼让气氛有些尴尬、有些凝重。身材高大的贺知章站起来，呵呵一笑："有朋自远方来，不亦乐乎！伯高不是外人，大家不必拘泥，放开喝吧！"

人生飘忽百年内，且须酣畅万古情。饮酒是人生中难得的乐事之一。如果说有什么事情能让人一下子感到快乐，没有比与三五同道知己品一杯陈年佳酿来得更加直接、更加感性了。对于真正的酒友来说，一切都在酒中，还有什么是比酒更好的语言呢？还有什么是比酒更浓烈的感情呢？把臂言欢，觥筹交错，酒过三巡，气酣胆张。面红耳赤的张旭就不是客人了，他脱帽露顶，他喧宾夺主，他率意而呼"笔来"。

唐人的风习，举凡寺观、台阁、旅店、学校、店铺，以及名胜古迹之地，大多设有诗板或诗壁，备齐笔墨纸砚，以便供过往的文人墨客题字题诗。普通的诗人，倘若在一个地方题写了一首好诗、一幅好字被广为传诵，也就一举成名天下知了。这就等于告诉了我们唐人健朗的审美观，艺术在表现形式上要雅俗共赏，为大众所能接受认可，只有这样的作品，才是真正的优秀的作品。当然了，雅与俗是一种形态。书法艺术不是一体性的，它具有多元性、融合性，而"中和"之美才是极致。

张旭不是一般人。他是远道而来、从天而降的书法神仙。在众人期待的眼神中，他神完气足，接笔在手，以中锋行笔，明快爽俊，起锋收笔，自然大方，转折萦带处尤见功夫，干净利索，无拖泥带水之病。擒纵提按，大起大落，沉着痛快，有一种"思如泉而吐凤，笔为海而吞鲸"的风采。

他生机勃发，气势纵逸，越写越快，越写越狂。他心无旁骛，丰神洒荡，使转纵横，无所顾及。这种笔势精妙、古意斑驳的韵法双绝，只有晃晃悠悠、站在座椅上打着节拍的贺知章明白，这个在悠然行止的文字背后气韵酣畅的抒写者，其实也是《诗经》时代的翩翩少年，永远有着年轻的青涩和艳阳。李琎、李适之、崔宗之，看得呆了，端着酒杯忘记了喝酒。醉醺醺的李白反倒清醒起来，平时是他显露才情的时候，现在他却欣赏着别人。焦遂兴奋得摩拳擦掌，他把自己喝酒的大碗递给了张旭。张旭一饮而尽，哈哈大笑，扔掉手中的笔，脱帽露顶，解散头发，握发濡墨，在雪白的墙壁上握发疾书，雪白的墙壁顿时如长空列战云，硝烟漫漶，其势森然，一篇《率意帖》写完，张旭握发独立，目视青天，口中发出激越悠然的啸声。

见过狂狷的，没见过这般狂狷的。见过行为乖张的书法家，没见过这般雄强恣张的书法家。张旭的天纵风采惊愕了长安城中的这几位"酒仙"，就连淡定到"长安市上酒家眠，天子呼来不上船"的李白也手舞足蹈，为之倾倒。贺知章心中有数，抚摸着注满酒水的肚子说："以前在长安，人们津津乐道、赞誉不绝的是谪仙人的诗歌和裴旻的剑舞，称之为'大唐双绝'，如今啊，老天助兴，凭空飞来了张旭的草书，从此以后，可以改为'三绝'啦！"

最高兴的应该是诗人杜甫了，和这些人相比，他年轻一些，性格也是淳朴内敛的。他和别的艺术家不一样，深受颠沛流离之苦，南窜东下，病体缠身，少有轻松愉快之时。今天群贤毕至，英才荟萃，善良的诗人跑前跑后，任劳任怨，成人之美。在别人的推杯换盏、吆五喝六中，他顾不得喝酒，顾不得吃菜，悄然无声兢兢业业地书写着《饮中八仙歌》。这首诗中，一共写了八个人。一个王爷，汝阳王李琎。三个官员，李适之、崔宗之、苏晋。三个文士，贺知章、张旭、李白。一个布衣，焦遂。横跨社会各个阶层。这首诗中的八个人，每个人都能引出一堆喝酒的故事。就连人们不大熟悉的苏晋，都有着"作曲室为饮所，名酒窟。又地上每一砖铺一瓯酒，计砖约五万枚。晋日率友朋次第饮之，取尽而已"（《云仙杂记·酒窟》）的惊人之举。喝酒铺排如斯，酒量能不大吗！

可能是杜甫对张旭不了解，或了解不深，也可能是杜甫的酒量不大，其中的"张旭三杯草圣传，脱帽露顶王公前，挥毫落纸如云烟"有些不准确。如果，真是三杯就醉了，就放浪形骸，就不拘礼法，就挥毫泼墨了，那张旭的酒量也太小了，也太不能喝了！不管怎么说，我们应该感谢杜甫先生，给我们绘制了一幅流光溢彩的精美画图，里面不仅有着才情的奔放，有着生性的狂傲，有着友情的热烈，也有着建功立业的理想愿望，有着狂放不羁的精神气质，有着刚强方正的侠胆雄心。其实，这种思高笔逸的才情并不偶然，置身于大唐帝国开拓进取的时代氛围，艺术家们风狂浪跳，不甘落后，跃跃欲试，即使在奋斗中有着坎坷挫折，酒杯里也有着十足的自信。

"一醉累月轻王侯"的李白又喝多了，他扔掉酒杯，接过张旭手中的笔，笔走龙蛇，写下了"白日何短短，百年苦易满。苍穹浩茫茫，万劫太极长。麻姑垂两鬓，一半已成霜。天公见玉女，大笑亿千场。吾欲揽六龙，回车挂扶桑。北斗酌美酒，劝龙各一觞。富贵非所愿，与人驻颜光"（《短歌行》）的自矜和骄傲，当然也有一丝苦涩。李白放下笔，哈哈大笑，紧紧地挽起张旭的手，两双舞动盛唐的手第一次握在了一起，从此就没有分开。李白把诗歌当作人生感怀的工具，寄寓的是人生抱负。书法家张旭却如解牛的庖丁，涵融的是人的艺术精神，把写字的技巧演化为精神之"道"了。

人，是社会群体中的一员，人离不开与人的交往。人与人之间的关系曾被敦厚的孟子称为"五伦"（或五常），即"父子有亲、君臣有义、夫妇有别、长幼有序、朋友有信"。借此可以看出古人对人际关系的尊重和推崇。尤其是在百废待兴、个性张扬的唐代，长安作为繁华的帝京，人来人往、交朋结友、探亲访友，就成为日常生活中经常会遇到的事情。张旭一进京城就被友情和酒意融化了。餐风宿露、漂泊江湖的他在长安感到了一丝温暖。不，准确地说，应该是一种火热。这是大唐帝国特有的质地和温度。

第十六章

一日看尽长安花

春风送暖，春光明媚，杨柳吐丝，绿草如茵。大自然一扫冬日枯黄之景，以吹面不寒的杨柳风拥抱着一个冬天瑟瑟缩缩的人们。在杏花春雨江南、小桥流水人家生活惯了的张旭终于有了一种劫后重生的感觉，有了一种扬眉吐气的感觉。他被北方寒冷的冬天冻坏了。这是他第一次离开南方在遥远的北方度过寒冷的冬天！如果没有酒的温暖、酒的快意、酒友的盛情、功名的渴望，他可能中途就逃离长安了！

风清景明，是为清明。

古人的游春之俗到了唐代进入高潮，慎终追远的清明则为极致。尽管唐人有祭祖不许欢宴的戒律，但他们的言行较少拘束，加之传承"上巳节"之习，扫墓之余，与好友结伴到郊外踏青已经约定俗成。"上巳节"是中国古老的传统节日，俗称"三月三"。这个节日带有些远古时代巫术的成分。古人认为春暖花开了，很多虫子都出来活动了，要把芥菜花放在屋子里、放在衣服里，这样可以防虫子。这一天的活动很多，主要的是祭祀高禖，这也就是主管婚姻与生育的神；再有就是外出郊游、沐浴、在水边河畔联欢饮宴，这也为青年男女提供了相爱的机会。《论语》中有"暮春者，春服既成，冠者五六人，童子六七人，浴乎沂，风乎舞雩，咏而归"，说的就是这一时节的事。

道教中的"三月三"是王母娘娘开蟠桃会的日子，信徒们要到蟠桃宫中去烧香求子；在唐代，"三月三"这一天是公假，朝廷都鼓励百官出去玩，还发过节费。长安的人们，一般是到附近的水边去玩，男女成群结队非常热闹，即便下雨也不在乎。文人们则雅致一些，"曲水流觞"的习俗应运而生，就是在地上挖一个弯曲的水槽，有水在里面流动，把酒杯放上面去漂荡，停到谁前面就由谁饮酒赋诗，在水槽上面还要盖个流杯亭。花红柳绿之间，风流儒雅之士，或烹茗饮宴赋诗，或携歌女舞伎游玩，或策马探访杏林名园；风情婀娜的仕女游春更为丰富，或打秋千，或放风筝，或斗百草，或斗茶，或插柳，尽情享受着春光之美、生活之趣。

清明节是一个悲喜交集的日子。如果说，祭亡寄托了我们对祖先的怀念感恩，对先贤的敬仰，那么，踏青郊游，则是亲近自然、愉悦身心、感悟新生、加深友情，给人欣悦与希望，是一个凝聚人类情感的节日。"清明"之名在《诗经》《逸周书》《管子》等屡有所记，而列入时令、历法，始见于《太初历》。成书于这一时期的《淮南子·天文训》中说："春分后十五日，斗指乙，则清明风至。"可知远在汉武帝时代，富有人文意义、包含特定活动的清明节，便定在了春分后的第十五日。作为传统节日的清明，晚于节气的清明，也晚于寒食节一天或两天。

传统文化的大树，在民间土壤里埋藏着古老的根系，在民俗风情里埋藏着生命的基因。清明节文化正是以"忠孝节义"的传统文化为根系，传承远古祖先崇拜习俗才得以绵延不绝。汉武帝时代，罢黜百家，独尊儒术。儒家提倡孝道，汉代以孝治国，传承祖先崇拜之俗。而为祖先扫墓，西汉已见端倪，东汉勃兴，以给祖先扫墓为荣。斗转星移，到了魏晋时代，文士社会群体觉醒，自我意识解放，新风尚萌生，汉末在太原郡，为纪念春秋名士介子推，兴起以禁火、冷食、扫墓为主题的寒食节，诗人卢象在《寒食》所记载："四海同寒食，千秋为一人。"应该是其最好的广告词。

岁月如梭，到了唐代，从达官显贵到庶民百姓都要拜扫祖坟。《旧唐书·玄宗本纪》云：唐开元二十年（732）五月下诏："士庶之家，寒食上墓，宜编入五礼，永为恒式。"《唐会要》云：开元二十四年（736）下令寒食、清明放假四日，唐代宗时放假五日，唐德宗时放假七日。这可能是中国最早的"春游黄金周"。唐玄宗更是把"寒食扫墓"用诏令的形式确定下来，列入"五礼"之中，成为国家礼制的一部分。每逢寒食节到来，"田野道路，士女遍满，皂隶佣丐，皆得上父母丘墓"（柳宗元《与许京兆书》）。"扫墓"成为寒食节的核心主题，具有广泛性，群众性，法律性。其时，不仅官府、民间如此，连寺院也要祭拜已圆寂的高僧大德，扫墓成为唐代寒食节最为典型的一道风景。

值得关注的是，唐人后来将清明、寒食并称，名称换了，内容一致，还是以扫墓为主。杜牧的《清明》诗"清明时节雨纷纷，路上行人欲断魂"把唐人扫墓的情景刻画得淋漓尽致，也极富人情味，是对清明扫墓习俗的最佳诠释。诗人白居易每当清明来临时都写有诗章，其中《清明日登老君阁望洛城赠韩道士》曰："风光烟火清明日，歌哭悲欢城市间。"千年之后读之，仍让人动容。与众不同的是，武元衡在《寒食下第通简长安故人》诗中写道："寒食都人重胜游。"武元衡是官二代，唐德宗、唐宪宗时任要职，在京城生活几十年，他以独特的视角记录下长安人"重胜游"这一节日习俗，填补了京城节俗的一项空白。其次，尽管唐人把清明、寒食并称，但帝都长安习俗崇尚清明节，盛唐诗人孟浩然《清明即事》写道："帝里重清明，人心自愁思。"帝里即京都长安，这是长安重清明习俗的真实写照。

长安城东南角有一片水域，名叫曲江池，简称曲江，是由泉水形成的，因流水曲折颇似广陵江而得名。这里清流环绕，碧波荡漾，种植了大量荷花，江边又长满了菖蒲和芦苇，一年四季有候鸟起舞歌唱。曲江池的东边，有一大片地稍微高出一点，这里叫"芙蓉园"，三步一廊，五步一榭，建满了鳞次栉比的亭台楼阁。而曲江池的西边，就是杏园和大慈恩寺，大慈恩寺有一座高塔，就是大雁塔。这一大片的地方都叫作乐游原，从汉代起兴建。每逢春天，上至皇亲国戚，下至黎民百姓，都要到曲江江畔游玩。

　　盛唐时曲江占地十多顷，规模宏大，流丽古雅，其间紫云楼、芙蓉园、慈恩寺、杏园等名胜荟萃，园内亭台楼阁，姹紫嫣红，是京城最负盛名的好去处。清明曲江踏青更是京城一大盛事。清明时节正好是万物生长的时候，在这个节日古人除了慎终追远祭扫祖先，还要外出旅游、蹴鞠、踏青、荡秋千、植树、放风筝、插柳、斗鸡、拔河、斗草等。祭拜祖先是一件庄重的事，踏青游玩又是轻松的事，这些在唐人观念中放在一起做，却没有任何的矛盾隔阂。就像上供一样，"心到神知，上供人吃"，供品最终是由人来吃掉的。唐朝是一个个性张扬的时代，人性得到了充分的发展。

　　到了唐玄宗时代，他为了去芙蓉园方便，就在长安城的城墙处修建了"夹城"，即两边是城墙，中间夹着一条大路。从大明宫到兴庆宫再直接到芙蓉园，大队人马在"夹城"中走，寻常百姓普通游人就看不见了。在那里，唐玄宗令群臣作诗，命骊姬歌舞，因此留下了大量写杏园、芙蓉园、曲江这一带的"应制"诗。遗憾的是，"安史之乱"后，曲江池的泉水渐渐枯竭了，周围的亭台楼阁也成为了农田。夜静更深，历史老人常常在此发出一声声叹息。

　　按照唐代的习俗，中举后先是要依次拜见主考和宰相大人，然后要去曲江畔，到芙蓉园、杏园等地参加大规模的宴会。宴会的名目繁多，有大相识、次相识、小相识、闻喜、樱桃、月灯、打球、牡丹、看佛牙等等。在宴会上，人们一起饮酒作乐，然后登附近的大雁塔，并且在大雁塔上题名。曲江宴会、雁塔题名都是唐代读书人梦寐以求的事情，也是他们永远的追求。

　　到长安多半年了，张旭一直没有到过闻名遐迩的大雁塔，清明节游春的时候，他在学生、集贤院大学士徐浩的陪同下登上了仰慕已久的大雁塔。

　　大雁塔正名叫大慈恩寺塔。是贞观二十二年（648），唐高宗李治为皇太子时，为追念生母长孙氏，在隋朝无漏寺的基础上扩建而成的。高宗永徽三年（652），高僧玄奘从弘福寺迁居慈恩寺，为保护由印度带回的佛经，在寺院西边建造了一座五层砖表土心塔；到武则天长安年间

（701—704），重加改修，增至十层，成为高达近二百尺的楼阁式青砖塔，本名"慈恩寺塔"，因《大慈恩寺三藏法师传》卷三中记载：摩揭陀国有一僧寺，一日有群雁飞过，忽一雁离群落羽，摔死地上，僧人惊异，认为雁即菩萨，众议埋雁建塔纪念，所以俗称为"大雁塔"。

"慈恩寺"这座皇家寺庙在唐代规模宏大，气象非凡，计有十三个院落，一千九百多间房屋，三百多僧侣长住。唐玄奘取经回来后在这里翻译佛经，并口述了《大唐西域记》，仿效印度的模式在寺庙中建了这座高塔。当时是唐高宗永徽三年（652），塔只有五层，不能登上去。到了武则天时期，大雁塔经过改建增高到十层。公元931年，大雁塔被再次改建，却被降至七层，以后又加修整，成了今天的样子。而大慈恩寺早已经毁掉了，只留下了大雁塔。现存的大雁塔高为六十四点五米，塔基南北四十八点七米，东西四十五点七米，可以粗略地算作正方形。塔在每层四面的正中各开辟一个砖拱券门洞，各层都有楼板，可以从楼梯盘旋而上至塔顶。中国最高的塔有八十多米高，而六十米以上的塔就算很高的了，离得很远都能看到。

唐代诗人中，不接触佛门和道观的人很少。对宗教文化的认同心理使得他们暂时获得心灵的慰藉，即便是那些汲汲于名利的读书人，在寺庙和道观也会变得超凡脱俗。因此，唐人把游览寺庙看作是一种文化人格上的时髦。因为，他们有时候也喜欢佛门的静寂和道家的超脱，如开元名相张九龄游览青龙寺时就写下了"奋翼笼中鸟，归心海上鸥"这样的诗句，大历诗人钱起在仕途受挫时郁郁寡欢，也到青龙寺散心，不过他并没有万念俱灰遁入空门，而是仰天一叹"遥想青云丞相府，何时开阁引书生"。笃信佛教的王维心中有佛，常常会在诗里说一些修行的行话，如"山河天眼里，世界法身中"。

另外，一些家境贫寒的读书人，在准备进士考试期间，也会寄身寺庙温习功课。最著名的故事是，郑虔练习书法但苦于没有纸张，得知慈恩寺有几间房屋储存着柿子树叶，便借住那里的僧房，每天取柿叶练字，一年多时间把树叶正反两面写遍了。后来，他把自己的诗、书、画编为一卷呈送皇帝，唐玄宗见他擅书、能画、工诗，便赞不绝口，欣然在长卷上御笔题词："郑虔三绝"。慈恩寺和它的柿子树叶从此誉满天下。

大雁塔地处市中心，南来的，北往的，东游的，西逛的，一个个人来了；卖葱的，卖蒜的，炒菜的，卖面的，一个个生意来了；造纸的，刻字的，装裱的，一个个作坊犹如雨后春笋般地涌现出来。从乡下进城帮工的人日益增多，各色各样的杂耍、吃食摊头、问卦起课、卖狗皮膏药、变戏法、唱时调的行当应运而生。好一座皇家庙宇，众声喧哗，百业兴旺，早已成为人们到此花大钱、找乐趣的地方了。

张旭目不暇接，享受着大唐京城的热闹繁华，享受着佛门圣地的灵风慧雨。他看着庙宇大门不远的地方围着不少人，叫好连天，不时发出阵阵赞叹之声，就和徐浩信步而往。原来是一个乞丐，没有两手，靠右脚夹笔，写经讨钱。乞丐年已不惑，破衣烂衫，坐在地上，口里叼着烟袋，却不急着点。一只脚悬空在比划着，像写着什么字。他的脚法很快，劲利飞动，快得像公孙大娘舞《剑器》："来如雷霆收震怒，罢如江海凝清光。"动静之中却有着自家笔意。张旭看到了，觉得很有趣，很震惊，就和学生一同走过来观看。

乞丐看了张旭一眼，停下了脚，嘴里却叽里咕噜地唱起来："出了南门一摆摆砖，端顶顶地戳破了天。吱咛咛的风也吹不到，格扎扎的晒也晒不蔫。"张旭是南方人，没有听懂念叨什么。徐浩听明白了，这是用长安城里流行的小调咏唱大雁塔。唱完了，他大喊一声，像在提醒大家注意，然后把笔向上抛起一尺多，用脚夹住，稳稳妥妥，从从容容，在地上书写起来。他写的字是正规的楷书，有王羲之的笔势精妙，有智永的骨气深稳，即便有些书法家手写也比不上他的水平。张旭看了，暗暗称赞，暗暗震惊，几乎和自己师出一门。看来长安真是藏龙卧虎之地呀！他感慨地掏出些钱来，放在乞丐的盘子里，转过身对徐浩说："凡是书法，理解了就会变法创新，假如死守着法则不知变化，叫作奴书。"

登堂入奥，大雁塔尽收眼底！毕竟是皇家寺庙，达官显贵见得多了。知客僧见是几位普通的游客，也就不再留意，奉上粗茶，匆匆而去。集贤院学士徐浩很生气，就说草圣张旭到了！过不多时，方丈禅师连忙下台阶来迎接，毕恭毕敬，礼仪周全。张旭见状一笑，故意问禅师："刚才待我们是粗茶，现在是细茶；刚才是不理不睬，现在是笑脸相迎，一般客人，两种对待，这是为什么呢？"禅师不好意思，回答道："接是不接，不接是接！"张旭闻言，呵呵一笑，用手里的折扇，轻轻地在和尚身上打了几下，随后慢慢说："和尚莫怪，打是不打，不打是打！"然后，合上扇子，扬长而去。

唐代诗人登临大雁塔时纵观古今，俯瞰天下，多有感慨，留下不少佳作。但是，作气象语（写景）者多，作性情语（抒情）者少。可以说，他们都登上了慈恩寺塔的最高层，但却站在不同的历史高度，也有着不同的文学高度。这与诗人们的艺术功力、人生抱负息息相关。

从开元到大和年间，文人学士在大雁塔题写的诗歌不计其数。唐文宗时，元稹、白居易、刘禹锡等人的唱和就有千百首之多，传到京师，街谈巷议，吟诵的人无不称赞。盛名之下，约定俗成，凡是元、白、刘三人所到的寺观台阁林亭，或是他们的歌咏抒情之处，原先题写的诗板因相形见绌就偷偷撤了下来，虚位以待。

没有人相陪，也没有目的，师徒二人信马由缰，自由自在。张旭和徐浩漫步大雁塔下，元稹、白居易的诗充目盈耳，侧目瞬顾，淡淡走过，忽然看到题留的《题慈恩寺塔》一诗，题板上蒙有厚厚的尘土，好像很长时间没有更换了。徐浩让僧人拂去尘埃，发现是一个叫章八元的诗人题写的。二人吟咏品味了好长时间，一直到天黑了还不愿离去，徐浩下令除去以前题写的诗，只保留章八元的一首，请张旭题写。张旭感叹说："想不到严维竟培养出这么好的弟子！我就不再写诗了，就把这首诗抄录一遍吧！"

章八元，睦州桐庐（今属浙江）人。少年时在驿亭偶题数言，恰好被肃宗、代宗两朝的著名诗人严维看到，问章八元说："你能跟我学诗吗？"章八元欣然同意，在严维的言传身教下，进步飞快，几年后便考上了进士，为官一方，清正廉洁。他在大雁塔的题诗是：

十层突兀在虚空，四十门开面面风。

却怪鸟飞平地上，自惊人语半天中。

回梯暗踏如穿洞，绝顶初攀似出笼。

落日凤城佳气合，满城春树雨蒙蒙。

（《题慈恩寺塔》）

眼前有景道不得，别人题诗在上头。智慧是一种空盈的状态，而不是一种饱满的状态。和李白站在滚滚长江之上，面对黄鹤楼崔颢题诗赞叹不绝的精神自觉一样，诗人张旭在长安也没有给大雁塔题留墨宝。这固然是诗人的谦逊与自省，是书法家的涵养与美德，但对天下名刹大雁塔来说，不能不说是一个遗憾！对今天的长安来说，又是一个多么大的遗憾呀！

第十七章

安得长绳系白日

中国传统社会有着士、农、工、商阶层的分野，精英人物几乎都集中在士之阶层。穷困潦倒的读书人即便没有田地，也可以通过"察举孝廉"或参加科举考试博得功名，从而跻身社会上层。中国古代士人受过"六艺"等多种教育，在政治上尊王，在文化上传知，往往贵而不富，名大于利，侧重的是知识分子的使命与担当。

"士"阶层中也有分类。其中有"士""儒""文人""先生""书生""读书人"的群体，他们介乎庙堂与江湖之间，官员与庶民之间，满腹经纶，知书达理，但没有当官，或未能当官，或不屑当官。他们享受山川自然，感知天高云淡，追求精神的逍遥自适。这和早期西方的知识分子一样。"知识分子"，是舶来品，是西方启蒙运动前后出现的特殊的知识阶层。他们有学问、有教养、有勇气，以科学献身社会，以艺术创造文明。他们不从政、不要权，也不是政府要员，而是从心所欲。遗憾的是，知识分子进入中国以后就变异了，许多人以跻身官场为荣，官越大越高兴，权越大越高兴。而没有握上权柄的人，则一辈子困顿、忧郁、惆怅，怨天尤人，甚至在郁郁寡欢中英年早逝、撒手尘寰。

乐游原是长安南部的一片高地，是秦代的离宫宜春宫中宜春苑的遗址，从汉代开始就成为人们郊游的地方，最早叫"乐游苑"，后来改称为"乐游原"。这里地势比较高，站在上面能俯瞰整个长安城，成片的玫瑰、苜蓿等植物红彤彤、绿油油，生机勃勃，清灵秀逸，是文人墨客吟诗作赋的地方，也是失意的读书人登高望远精神自慰的地方。后来，晚唐大诗人李商隐在这个地方写了著名的绝句"向晚意不适，驱车登古原；夕阳无限好，只是近黄昏"（《乐游原》），引起了所有游人的共鸣。来这里的人就不再自己作诗了，而是一遍又一遍地吟唱，一声又一声叹息，一个又一个泪水涟涟。

站在原上，张旭虽然没有心旷神怡，但也没有吟诗作赋，他只是静静地站着，凝望着远处缠绕交汇的浐河灞河，他不知道，一条河竭尽所能，会冲出多大的平原？他苦笑了一声收回思绪，水就是水，河就是河，尽管由它去吧！脚下的神禾、少陵诸原高下起伏，山清水秀，达官显贵修筑的山庄、别墅星罗棋布。唐高宗的女儿太平公主、唐中宗的女儿长宁公主、唐玄宗时宰相李林甫都在这里建有别墅。权贵能够享用的，诗人也不甘其后，诗人岑参、韩愈、元稹等人也在这儿置业建院，吟诗作赋。山不在高，有仙则灵。由于著名的文人对城南情有独钟，留下了许多诗词歌赋，也留下了许多逸闻趣事。其中以博陵（今河北定县）人崔护作《题都城南庄》而得佳偶的风流韵事最为有名，至今传唱不绝。

风流倜傥的帅哥崔护考试失误，名落孙山，郁闷不已，一个人就去城南踏青散心。行至一处桃花盛开的村庄，忽觉口渴，敲门讨水。一个清纯俊秀、貌美如花的女子开门送水，静静地倚着桃枝看小伙子喝水。两人对视，四目如电，一见如故，情意满满。水喝完了，就得走了，崔护一步三回头，郁郁而去。

一年春尽一年春。春暖花开又一年。

情之所钟，非理可讲。考试结束，崔护顾不得问结果，也不去拜台官，就心急如焚步履匆匆一溜烟跑到城南去寻那桃花女子。他不知其姓，不知其名，亦不知是谁家的女子，只是凭着美好的记忆，寻到上次借水的门口，却见门上挂着一把铜锁。崔护在门口题下一首诗："去年今日此门中，人面桃花相映红。人面不知何处去，桃花依旧笑春风。"

数日之后崔护再度来访。这次，他走进了此门之中，却被女子的父亲揪住不放，告为"杀人犯"。因为，漂亮的桃花女子看了崔护的诗，相思过度，忧郁成疾，竟然要撒手人寰。小伙子听得这话，急火攻心，痛哭失声，感天动地，竟然创造了让女子复活的人间奇迹。于是皆大欢喜，有情人终成眷属。这个颇具传奇色彩的故事广泛流传，妇孺皆知，又被编成《金琬钗》《人面桃花》等，久演不衰。

崔护走了。

张旭来了。

清明之时，闹春之始。红入桃花嫩，青归柳叶新，吹面不寒的杨柳风便勾引出流水桃花，千媚百态。最是一年春好处，绝胜烟柳满皇都，长安成了一个凝碧集朱的锦绣之城。

张旭没有崔护的风流多情，也没有命犯桃花。甚至，他看着彤云一般灿烂的桃花有着一种苦涩。灼灼其华的桃花适合于逸兴思飞的风流才子赏玩，张旭只是寓居长安等待命运的失意游子。他凭着东栏看着篱笆墙外的一枝梨花，京城飞满柳絮时，梨花也开了遍地，东栏的那枝梨花从翠绿的柳树间无意地伸了出来，仿佛雪一样清丽，玉一样温润，有一种淡雅的惆怅之美。张旭感叹了，热泪盈眶，人生看得这般清明可喜的梨花能有几回呢！人生见到这般高雅旖旎的诗意能有几回呢？见花落泪，睹物伤情；我见青山多妩媚，料青山见我应如是。这正是千古风流人物的性情。

第一流人物是什么人物？

第一流的人物是在清欢也能体会人间有味的人物！

第一流人物是在污浊滔滔的人间，也能找到清欢滋味的人物！

张旭找到了吗？

这是人间四月天。惆怅的游子张旭迎风而立，一种思乡之情油然而生，他看着河边的翠柳感慨万千，想起贺知章笑嘻嘻起兴的名句"不知细叶谁裁出，二月春风似剪刀"潸然泪下：文人的崩溃是一种默不作声的崩溃。看起来很正常，会说笑、会打闹、会社交，表面平静，实际上糟心事已经积累到一定程度了。不会摔门砸东西，不会流眼泪或歇斯底里。但可能某一秒突然就积累到极致了，也不说话，也不真的崩溃，也不太想活，也不敢去死。只是，人撑久了，会累的。所以在某一个时刻，因为一个极其微小的事，泪就这样决堤而下。

男儿有泪不轻弹，只因未到伤心处！

张旭好像对身边的贺知章、徐浩说话，又好像自吟自语："濯濯烟条拂地垂，城边楼畔结春思。请君细看风流意，未减灵和殿里时。"是啊，来长安已经大半年了，酒也喝了，饭也吃了，景也看了，友也交了，只是来时的雄心壮志理想抱负一样都没有落实，一件都没有做到，自己就像一个风筝一样，人在江湖飘着，心在家里系着，有时，那根线扯得全身都疼。他都不好意思给家里写信了，提起笔不知道说些什么！更重要的，龙困沙滩，虎离深山，和他的生活一样困顿的还有文人的清高和自尊！

前路漫漫，何处是归途！即便住在藏龙卧虎、招贤纳士的"集贤院"里，天才的书法家张旭也看不到未来的曙光！

"集贤院"是有唐以来诸多文馆中最盛者；不仅影响巨大，而且名实相副。初名"乾元殿书院"，开元五年（717）始建，开元六年（718）十二月更名为"丽正院"。开元十三年（725）四月五日，改为"集贤殿书院"，简称"集贤院"。据《玉海》卷一百六十七引《集贤注记》曰："自贺知章至窦华，开元十三年至天宝十四载，集贤院学士、直学士三十三人。"可见，盛唐、中唐时期，集贤院文人贤士济济一堂，其中善书者，除贺知章外还有窦华、吕向等。集贤院中除了学士、直学士之外，还有侍讲、待诏、修撰、校理等行政事务方面的职官，张旭的学生徐浩初入集贤院中即担任此类职位，其地位虽然稍低但待遇却无差异。正所谓"学士以德行相先，非其员吏"，可见集贤院内官员并未以官职来论资排辈。大凡宴集，学士们均可同时举杯。开元十八位学士中便有四位侍讲，徐浩一直是其中的佼佼者。

徐浩是张旭的得意门生，也是长安城中有名的书法家。他诸体皆擅，草隶尤胜，得意处近似王献之笔法，仿张旭已到惟妙惟肖。徐浩出身世家，文运畅通，顺风顺水，人生一点都没有耽误。唐肃宗即位后，徐浩即由襄州刺史召授为中书舍人。朝廷中举凡诏、令、诰、策诸种文字及颁布于四方的诏令，大多出自徐浩之手，遣词充裕快速，书法清俊洒脱，皇帝很喜欢他，他以吏部侍郎兼判院事，声名一时。徐浩充任集贤院学士之职长达十五年之久。连同其首次入仕任集贤院校理、待诏、修撰等职的八年时间，他职集贤院的时间超过二十三年，历仕肃宗、代宗、德宗三朝，是"集贤院"中历朝最多、资历最深、影响最大的学士。后官至太子少师，谥曰"定"。新、旧《唐书》皆有传，存世墨迹有《朱巨川告身》，碑刻有《不空和尚碑》《大智禅师碑》等。

张旭寓居长安三年，一千多个日日夜夜，除了和"饮中七仙"出入楼堂馆所饮酒作乐舞文弄墨之外，徐浩几乎形影不离。徐浩不是不喝酒，也不是自视清高，融不到这个圈子。他除了早晚上朝，公务繁忙，更重要的原因，他是张旭的学生，差一辈儿，不好意思和师长在一起嬉闹疯癫。但他对张旭的照顾却事无巨细、无微不至，甚至作为学生一直运筹着老师张旭的仕途。比如，他三番五次请右丞相张说来集贤院与张旭相见交谈，可见其心诚殷。

张说，字道济，洛阳人。历仕武后、中宗、睿宗、玄宗四朝，玄宗时为宰相，封燕国公；擅长文词，与苏颋（许国公）齐名，二人号称"燕许大手笔"。张说自己是"大手笔"就深知这"手笔"的苦辣酸甜与来之不易，所以遇事往往能抛弃"官本位"替人着想，与人为善，从而尊重知识、尊重人才、扶掖人才，是有名的"伯乐"式人物。

徐浩请张说来集贤院调研视察，张说欣然同意。大驾光临时，集贤院举行欢迎宴会，大家公推张说举杯先饮，张说却退让不肯，解释说："学士之间的礼节，以道义为高，不以官位大小分前后高低。我听说高宗的时候，主修史书的学士有十八九人，太尉长孙无忌虽然贵为皇舅，但不搞特殊，不肯先饮酒，并且也不让那些官居九品的学士落在后边，他让倒满十九杯酒，大家同时举杯。长安年间，我主持编修《三教珠英》，当时学士的官阶悬殊也较大，可是在排名的时候，一律不以官阶品秩为标准。"于是，张说示意所有学士一同举杯齐饮。这么大的官没有架子，这么大的官与民同乐，这么大的官员尊重文化，在座的文人一个个激动得热泪盈眶，几个年轻人已经载歌载舞，放声歌唱了。几个年龄大的学士眼眶浅，泪水流了一脸，望着远去的轿子不停地挥手。一夜之间，舆论蜂起，好评如潮，文艺界非常赞扬张说的这种说法和做法。

张说的礼贤下士不是姿态，不是作秀，他和张旭见面时也没有带电视台的记者。他不仅对张旭态度诚恳，而且尊崇所有的学士。贺知章由太常少卿升任礼部侍郎兼集贤学士，一天之内并谢二恩。当时左丞相源乾曜与张说同掌相权，源乾曜说："贺知章先生久负盛名，现在一天之内两获皇恩，堪称学者的荣耀。可是学士与侍郎，哪一个更好？"张说坦诚地回答说："侍郎自我朝建立以来就是士大夫所期盼的华贵职位，如若不是兼具才能和声望，是无法担任这个职务的；不过它毕竟是徒居官位的官职，也不被贤者所羡慕。学士则不同，必须胸怀先王之道，作为官员的楷模，蕴含扬雄、班固那样的词彩，兼有子游、子夏那样的学问，才能当之无愧。所以侍郎和学士虽然都很好，但比较起来，学士似乎更好一些。"张说的这般胸次见解，让今天的我们也自愧弗如！

徐浩努力了，贺知章努力了，张说也尽力了，但不知为何，张旭却始终没有进入集贤院当学士，没有进一步提高发展；也可能是不屑，也可能是不能，人世间的起落沉浮谁能说清楚呢？唐朝尽管政治清明，官员任职敬事，但人毕竟是人，是人就有感情好恶，是人就有亲疏远近。官员也一样，讲究的是知人善任；我要提拔你，先要认识你，赏识你，起码要不反感你，这里面就有了情感因素。张旭仕途坎坷，没有平步青云，既有客观原因，比如无意识地走进李适之与李林甫的矛盾之中；也有主观的原因，就是他的个性使然。

孔子说："不得中行而与之，必也狂狷乎！狂者进取，狷者有所不为也。"（出自《论语·子路第十三》）这句话的意思是，找不到奉行中庸之道的人为友，就只能与狂者、狷者交往了。狂者敢作敢为，狷者有所不为。张旭就是一个特立独行、敢作敢为的典型"狂者"，他决不满足于窝窝囊囊、唯唯诺诺、委委屈屈，只做一个洁身自好的"狷者"。中国古代的狂人狂态不胜枚举，如"接舆髡首兮，桑扈裸行"，如赤身裸体击鼓骂曹的祢衡，又如魏晋时"非汤武而薄周孔"，鼓吹"礼法岂为我设也"的"竹林七贤"。据说，七贤之一的名士阮籍，能为青白眼，对所憎恶的人，眼睛向上或向旁边看，表示轻视或憎恨；对喜爱或尊敬的人，就对他正视，青黑的眼珠在中间，表示尊重。他见到嵇康的哥哥嵇喜，就以白眼相待，见到嵇康就用青眼，后以"青眼"指对人喜爱或器重。杜甫《短歌行》云："仲宣楼头春色深，青眼高歌望吾子。"

饮酒、吃药、长啸、打铁、玩青眼白眼……但这些人的放浪形骸大多只是玩世不恭，出语不逊，举止佯狂而已，在学问、骨气和境界上，哪里能和表里如一、生龙活虎、意气风发的书法家张旭相比！张旭写字好似风雨急至，纸上飒飒有声，用笔纵横交驰，一会儿就写好了几十张，放下笔来痛快地喝酒，满座的人尽皆欢畅。朋友、亲戚因贫困而来请求帮助的，总是写字给人家。与他合不来的，即使硬要他写，他也不写。这样做，没有什么错。古人常常讲"书不轻予"，就是说书法作品是神圣的，是作者灵魂的结晶，绝不能轻易送人。而且认为书法创作时一定要情绪饱满，"当其下手风雨快，笔所未到气已吞"（苏轼《王维吴道子画》）。因此提出"翰不虚动"的要求。翰就是翰墨，就是说写字不能拿起笔就写，一定要胸有成竹，一定要敬惜字纸。既对得起别人，也尊重了自己。

即便身如飘蓬，客居长安，张旭也主张"一日齐古，一日应酬"。齐古就是学古人，临古帖，蕴古意，养精蓄锐到一定地步，有了笔兴，技痒了，"蠢蠢欲动"，方可动笔。如果整天足不出户，闭门造车，书法就成了简单劳动了，成了写字工具，成了笔墨匠人。

匠人是俗人，而张旭则是书法中的"仙人"。他自由散漫、从心所欲，写字一定要讲究"笔兴"。有时目中无人，非常傲慢。有权贵请他写条幅，他不想写，展开纸抚摸一下，说："纸太劣，恐有损我之佳笔。"可以不写，也不是不能拒绝，但以这般直率的理由，拒人于千里之外的书法家，恐怕只有张旭了。

张旭是南方人，看似形容清癯，文质彬彬，内心却十分刚烈，不愿意做的事谁也勉强不得。唐朝对太常部伎的业务考核相当重视，都由太常卿亲自主持。"太常寺"好比唐代的"文化部",其属有协律郎,下设太乐署、鼓吹署等部门,掌管梨园院、内教坊、云韶府、左右教坊、宜春北院等机构。太常寺三位最高长官分别称为卿、少卿。因此,"部长"亲自督查业务考核,其隆重程度可见一斑。张旭性格狂怪,特立独行,常常有着行为乖张、惊世骇俗之处。他当太子左率府长史时也本性不改,芝麻大的闲散官吏,却在长官视察时,不知道说好话,偏偏"致于书,轩辕不能移,贫贱不能屈,浩然自得,以终其身",就这种口气,就这般做派,同僚能喜欢吗? 上司能赏识吗?

曲高和寡也罢,挺然秀出也罢,不合时宜也罢,都折射出张旭内心世界的孤独。这一段时间,他不愿交友,不愿意交流,不愿意喝酒,不愿意聚会,只与几个谈得来有趣味的朋友君子之交,淡淡来往。更多的时候,他喜欢一个人独游寺庙,风里雨里,春夏秋冬,长安城中的寺庙他几乎走遍了。往往一坐就是半天,默默不语,闭目凝神,似乎在作遐想。也不知他想些什么。有时,在寺庙的树荫遮蔽处,独自一个人散步、徘徊,一句话不说,见到认识的人,便有意把自己掩藏起来,过着游魂一般的生活。

张旭对庙宇有一种近乎本能的亲切,估计前世必是佛家中人。后来,他索性不离不弃,就住在寺庙里。有客人来访,则开半门问询。如果是愿意见到的人,就开全门迎之。如果情绪不好,不愿意见人,就说:"张旭不在! "实际上,天下谁人不识君,来拜访的人多数是认识他这位草圣的。

长安、长安,居大不易。张旭心不在焉,他心神疲倦了。

第十八章

若使巢由知此意

　　"隐逸"是中国特有的一种文化现象。传说中的巢父、许由被视为"隐逸"的鼻祖。而据史载，实有其人的最早隐士应该是"不食周粟"饿死在首阳山的伯夷和叔齐。

　　文化史上，"隐逸"是道家产生的思想基础。后来，儒家也推崇"重德修身"的处世方式，就像孔子说的："道不行，乘桴浮于海。"意思是说，既然不合时宜了，既然无法面对生活了，不如躲出去面朝大海，等候春暖花开，于是就有了"道隐"与"儒隐"的区别。以老子、庄子为代表的"道隐"表现出"任随大化"与"适性"的人生追求。以读书人为主的"儒隐"则复杂一些，大致上可分为三类：以隐求仕、由仕退隐以及亦官亦隐。其实，万变不离其宗，不管追求哪一种方式，不管表达什么样的话语，"入仕"是其终极目的。以唐代为例，孟浩然和李白是以隐求仕的代表；王维和白居易是亦官亦隐的典型。

　　形式源于目的，目的决定形式。形形色色的隐居尽管出于个人情性，但也有着错综复杂的时代原因。唐代的"制举"就是专门为那些隐居乡野的有识之士开设的，但应考条件是：必须有地方官员或社会名流推荐。比如李白先生，他之所以在天宝初年入长安，就是因唐玄宗的著名"道友"吴筠的鼎力推荐。对大多数人来说，隐逸是一种手段，曲径通幽，或"终南捷径"才是他们真正的目的。尽管他们口口声声称名利于我若浮云，要摆脱"浮名"的羁绊而归隐山水林泉，让自然洗心涤肺，静悄悄做个闲人，却一直下不了狠心，舍不得锦衣玉食、美妾爱子的享受，摆脱不了名缰利索、荣华富贵的诱惑。就像杜牧所写的："人道青山归去好，青山曾有几人归？"

长安城南的终南山是唐代隐士们非常向往的人间佳境。

终南山是秦岭的余脉和腹地。秦岭是中国的一座名山："秦岭东起商洛，西尽汧陇，东西八百里。岭根水北流入渭，号为八百里秦川。"也有记载补充："秦岭东起商洛，西尽汧陇，绵亘千里，经万壑千谷不能断绝，盖南山之脊，江河之水所由分处，故岭南皆谓江，岭北皆谓河。"（三秦出版社 2006 年 1 月第 1 版《三秦记辑注》）

龙一般横亘的秦岭最宠爱的是终南山，最美的也是终南山。终南山千峰耸峙，万峦叠嶂，西起宝鸡，东至蓝田，地形险要，山川峻美。大谷有五，小峪逾百。据《左传》称：终南山为"九州之险"。而《史记》又说终南是"天下之阻"。对终南山的雄伟姿容，汉代文学家张衡在《西京赋》中也有所描述："终南山，脉起昆仑，尾衔嵩岳，钟灵毓秀，宏丽瑰奇，作都邑之南屏，为雍梁之巨障，其中盘行目远，深严邃谷不可探究。关中有事，终南其必争之险也。"同是汉人的东方朔则以详尽笔墨描述了终南物产丰富，所给甚多："其山出玉石、金、银、铜、铁良物，百工所取，给万民所仰足也。又有粳稻梨栗桑麻竹筒之饶，土宜姜芋，水多鲑鱼，贫者得以人给家足，无饥寒之忧。"（《谏起上林苑疏》）

终南山为古之战略要塞。东汉建武二年（26）赤眉军进占长安，入终南为据。三国时汉魏相持在褒斜诸谷间，诸葛亮不辞殚劳，殚精竭虑，六出祁山就是明显的例证。晋安帝执政时，太尉刘裕率兵自南方至陕，大军驻扎在终南山，与秦主姚泓展开争夺战，以至"秦兵大败，斩首万余级"。唐高祖李渊为抗击吐蕃设终南五谷防御，"从此南山之盗始平"。至于它的形容秀姿，唐代山水诗人王维有精彩的描绘：

太乙近天都，连天接海隅。

白云回望合，青霭入看无。

分野中峰变，阴晴众壑殊。

欲投人处宿，隔水问樵夫。

（《终南山》）

一座山的历史就是它的性格。一座山的内涵就是它的人文。如烟历史淡淡逝去，留下许多人文传说，让后人瞻存留恋，自然而然成了清修静养的隐居胜地。不过这些人多是用隐居的经历来抬高自己的声望，为步入仕途做铺垫，这就是司马承祯讽刺卢藏用时所说的"终南捷径"。他们的隐逸虽然带有一定的功利色彩，但也可以理解，读书人的用世之心重一些、多一些，也不为过，只要没有损人利己或伤人害人就行了。卓尔不群的李白也不能免俗。他曾经在家乡江油的戴天山、太华山隐居学道。入长安后，也曾隐居在长安城附近的楼观台。不过他不是真正隐居，而是做了唐玄宗妹妹玉真公主清修之地"延生观"的近邻，邻里之间，来来往往，加深感情，想以此作为晋身的阶梯。从目的上说，李白先生成功了。

李白先生是性情中人，凭书剑行走江湖，喜怒哀乐都在言行之上，有了好事一定要和大家分享。李白一生自视甚高，同调者代不乏人，且奖掖了不少后进。然最投机缘者莫如张旭。他和张旭在长安三年，几乎是有宴必聚，有酒必喝，登台入阁，形影不离。但他是经多见广的诗人，是官场御用的艺术家，他知道张旭千里迢迢进京不是为了娱乐喝酒而来，十多年"从六品"的官位怎么说也该调一调了。朋友官当大了，自己脸上也有光彩呀！喝酒时也有人埋单出钱呀！

古道热肠的李白看在眼里，急在心里，表现在行为上。他托了许多人、说了许多话、陪了许多酒，为张旭的仕途寻情钻眼，奔波操劳。遗憾的是，诗人是一个空名，没有实权做保障，权贵对你的话语只是客客气气听听而已，没有人放在心上。加之权倾一时的李林甫又是他们酒友李适之的对头，"饮中八仙"的其他人自然是城门失火，殃及池鱼。在官场混迹，不怕你上错床，不怕你拿错钱，就怕你跟错人。路线错了，再怎么努力也是无济于事。李白想到了自己，想到了终南山，他想给张旭寻找一条和自己一样的路径，就费尽心思陪着他游览了道教圣地楼观台。

"关中河山百二，以终南为最胜；终南千峰耸翠，以楼观为最佳"，楼观台位于终南山北麓、田峪河畔，今陕西省西安市周至县境内，东距西安七十公里，西距周至县城十五公里，是著名的圣迹游览地，号为道家"三十六洞天""七十二福地"之首。素有"天下第一福地""洞天之冠""洞天福地"的美誉。

"楼观台"创始于西周，在北魏、北周、隋、唐各朝，都对皇室信道起到相当重要的作用。传春秋函谷关令尹喜在此结草为楼，以观天象，因名"草楼观"。老子在此著《道德经》五千言，并在楼南高岗筑台授经，又名"说经台"。因其"说经台"犹如竹海松林中浮起的方舟，常称"楼观台"。是中国道教最早的圣地，道教楼观派的发源地。顺理成章，也成为老子道家思想的发祥地。

《史记·老子韩非列传》载：

> 老子者，楚苦县厉乡曲仁里人也，姓李氏，名耳，字聃，周守藏室之史也。

并说：

> 老子修道德，其学以自隐无名为务。居周久之，见周之衰，乃遂去。至关，关令尹喜曰："子将隐矣，强为我著书！"于是老子乃著书上下篇，言道德之意五千余言而去，莫知其所终。

孔子眼里"其犹龙乎"的老子神龙般见首不见尾，后竟不知所终，楼观台却作为他的清修之地闻名天下。晋惠帝曾广植林木，并迁民三百余户来此守护。唐朝臻盛，武德七年（624），唐高祖敬老子为远祖，改楼观台为"宗圣宫",大加营造,楼阁林立,香火鼎盛,唐玄宗时再次扩建,使其成为当时规模最大的皇家道观和道教圣地。

老子与孔子是中国历史上横跨千古的两位思想巨人,他们分别开创了"道家"与"儒家"学派,从而一举奠定了中国几千年来的思想格局并进而形成了中国传统文化的主干。

道教是在老庄道家学说基础上土生土长起来的中国传统宗教,自东汉逐渐形成至隋唐时期,经历了悠久的发展历史,具有广泛的群众基础。道教以神仙学说为中心,对黄帝、老子进行神化和崇拜。道教的信仰宗旨是:追求长生不老,得道成仙,看重个体生命价值,相信经过一定时期的修炼,世间个人可以脱胎换骨,直接超凡入圣,不必等死后灵魂超度。古代典籍《抱朴子·内篇·对俗》中则虚构了得道成仙以后的离奇生活:"饮则玉醴金浆,食则翠芝朱英,居则瑶堂瑰室,行则逍遥太清。"这种神仙生活,芸芸众生谁能不向往渴望呢?因而,南北朝以来,历代皇帝皆信道教,"每帝即位,必受符箓,以为故事"。隋文帝执政以后,重昌道、释二教,下诏令禁毁"天尊"及"佛像",到炀帝时,很多方士以道术高超而备受宠幸。

唐代是道教发展的鼎盛时期。为了强化唐王朝的统治,唐朝的皇帝从李渊开始即借助神权以加强皇权,这种神权就是道教。高祖李渊为抬高门第尊老子为祖;太宗李世民颁《道士、女冠在僧尼之上诏》;高宗李治封老子为"太上玄元皇帝";玄宗时期,道教更加显赫,玄宗托言梦见老子,请人画老子像,颁行天下,并亲注《道德经》,以推广道家思想。太宗皇帝不遗余力地推崇道教,完全是出于巩固政权的需要。在他的内心深处,传统的儒家思想始终是占绝对地位的。他早年曾多次说过:"朕今所好者,惟在尧舜之道,周孔之教,以为如鸟有翼,如鱼依水,失之必死,不可暂无耳。"但在长期推行"道教"的过程中耳濡目染,尤其是在征辽之后忧患日剧的情况下,道家的神仙说对他还是有相当大的吸引力的。对于皇帝权力的欲望,对于后世江山的隐忧,使得太宗皇帝特别想长命百岁、长生不老。这一点,从他为扩建的新宫"玉华宫"的取名上就可以看出来。"玉华宫",是太宗李世民在人间营造的一个祈福求寿的"道场"。

英国科学家李约瑟曾说:"中国人的特性中有很多吸引人的地方,都来自道家的传统。中国如果没有道家,就像一棵大树没有根一样。"同样,鲁迅先生也说过:"中国文化的根柢全在道教,以此读史,有许多问题可以迎刃而解。"张旭和李白是带着遗憾和疑惑走进道教圣地楼观的,准确地说,是两个失意人怀着归隐之心来拜谒前贤的,也是来讨药方的。《史记·老子韩非列传》载:"老子修道德,其学以自隐无名为务",并说"老子,隐君子也"。从此,归隐于大陵山"吾老洞"的老子便成为中国历史上第一个被称作"隐君子"的人。

大陵山"吾老洞"位于说经台(东楼观)以西约两公里的就峪沟西侧。经西楼观村,入就峪沟,过遇仙桥,远远就望见大陵山。山不高却秀雅,云遮雾掩,凝碧集锦;下闻溪水淙淙,水底砾石,晶莹剔亮,石间游鱼,忽来忽往,竹拂水面,清韵悠悠。忽闻隐约而来的轰轰隆隆声,犹如社火锣鼓,待人觉得面目润泽清爽时,忽见飞瀑自山腰飘落河中。沿山间小径,越翠竹林海,曲折盘旋,拾级而上,烟岚横断、远接蓝天处就到了位于大陵山山顶的"吾老洞"。据说,"吾老洞"是老子晚年生活、著经、羽化之地,取义于"老吾老以及人之老"。史书《旧志》记载:

> 吾老洞在就峪西,洞穴深邃莫测,听有风声。相传有玉匣,即为老子墓。山顶有庙,有老子石像,知县章泰重修,有碑记。石洞宽八尺,高丈余,深不可测,世传内藏石函,函内有老子头盖骨。

《水经注》也记载:"就水北经大陵西,世谓之老子陵。"老子墓为一圆锥体,冢基高二点八米,周围长十五点九米。

青山迢迢,白云悠悠,流水潺潺,信香袅袅。站在云烟深处的大陵山上,张旭绽开了封闭已久的心扉,脸上有了难得一见的笑容,他的思绪和视线一样飘得很远。触景生情,他想起《庄子》里有个叫士成绮的人，听到时人常常夸赞老子，于是跋山涉水，来拜访老子。估计就是"吾老洞"这个地方。他看到老子其貌不扬，住的地方也乱七八糟，与心目中的圣贤大相径庭，从而大失所望。士成绮很不高兴地说："别人说你是圣人，我看是老鼠还差不多。"

老子看了他一眼，没有说话，低头继续读自己的书，完全没有理会。士成绮乘兴而来，败兴而归，闷闷不乐地走了。第二天，士成绮觉得自己言语太过分了，来找老子道歉。谁知道老子对他说："我如果有获得大道的实质，你骂我是猪、狗、老鼠又有什么关系呢！我还是我呀！"士成绮忽然明白了："你说什么，是你说什么，并不能影响我，也不能改变我。这就是老子的道呀！"

是啊，内心丰盈、情怀饱满的人，活在自己的心里，活在自己的道中，而不是活在别人眼里，活在别人的嘴里。

世人言："不学道，不足以处世。不识道，不足以经商。不得道，不足以为官。"张旭反躬自问，静静地思味着"道生一、一生二、二生三、三生万物。人法地、地法天、天法道、道法自然"的哲学思想和人生智慧。他对老子灵前牌楼的一副对联产生了浓厚的兴趣："俯仰天地游目骋怀信可乐也；感悟古今临风畅咏岂不快哉"。他知道，这是集句联，是和他一样尊敬王羲之的人撰写的，这个作者可能和他一样是个书法家，也可能是怀才不遇的隐士。他用质朴自然的语言表达了对书法的理解，他没有因为字迹在荒山野岭不为人知而有丝毫的懈怠。"道法自然"，这才是书法的真邃、人生的真邃。

名利虽好非知己，得失原难论丈夫。快乐幸福、悲伤痛苦，好也罢，坏也罢，顺也罢，逆也罢，都是一种客观存在，也是一种价值存在，都在证明着人们活着的意义，都在让人们学会珍惜今天的拥有。膜拜"混元之祖，太清之尊；五千玄言，包括乾坤"的圣人老子，张旭忽然有了一种尘心初期、渐近蓝天的愉悦。他依依作别老子墓时心里一直产生疑问：老子真的是隐士吗？隐士能有鲜活真切的人生感受吗？这种缠绕在他意识深处的心结，在走进李白鼎力推荐的此行目的地"延生观"时还没有释怀，蜿蜒的山间小道上有着一个个挥之不去的问号，在风景深处飘飘荡荡，忽远忽近。

"延生观"是玉真公主出宫入道处。在东西楼观台之间的塔峪沟口，曾称玉真祠、升天台。玉真公主由于身份特殊，是开元天宝年间道教界举足轻重的人物。她在京城辅兴坊建有自己的道观"玉真观"，也在终南山楼观台下有自己的修行之地"延生观"。李白对这个地方很熟悉，他曾在附近隐居，眼睛却一直凝视着这个地方，后来如愿以偿，成为这个地方的常客。

说起来这也是李白先生的委屈。他二十五岁时，"仗剑去国，辞亲远游"，两进长安，四处交结，就是想谋个一官半职，用一身才艺"报效国家"。可惜，国家机器太大，朝廷门槛太高，达官贵人太忙，没工夫搭理他。后来经高人指点，在楼观台附近隐居，然后通过"道友"吴筠的关系，以邻居身份巴结上出家为道的玄宗皇帝妹妹玉真公主，不失时机地为她写了一首《玉真仙人词》：

> 玉真之仙人，时往太华峰。
>
> 清晨鸣天鼓，飙欻腾双龙。
>
> 弄电不辍手，行云本无踪。
>
> 几时入少室，王母应相逢。

这首诗清丽雅秀、笔墨轻妙、极尽语言之能事，把玉真公主吹得跟九天玄女似的，自然讨得公主欢心。天宝元年（742），四十二岁的李白在秘书外监贺知章和玉真公主强烈推荐下，终于收到玄宗皇帝聘书，高高兴兴清清爽爽进京做了一个六品翰林供奉，专职写风花雪月官样文章，究其实，就是御用拍马屁。

存在的都是合理的。人改变不了社会，就得改变自己，适应社会。

李白是一个好导游，他陪着张旭在东西楼观畅游，在茂林修竹、杂花芳草、摇曳生姿、蜂鸣成韵中领会着《道德经》大音希声大象无形的精义；李白也是个好朋友，他把张旭带到了玉真公主修行的地方，热情洋溢地引荐给皇帝的妹妹。其目的很明确，给张旭找一个更好更快更高的出路。这是真正的侠肝义胆，为朋友两肋插刀。而不是像后来的许多文人，有好处了倾囊而收秘不示人，然后把刀插在朋友身上。至于李白自己，可能是浪迹江湖，散漫惯了；可能是曾经沧海，功名厌了；可能是帮人助己，一举两得！回程时，张旭就此问他，他手捻长髯，回望渐行渐远的紫阁隐者，仰天一笑：

> 出门见南山，引领意无限。
> 秀色难为名，苍翠日在眼。
> 有时白云起，天际自舒卷。
> 心中与之然，托兴每不浅。
> 何当造幽人，灭迹栖绝巘。

（《望终南山寄紫阁隐者》）

当然了，他在诗的结尾所说的"何当造幽人，灭迹栖绝巘"，仅仅是口头说说而已，并不是真的要远离红尘，去当隐士。究其实，李白先生一辈子都没有看破红尘，也没有抛下红尘！

时间和事实冷酷地证明，李白先生的一片好心一腔热血没有得到认可，张旭没有得到来自玉真公主的荐举，也没有得到皇室高层的帮助。庆幸的是，他也没有心灰意冷一蹶不振在青山绿水茂林修竹中成为寻找"终南捷径"的翩翩隐士。李白陪着他在楼观台跋山涉水吊古伤今游玩了一大圈，然后，两个同病相怜的天涯沦落人又一同回来，继续在京城长安的大街小巷狂饮欢歌，用酒快乐着抑或麻醉着自己。

第十九章

气岸遥凌豪士前

孔子曰："益者三乐，损者三乐。乐节礼乐，乐道人之善，乐多贤友，益矣。乐骄乐，乐佚游，乐宴乐，损矣。"意思是说，有三种爱好使人受益，也有三种爱好使人受损。爱好行事以礼乐为节度，爱好称道别人的优点，爱好多结交有贤德的朋友，都会受益；爱好骄纵傲慢，爱好闲散游荡，爱好沉迷酒食，都会受损。受损就是无益。

在这里，孔子很客观地把有害的快乐归纳为三种："乐骄乐，乐佚游，乐宴乐。"这句话仿佛是对张旭和他的朋友们说的，准确地说，应该是酒友们。成也萧何，败也萧何。说句不恭敬的话语，寄迹长安的张旭先生就被这"三种"有害的快乐贻害了！当然了，也许是我们在以寻常人的得失、感受、眼光，看待超凡脱俗的草圣张旭。

酒是麻醉剂，又是兴奋剂。它可以帮人暂时消烦解忧，助长人们游玩娱乐声色犬马的兴致，刺激艺术家的创作激情和灵感。自古有刘伶醉酒任真、阮籍醉酒鄙世、陶潜把酒赏菊、李白斗酒诗百篇的风流雅士。文人与酒的缘分中，总是蕴含着深厚的诗意韵味，这是正面的。喝酒误事、醉酒闹事，乃至因醉致祸亡命杀头的，也不计其数。杨修酒后恃才放诞，被曹操杀了；祢衡醉酒击鼓骂曹，被黄祖杀了；张飞酒醉打骂士卒，招怨致祸，英勇无敌喝断当阳桥的将军竟然糊里糊涂头被割了。英雄没有战死沙场，才俊偏偏栽倒酒杯，让人唏嘘长叹，不知说什么好！

诗如潜龙，无酒不行，但酒太多了也不好。耽于诗酒风流、放浪形骸的书法家张旭做梦也没有想到"侯门深似海"，更没有想到一进入长安，就在酒的发酵中陷入了李适之李林甫两个权贵不可调和、不可与谋，乃至你死我活的政治矛盾之中。

李适之（694—747），陇西成纪人。其为唐太宗李世民第四代孙，李承乾之孙，根正苗红，也算是典型的皇亲国戚。他历官通州刺史、刑部尚书等职。天宝元年（742），升任左相，人生到了高潮，但对王孙公子来说一帆风顺未必是好事。果不其然，他很快因与右相李林甫争权失败而遭罢相，一蹶不振。李适之虽然天资聪颖，贵为王侯，但对政治权谋的风云变幻却很迟钝，一窍不通。因为他生下来就是温室花朵，就有荣华富贵，仕途于他就是康庄大道。官场的云谲波诡，同僚的明争暗斗，他没有经过，没有见过，也没有人给他教过。他根本就斗不过大名鼎鼎、口蜜腹剑的奸相李林甫。

盛名之下，其实相副。能被京城众人称为"奸相"，说明李林甫（683—752）待人接物很不一般。这家伙也是唐宗室，小字哥奴，懂音律、会机变、善钻营。开元中，李林甫升迁很快，根本不是一步一个台阶，几乎是坐着火箭平步青云。名利之心，人皆有之，但李林甫的确贪得无厌，任御史中丞、史部侍郎高位时，他仍不满足，朝思暮想笼络深结唐玄宗宠妃武惠妃及宦官等，"僭伺帝意，故奏对皆称旨"。开元二十二年（734）五月拜相，为礼部尚书、同中书门下三品。开元二十四年（736）底一鸣惊人、一步登天，代张九龄为中书令，真正成为一人之下、万人之上的显贵；大权在握，独断专行，开辟了属于自己的新时代。

李林甫居相位十九年，专政自恣，杜绝言路，顺我者昌，逆我者亡，对形成"安史之乱"有着不可磨灭的"卓越"贡献，说其祸国殃民一点也不为过。天宝十一年（752）十月，作恶多端的李林甫抱病而终。有趣的是，奸相李林甫死后又遭奸相杨国忠诬陷弹劾。时阴雨连绵，尚未下葬，就被削去官爵，子孙流放岭南，家产没官，改以小棺如庶人礼葬之，繁缛礼仪一概取消。李林甫遇到杨国忠，可谓是恶人自有恶人磨了。也算是天网恢恢，疏而不漏。

李适之和李林甫其实没有大的矛盾，只能说是道不同不相为谋而已。就像冰炭不能同炉一样，两个人根本就不是一条道上跑的马。李适之嫉恶如仇、从善如流、性情洒脱，有度量听取不太中听的真话。他礼贤下士、爱交朋友，且酒量极大，与贺知章、李琎、崔宗之、苏晋、李白、张旭、焦遂等不同层次的人，并称为"饮中八仙"，其烂漫之态，可见一斑。这种人，或者说这种心性，并不适宜于在官场混迹，只能在酒场生活。

唐代官府的酒宴，一般有两个特色：一是有官妓参加，以歌舞酒令佐酒助饮；二是宴会也是诗会，与会者大多要赋诗助兴，都离不开酒的。这就需要赴宴的人言行举止彻底放开，不能正襟危坐、不能浅尝辄止、不能虚与委蛇。在喝酒者眼里，酒是承载情义的最佳载体，无论是桃园结义还是竹林七贤，朋友相交相聚，均无酒不行，聊得开心，喝得畅快。在喝酒者心里，男人，举起酒杯时，举起的是世界，博大宽广，万物生发；男人，放下酒杯时，放下的是红尘，喜怒哀乐，缘起缘灭……

物以类聚、人以群分。懂酒的男人，重情重义。酒桌上能推心置腹，大口吃酒的，多半是光明磊落实诚可交之人。而端起酒杯如小脚女人走路，忸怩作态，浅尝辄止，藏着真实酒量察言观色乃至有意看别人出丑的，一定是心思缜密之人，和这种人交往会很苦很累很危险。

古人早已说过，酒品如人品。酒品的好坏一定程度上折射出人品的好坏。这句话虽有些主观，但也不无道理。爱喝酒的人，心不记事，以为世事就是杯中酒，有了一喝，喝了一醉，醒来啥事都没有了。其实不然，酒能麻醉自己，却不能麻醉别人，世道人情却依然冷峻、清醒。一次次聚会、一声声谈论、一句句嘲讽、一串串失意者有意抑或无意的风言风语，在酒气的蒸腾中丝丝缕缕、飘飘荡荡传到了从不喝酒的李林甫耳里，酝酿发酵，就成了剪不断理还乱的是是非非、恩恩怨怨，就成了势不两立的敌我矛盾。

　　李林甫是心胸狭窄的政客，又是权倾一时的奸相。他理解不了这些旷世才华者的风流倜傥，他喜欢用小人之心度君子之腹。张旭的诗名职位，他不是不知道；张旭的书法天才，他不是不知道。他知道朝廷也需要这样的人才，李林甫自己也需要这样的人才。但你究竟是不是人才，是为谁服务的人才，李林甫说了算。说你行，你就行，不行也行；说不行，就不行，行也不行。即便你是旷世天才，但不能为我所用，照样当庸才视之，概不起用！

　　在李林甫的眼里、心里，张旭进入京城以后与贺知章、李白、杜甫、高适形影不离，而这些诗名天下的人全都是看不起他的人；尤其是他们与左丞相李适之打得火热，而这个性格豪爽爱喝酒的皇室同僚几乎是他把持朝政独断专行的劲敌，从没有给他好脸色看。因而，他把贺知章的推荐置于脑后，他把吏部的举荐扔在一边，他把对李适之的公仇私怨全部移植在张旭身上，误解越来越大，怨恨越来越深。而喜滋滋、笑眯眯的张旭依然端着酒杯，低吟浅唱，眉飞色舞，浑然不知政事之云谲波诡、刀光剑影。

　　李林甫则是心机成熟的小人，待人接物总是满面笑容，客客气气，谦谦和和。即便是遇见他最憎恨的人，他也是非常友善，脸上堆着笑，一副亲密无间的样子。人们都弄不清他的真假虚实，称之为"笑面虎"。虎就是虎，冷面也罢，笑面也罢，都改不了他吃肉吃人的本性。李林甫是以凶狠、歹毒闻名的"恶虎"。他害人、杀人，就像割草一样，就像踩死只蚂蚁一样。但这个人很奇怪，长的一副女人模样，说话也细声细气，还没开口就先笑，几乎都不敢正面看人。他就是在置人于死地时，也不动声色，和平时的神态没什么差别。

　　李适之做左相，与右相李林甫政见不合，时间长了，就有了隔阂。李适之皇室出身，百无禁忌，不在意世态人情。李林甫却不同，他耿耿于怀，睚眦必报。一次喝酒时，李林甫笑模悠悠对李适之说："华山出产金子，开采可以富裕国家。"爱喝酒的人，对谁都不设防，也不会给人挖坑，醉眼蒙眬看谁都是两肋插刀的朋友。李适之毫不怀疑地听信了李林甫的话语，事后，李适之就给唐玄宗郑重其事汇报了这件利国利民的讯息。唐玄宗一听很高兴，黄金是好东西呀！很快就问李林甫如何处理，怎么开发？李林甫故意沉吟片刻，表情凝重地说："这件事，我知道很久了。但华山是陛下的出生地，王气的住所，不能够随便开采，所以我一直不敢对您说。"唐玄宗听了大惊，李适之你也太不靠谱了，为了黄金险些断了国家的龙脉！有比较才有鉴别。唐玄宗高度认为李林甫全心全意爱自己，就疏远了心怀叵测想"穿治他王气之舍"的李适之，并且很快就罢相，让他任了太子少保的闲职。

见人说人话，见鬼说鬼话，以前觉得这是虚伪，现在才明白这是能力。李适之受了李林甫的暗算，一肚子苦水说不出来。其实，敢招惹你的小人，说明他早就掂量了你当前的实力。李适之感觉到窝囊，想给皇上掏掏心窝子，说说自己的委屈，但他连皇帝的面都见不上了。他知道是李林甫从中作梗，却也无可奈何，只能郁郁寡欢、沉湎美酒，与七仙酒友朝夕相处，天天酩酊大醉。借酒浇愁愁更愁。精神上颓废了，政治上也溃败得一塌糊涂，不要说给朋友们帮忙，他自己也是泥菩萨过河自身难保。天宝六年（747），贬谪袁州，回京无望、万念俱灰的李适之竟然服药自杀，一命呜呼。一代皇孙，走上绝路，需要多么大的勇气呀！受了多么大的委屈呀！

古人讲，进德修身。其中最主要的一条就是修"口德"，就是要管住自己的嘴，用"稳口深藏舌"来形容谨言慎行，防范"祸从口出"。纵观古今，举凡人之所失，大都失之于言、败之于口。因而，古人提倡沉默是金是有道理的。沉默是金，出自《论语·为政》。子曰：

> 多闻阙疑，慎言其余，则寡尤；多见阙殆，慎行其余，则
> 寡悔。言寡尤，行寡悔，禄在其中矣！

意思是说，要多听，有怀疑的地方先放在一旁不说，其余有把握的，也要谨慎地说出来，这样就可以少犯错误；要多看，有怀疑的地方先放在一旁不做，其余有把握的，也要谨慎地去做，就能减少后悔……《孔子家语》继续补充，曰："无多言，多言多败；无多事，多事多患。"多言，

必败于言；多事，必败于事。

重要的话说三遍：少说闲话、少有闲行、少管闲事！当然了，这种缄默不语有别于"各人自扫门前雪，休管他人瓦上霜"，有别于熟视无睹、是非混淆的"好好先生"，而是不要作无畏的牺牲，和不值当的人较量理论，企图说服他们改正错误恶行。任何合理化建议，任何道德倡议，只能提给愿听之人、想听之人。对那些庸俗之人、愚昧之辈、凶恶之徒，只能保持缄默，冷眼旁观，让时间消化证明一切。否则，你的好心真会变成驴肝肺，你的良言会给你带来不幸，乃至耻辱。

客观而论，张旭是书法天才，于世道人情却并不精通。唐朝是生机勃勃的时代，群英荟萃、人才众多，这么多人都要进入官场，难度自然很大，即便让伯乐当组织部长都头疼。诗人孟郊四十六岁进士及第当了官，很小的芝麻官：唐代给进士初授的官职多是县尉、拾遗、校书郎等低级职务。但孟郊依然很激动，兴高采烈，于是就有了"春风得意马蹄疾，一日看尽长安花"的疯狂举动。即便是当了官，也不是一劳永逸了。要升迁，要去好部门，要去好地方，还需要向权贵"投赠"和"干谒"，就是拜码头、走后门、找靠山。这在当时是一种风气，杜甫的"自谓颇挺出，立登要路津。致君尧舜上，再使风俗淳"，李白的"愿为辅弼，使寰区大定，海县清一"及"生不用封万户侯，但愿一识韩荆州"等都是"投赠"和"干谒"的言行。说白了，就是向权贵献媚说好话，或让权贵为自己说好话。

不仅仅是唐朝，晋朝书圣王羲之也不例外。他十三岁时，曾在家人的率领下去拜谒过周顗。周顗身居高位，惜贤若渴，喜成人之美，有伯乐之名。当时文人学士倘能得其片言只语的赞誉，就兴高采烈，"往往如膺荐命"，因此视之为"龙门"，趋之若鹜。王羲之拜见时，恰好周家举行盛宴、高朋满座。周顗对出身名门的天才少年王羲之的才艺甚为看重，"察而异之"。大家还没有动筷子，周顗竟然先割最使人垂涎的牛心让王羲之吃，一时四座皆惊，对其刮目相看，自此羲之名声不胫而走、遐迩皆知。

好风凭借力，送我上青云。有人脉的人远比没有人脉的人更容易获得成功，很多人深谙此理，因此，他们非常注重通过各种机会去认识那些位高者、权重者，或是能够决定自己命运的人。今天，当我们仔细体味古人这些诚惶诚恐自我推荐的诗词和举动时，除了古今一理、吊古伤今的感慨、感伤，也由衷地佩服唐代诗人为实现自己人生价值所做的努力。对王羲之、李白、张旭、杜甫这些志向高远的俊鸟来说，需要的只是一飞冲天的机会，如果有人提供扶植，何乐而不为呢！

朝里有人好做官，自古以来就是至理名言。唐朝也不例外。张旭也不例外。张旭是地方小吏，在京城举目无亲，更谈不上靠山背景。进入长安时间虽然不短，但精力全部用在艺术雅集上，结交的全是酒杯一端谈天说地放浪形骸的失意文人。大家漂泊客游，喝酒感世，眼前是穷通浮沉，杯里是际遇无常，酒入愁肠俱化作怨天尤人，时不我与。他们自己都官运蹉跎，牢骚满腹，泥菩萨过河自身难保，更谈不上帮助张旭了。

李适之死了，贺知章老了，"世胄蹑高位，英俊沉下僚"的朝廷再也没有了慧眼识人、欣赏草圣、扶掖张旭的王公贵戚。还有一个无法回避的客观原因，"安史之乱"前后，唐王朝的政治清明不再，朝廷奸党把持，嫉贤妒能，卖官鬻爵之风如火如荼，官场已容纳不下真正的人才了。不仅仅是张旭怀才不遇，天宝七年（748），三十五岁的杜甫到长安应试，当权的宰相李林甫担任这次科举的尚书省试。尽管杜甫广有诗名，很有才华，但是李林甫对所有应试之人统统不予录取，并对唐玄宗说："天下的才子都在陛下的朝廷里了，朝堂之外再无人才了。"老眼昏花、糊里糊涂、耽于美人不能自拔的唐玄宗居然信了。他这一信，就断了多少学子的上升之路。而对于指望科举改变命运的年轻人来说，打击则是致命的。

战国时期，目睹贵族精神的批量消逝，诗人屈原曾痛心疾首地高呼："黄钟毁弃，瓦釜雷鸣；谗人高张，贤士无名。"这种呐喊，声嘶力竭、感天动地。我不知道坐困愁城、郁郁寡欢的张旭有没有过屈原式的激昂慷慨，他们的命运却一脉贯通。词科出身的张旭，当过很长一段时间的地方小吏，当过很长时间的闲差长史，也可能是个性狂狷、不解宦情；也可能是心寄翰墨、志不在此；也可能是时运不济、进取无门；也可能是刀子太锋利了，没能力驾驭的人就会担心顾虑刀子割到自己。原因固然很多，结论只有一个：仕途坎坷、升迁无望。

张旭的仕宦之路前景黯淡，看不到柳暗花明，甚至看不到一丝亮色。张旭尽管放浪形骸、不谙世事，但不管怎么说，他在长安的上层生活中浪迹多年，耳濡目染，官场的肮脏龌龊他还是了解的；即使他胸中仍然是满怀希望，但在行动上肯定也会顾虑重重，已经没有了初进京城勇往直前的激情。这也怪不了他，人有了物质才能生存，有了理想才谈得上生活。艺术家对精神生活的要求似乎更甚一些：理想破灭了，生活的动力就不足了。

时不我与也罢，英雄穷途也罢，不管是何种原因，官场的失意惨淡，乃至潦倒不堪对张旭的一生影响巨大。他才情逼人，英气勃发，飘飘然如天外来客，生活状态却不如意十之八九，风光短暂而逝，痛苦常驻心间，这让俊鸟一般操志高洁的张旭无论如何是想不通的！他的内心亦如笔下的草书：像点画一样顿挫，似线条一般缠绕，如烟云一般飘忽，若水墨一样黯淡。

生活的理想，就是为了理想的生活。人内心的幸福感，往往来自对既有生活状态的随遇而安，也有着对志存高远的诗意追求。张旭这些都没有。他一个人闷闷不乐、郁郁寡欢时，总是在归隐与入仕的矛盾中苦苦挣扎，是辞官挂印扬长而去还是循规蹈矩继续为五斗米折腰？是抱残守缺随波逐流熬一辈子当个离休干部，还是浪迹江湖行如日月用一杆笔辉映古今？浪漫主义情结严重的诗人书法家张旭在精神与现实的十字路口犹豫不决迟疑徘徊……这些剪不断理还乱越思越想越糊涂的纠结，使诗人把借酒浇愁、放浪形骸，乃至行为乖张的另一面呈现给了时人和后人。

第二十章 仰天大笑出门去

《易经》中，六为老阴，九为老阳。一个九是阳，九月初九即为重阳了。曹丕《九日与钟繇书》中写道：

> 岁往月来，忽复九月九日，九为阳数，而日月并应，倍嘉其名，以为宜于长久，故以享宴高会。

"重阳节"又叫作重九节、茱萸节、菊花节、登高节，这个节日早期也带有些原始巫术祭拜火神的意味。

"重阳节"是在唐代被定为官方节日的。这一天，人们要登高、赏菊、吃重阳糕、饮菊花酒、喝菊花茶、佩戴茱萸等等。孟浩然在《过故人庄》中云"待到重阳日，还来就菊花"，可见这个习俗其时已经形成；而李白的《九月十日即事》就比较有趣，"昨日登高罢，今朝再举觞。菊花何太苦，遭此两重阳？"诗人在九月初九品菊花酒时，觉得菊花太苦了，他在第二天就写了这首诗来抱怨，还说跟过了两个重阳节似的。

岁月荏苒，屈指数来，张旭在长安度过三个重阳节了。庭院金菊灿烂，杯中酒香弥漫，自身的风景却依然如常，没有一点改观。

开元十五年（727）秋，张旭到了宦游羁旅、漂泊京城的终点。和长安的天气一样，他的心情冷肃到极点，露一般凝结，霜一般寒冷，有一种冰冻的气息。

时值深秋，一阵急促的细雨飘洒在院落庭中。旅居长安的三年，张旭已经习惯了京城的一切，包括北方的雨。北方的雨和南方的雨是大不相同的。南方的雨是风景，雨也蒙蒙，天也蒙蒙，小桥曲径，像洒了一层油似的，诱惑着人走向柳巷深处。如果再有一个亭亭玉立的美人，撑着一把纤巧的纸伞，袅袅婷婷地走着，如一朵水莲花漂浮在湖面，那是多么美妙的景致呀！北方的雨却不同，雨就是雨，脾气暴，性子急，说来就来，说走就走。暴风骤雨时，哪里也去不成，只好窝在家里读书、睡觉、发呆，一个人喝闷酒。

张旭辗转反侧，睡不着，也没有心思读书，起来一个人在庭院徘徊。栏边的秋菊已萧然凋谢，天井旁边的梧桐仅有的几片叶上，轻笼着残烟薄雾和寒气。张旭凭窗远望异地他乡的江河关山，一缕缕轻若游丝的哀愁浮现出来，心头一片凄然。年年重阳，今又重阳，他想起久未谋面的李白，不知道他现在风采若何，履痕何处？他提笔成笺，一挥而就："一年容易，观寒鸦绕枯树。天寒望善自珍摄，幸勿为风露所欺。"人影渺茫，却不知飞鸿何处？

自古逢秋悲寂寥。

秋天的哀声幽怨历来很多，除了肃杀万物的气候使然之外，大多是因为利用秋天来浇自己心中块垒，发泄对生活不满的诗人太多的缘故。想当年，多愁善感的宋玉看到这晚秋景象，悲凉之感油然而生，他的《九辩》开篇即是："悲哉，秋之为气也！萧瑟兮草木摇落而变衰。憭栗兮若在远行。登山临水兮送将归。"正是这几句借景生情的肺腑之言使宋玉成为中国文人的悲秋之祖，从此，"怅望千秋一洒泪，萧条异代不同时"的通感铺天盖地，成为一个季节不可或缺的命题。文人雅士，迁客骚人，无不逢秋而悲，吟秋而伤。张旭是诗人，感知似乎也和宋玉一样，在这深秋时令与凄风苦雨的交相激荡下，冥冥之中与宋玉有了精神上的感应与契合，心头摇落的也是宋玉之悲！

　　一个人在寓所里形单影只，借酒浇愁，张旭忽然有了度日如年的感觉。秋风和露水都开始变得寒冷，这是北方的夜晚。夜半更深时刻，旷野俱寂，孤独一人，胸中的愁苦墨染一般，如脚下的地面湿漉漉的。孤独与痛苦仿佛是艺术家携带的"双节棍"，也是艺术家自己的影子，阳光下、月光下、灯光下，都可以清晰地发现它的存在。而没有光的时候，它藏在艺术家的心里。抬头望天，浩瀚的苍穹万里无云，清浅的银河中一弯纤月，明亮而优雅，勾人心头升起缱绻离愁、依依别恨。长夜漫漫，夜不能眠，对张旭来说，这般凄清景色越来越不堪忍受，甚至不敢站在窗前，像李白一样对月抒怀，邀月共饮。他已经说不出一句话了！

　　一个人，挫折经历得太少，就会觉得鸡毛蒜皮都是烦恼。当你经历太多真实与虚假，看清了世界的真相之后，反而没有那么多的酸情与悲伤。你会越来越沉默，越来越不想说话。沉默是一种成熟。看淡了许多事、看清了许多人，不喧哗、不声张，自有不动声色的力量。

　　掐指算来，已然三年了，才进长安时的意气风发、豪爽纵放，都在秦楼楚馆的欢歌笑语、推杯换盏中日渐消磨，寥寥无几。一天天的日子就这样匆匆离去，一年年的时光就这样迁延过去。往事尽成云烟。往事不堪回首。过往岁月，如今只剩下残容愁颜，一声叹息。满面风尘，须发花白的张旭，静静地躺在床上，将恍惚摇曳的青灯一口吹灭，在暗夜中大睁着眼静等黎明的来临。此时此刻，他只觉得天地间仿佛只剩下自己一个人，形影相吊、孤枕难眠。他喃喃地对着自己发问：难道一生就这样漫漫奔波在羁旅行役之中，难道未来的日子还是这般曲折艰难！

　　红尘滚滚，浊浪滔滔。一切的声色情缘、名利欲望都在这个古城驿站的孤独一夜中，静静地飘去，如梦幻泡影，如秋霜朝露。张旭的心头五味杂陈，万念俱灰，感到了人生的无限凄凉；过往的欢乐、忧伤、回忆、忏悔，俱化作静夜长空的浩渺深邃。冥冥之中，他忽然有了一种"识心见性"的禅宗之悟，他觉得自己似乎进入了一种本心清净、空灵澄澈的精神境界。他忽然感到，自己的一生就像虔诚的教徒赤脚走在带刺的玫瑰花丛中，每个足迹都渗透着血迹，而别人看到的只是漫天花雨。直到最后，血迹和花瓣，完完全全地被风吹散，飘飘洒洒在软红十丈的尘埃之中。他知道，自己还达不到"万虑皆空"的佛家之悟，那才是他心目中的最高本体之悟！

事实上，张旭的前半生都纠结于江湖与朝堂、布衣与仕宦、退隐与进取之间。当他在花柳繁华的江南之地为官为吏时，他的内心深处并不能真正挣脱功名之途的牵绊，去寻找超脱现实的理想自我。当他历尽坎坷，倦于宦游时，却又常常向往萍踪侠影、笑傲江湖的潇洒出尘，甚至生出归隐林泉之想。然而，随着年岁渐长，随着宦海浮沉，在李林甫的笑里藏刀之中，在李适之负屈含冤死后，他知道，已经在功名上无法进取了。羁旅在外，长安暂居的张旭尝尽了寄人篱下、仰人鼻息的心酸，看惯了官场的尔虞我诈、血雨腥风。他第一次觉得，人的一生，把稍纵即逝的光阴浪费在追名逐利之上，实在是不应该的，像个小丑一样猥琐生活，也是很悲哀的。

人生是一首沉重的歌，每位歌者都是踩踏着"宫、商、角、徵、羽"的音阶在从事着富有情感的精神生活，艺术家就是这种精神生活的贵族。艺术为岁月而生，艺术因沧桑而活。张旭的草书就是这种充满酸甜苦辣咸的精神生活的歌唱。但世界上，很少有人能理解封建社会中国艺术家的怯懦和无奈，一如南极羸弱的企鹅们，只能在寒冷中才可以活下去。

士可杀而不可辱。中国知识分子本来是极为崇尚气节、人格、尊严的，宁为玉碎、不为瓦全曾是千百年来知识分子的精神底色，舍生取义的铮铮铁骨曾让这个群体高洁出尘、风清骨举。中国知识分子的风骨、脊梁，也就成了留给后人的人格养分。作为个体的人，知识分子本来是最死要面子的，面子几乎是他们精神生活的全部。一旦连知识分子都不在乎脸面了，可以任人笑骂侮辱，成为蝇营狗苟的跳梁小丑，那么，一定是他们受到了时代和环境无可抗拒的重压。

知识分子固然不能垄断社会的知识和理性，也不一定全部折射着时代的正义和良心，但如果一个时代竟以戏弄、压迫、踩躏、打击知识分子为乐，则表明那个时代必然是反知识、反理性的，必定是一个蒙昧、荒唐、令人遗憾的时代。知识分子的可怜与可笑，其实是那个时代的可恨与可耻，也是所有人的可怜与可笑。那不仅是一个迫害知识分子的时代，更是一个迫害人——迫害所有人——的时代。当知识分子成为小丑，那么，所有的人，也都成了小丑。

命运蹇滞、一生奔波的孔子在被人嘲笑为"丧家之犬"，也就是小丑时，感慨地说："不知命，无以为君子。"他无奈地把一切失意归结为命运，乃至仰天长叹："天命不可违。"

春至阳生，秋收冬藏，花开花谢，叶枯叶荣。世间的万事万物皆有时、有运、有势。"时"是时机，有天时而运气未至，也难免落空；"运"是天时、地利、人和的和合，三者没有合时，运自然不动，运不启动，人也受困；"势"是势差，势差越大，能量越大，犹如瀑布。这三者合在一起，就统称为"命"。

知命，首先是知"己命"，就是自己要知道，作为一个人，在这个世界上该如何立身、处世。其次，是要知"天命"，有了人生阅历之后，感悟到天地自然之道，从而能够顺天应命，随遇而安。一个人知命以后，心中没有疑惑，能够坦然接受一切，自然就不需要耿耿计较于算命了。当然了，如果你变得足够强大，别人就无法拒绝你；如果你可以自律，困难就无法阻挡你……只有首先改变自己，才能去改变你的人生命运、你的精神世界。

一个艺术家常常有着两重精神世界，一重是他的思想的世界，这是一个冷静的、理智的、思辨的世界；一重是他的心灵世界，这是一个情感的、跳动的、直觉的世界。张旭在仕宦之途的跋涉沉浮中是一个失意者，却在文坛有过远大的抱负和影响。这个旷达、狷介、孤傲的知识分子的心路历程一语道尽了生命的繁复与多彩。而在他的天骨开张、桀骜不驯、嗟叹哀歌之后又不禁引人深思。快意恩仇、精神放飞，以自己的方式自由地度过一生，曾是中国知识分子的精神向度和价值旨归，也是留给后辈学人的财富养分。

《中华圣贤经》云："图未就之功，不如保已成之业；悔既往之失，不如防将来之非。"大道至简，圣贤之言往往具有普世情怀，也超越时空。与其谋划遥遥无期没有完成的功业，不如坚守已经完成的事业；与其白白地惆怅懊悔以往的得失，还不如预防未来可能犯的错误、走的弯路。过往时候没有得到的功名利禄，与其现在去纠结怎么样将它赚回来，不如思考怎么从实际出发，去经营好现在拥有的一切。

杰出的人和普通的人在认知上是不一样的；在一秒钟内看到事物本质的人和花半辈子也看不清一件事情本质的人，命运自然也是不一样的。张旭这种超常天赋的人，可以困顿，可以低迷，但不会沉沦，他们的过人之处在于往往能够一眼看穿事物的本质，并急中生智，找到相应的处理方式。这种能力源自他们的视野与格局，以及知识的积累与沉淀。他们不会被表象所迷惑，不会被假象所蛊惑，看清事物的发展趋势与走向后就有了义无反顾的定力与远见，而不会轻言放弃与妥协。他们是一群贴地行走，而又凌空飞翔的精灵！

天宝八年（749）春，张旭义无反顾地离开了长安，离开了体制，开始了遨游里巷、散逸若仙的生活。对于仕途不进，挥别长安，张旭完全不必要有强烈的眷恋之情。作为一个诗人、书法家，这其实是张旭在生活上、创作上的一个转机。在我的意识之中，无论是官场、商场，乃至情场，一帆风顺太走运太得意的文人都弄不出太好的东西。我始终认为，只有两种状态与艺术家有缘：一种是漂泊失意，不管是宦游失意，还是场屋蹭蹬，总之你要倒霉了，才可以创作出坎坷磊落之语、惊世啸傲之作。第二种为归隐林下，逍遥山川，饮酒作乐，无醉不欢，可写出冲淡出尘之作，彰显高风亮节。也就是说，人的坎坷伤痛，包括才情，就像一头愤怒的公牛：如果它被限制在一间憋闷的隔栏中，就会变得焦躁、狂野，并试图用一切方式逃离。但如果它处于空旷的田野，则会安静下来，温顺祥和，成为自然之中的风景。

当然了，没有大苦大悲，就没有大彻大悟；没有相当程度的失落、孤独，就不可能有内心世界的平和。而最睿智的修行，就是学会面对孤独、享受孤独，特别是在孤独中学会平和冷静地思考。人生如旅，每个人都会有一段独行的日子，或长或短，或风或雨，无可回避。一个人行走的时候，不必觉得旅程冷冷清清，一时的孤独也不要悲伤生命空空荡荡；有些风景是适合于一人去欣赏的，有些路段也需要一人去行走。如果内心没有坚定卓越的信仰，内心也没有志同道合的人，那就不只是孤独，该是孤寂了。

对书法家张旭来说，走在艺术这条路上注定是艰难而孤独的，在充满个性、竞争、欺凌，乃至弱肉强食的世界尤甚。但我坚信，艺术之途永远都存在着一些像张旭一样虔诚的朝圣者，每一条朝圣路都是朝圣者自己走出来的。只要你真正走在自己的朝圣路上，其实并不孤独，它意味着你有更为开阔的时间和空间，可以自由地拥抱八面来风。

拨开历史的风烟，面对苍茫的岁月，我曾如杞人忧天一般隐忧过，担心过。如果张旭长期供奉于长史任上，把他的视界局限在衙门周围、宫廷之中，过着零碎、匆忙、世故、诡谲的官场生活，天才的他也只能变成一个庸庸碌碌毫无作为的帮闲诗人，只能写出春花秋月宴请唱和时那种不痛不痒雍容华贵的文字游戏。这样，他那由鸾飞凤舞、生龙活虎的狂草笔法所开创的浪漫主义艺术园地里将只能是一片荒芜，抑或一片平庸。现在，他挥挥手，不带走一片云彩，赤条条地离开了长安，离开了官场，走进了江湖，走进了艺术，与现实生活水乳交融，与民生疾苦同甘共苦，与自然万象相亲相敬，与书法艺术相知行远……苦心人，天不负。终于，他在有生之年用自己的如椽之笔扛起了整个中国书法史，璀璨了中国文化史的星空，至今依然熠熠生辉。

"不怨天，不尤人，下学而上达，知我者其天乎！"（《论语》）这才是辨认自己、理解时代的长史张旭；这才是笑傲风流、异想天开的诗人张旭；这才是暮雪朝霜、毋改英雄意气的草圣张旭——他的语言可以撬开灵魂，他的笔墨可以抚慰天地，他的艺术可以辉映古今！

有一句过目难忘的诗，是24K的金子，光芒四射，你一搭眼，它就会钻到你的心里。

张旭就是这样的金子！我对这个人的尊敬无与伦比。

第二十一章

男儿本自重横行

离开宫廷，离开体制；走进江湖，走进自然，张旭第一站是敦煌。长安三年，耳濡目染，格物致知，他对西域文化有了一种神秘的好奇，一种宗教般的虔诚。

人类文明史，也是一部宗教史。人类自从产生了宗教，有了信仰以后才步入了真正的文明时代。在宗教产生之前，人们还生活在原始蒙昧阶段，是宗教思想赋予了神人法律的功效，也开创了文明之路。大概至公元四世纪初，中国的魏晋南北朝时期，佛寺已经遍布新疆和兰州、西安等地。一些怀揣坚定信念的僧侣含满腔热情，跨越帕米尔高原，沿着丝绸之路，经敦煌把佛教思想广泛传播。其中在敦煌有记载的鸠摩罗什、玄奘、乐尊等，都是有名的大德高僧。

早在汉武帝时期，张骞出使西域以后，丝绸之路已经形成了规模。披星戴月，迎着曙光，顶着风沙严寒，冒着酷暑高温的商贾驼队往来穿梭于大漠戈壁。他们进出阳关，过往玉门关，把西方的农作物种子带到东方大国，又把贵重的丝绸、茶叶、书画和陶瓷以及东方民族的生活方式传入西方，形成了一条繁荣的商旅通道。因而，可以自信地说，丝绸之路是信仰之路、变革之路、皮毛之路、黄金之路、玉石之路……当然，这条迢遥千年的商旅通道也离不开杀戮和征战；在"大漠孤烟直，长河落日圆"的壮阔中我们也能听出"晓战随金鼓，宵眠抱玉鞍"时金戈铁马的厮杀声和"一将功成万骨枯"征夫怨妇悲哀的哭号声。这也是一条烈火狼烟、血迹斑斑、文明与野蛮的较量之路。

长安是丝绸之路的起点，西去可通西域、中亚、波斯和欧洲，因此在不少地方置商馆并设互市监，当时全国设官驿达一千六百三十九所，形成了长安城与全国和世界各地多元经济文化繁荣的局面。《旧约·圣经》有"用丝绸为衣披在你身上"的记载，看见丝绸就会知道中国、知道长安。作为东方大帝国的都城，唐长安站在丝绸之路的这一端，以开放的姿态吸纳着一个更辽阔更新奇的世界的营养。

于是，东起日本、西到罗马或拜占庭、南到印度、琉球的各国使臣纷纷来朝，唐长安成为世界文明的中心。许多国家都前来进行贸易和文化交流，城中特置鸿胪寺接待外国使者。长安有国学六馆，太学诸生三千人，新罗、日本皆遣使入朝上贡受学。诃陵国的贡品为饮之即醉的椰树花酒，赤土国则以甘蔗做酒，杂以瓜根。交趾进贡的龙脑如蝉蚕形，玄宗皇帝唯独赐给贵妃一枚，香气清彻十步之远。朝鲜用马、布、纸、墨、笔和折扇，换取中国茶叶、瓷器、药材、丝绸和书籍。日本孝谦天皇向鉴真和尚表示："江山异域，日月同光，以唐为范。"鉴真说："中华文化，两国共享。"日本大化改革后，则仿效或原样照搬了唐朝制度。

美国学者谢弗曾著有一部专门研究唐代的中外文化交流的名著《撒马尔罕的金桃》，该书被誉为西方汉学的必读之作。在这部著作中，作者为我们展现的是一幅辉煌的中外交流之画："在唐朝统治的万花筒般的三个世纪中，几乎亚洲的每个国家都有人曾经进入过唐朝这片神奇的土地。"他们中有些是出于猎奇而来的，有的胸怀政治野心，有的为了经商谋利，有的痴迷于翻译汉文经典。而人数最多的还是使臣、僧侣和商人这三类人，"他们分别代表了当时亚洲各国在政治、宗教、商业方面对唐朝的浓厚兴趣"。贞观以来，仅流寓长安之西域人就达数万之多，有入唐为贡的，有商胡，有僧侣，他们久居长安，乐不思蜀。外商以波斯和大食占多数，昭武九姓与回鹘杂居城中，殖货纵暴。流居长安、洛阳的胡人多以卖酒为生，西域女子以歌舞侍酒，"笑春风，舞罗衣"，令多少士子醉倒金樽，"长安市上酒家眠"。

蹈中履和，海纳百川。大唐长安的制度文化是开放而包容的，并不是高高在上目中无人，也不是沾沾自喜好为人师，更没有闭关锁国固步自封。唐太宗在长安永宁门用盛况空前的礼仪送玄奘西行取经，不仅是对异域文明的向往，也是对大唐文化的自信。玄奘法师不虚此行，不辱使命，不仅带回了大量的佛教经典，也带回了印度诸国的文化习尚，如散步、淋浴、刷牙、刮舌、食前洗手，引进了胡椒、蚕豆、茄子、菠菜、酢菜、浑提葱等。物质带来了文化，文化带来了文明。对文明的向往、靠近则是一种自然人性。很快，长安城中四夷宾馆荟萃，殊方异物聚合，大唐都城的"胡化"盛极一时。西风东渐，如火如荼，连毗邻的东都洛阳也是"家家学胡乐"。

唐人追求外来物品的风气渗透了各个阶层和方方面面，追求突厥人生活习俗的热情甚至使一些王公贵族都心甘情愿地忍受那种很不舒服的帐篷生活，连高官诗人白居易都曾为了体验生活，在自己的庭院里搭了两顶天蓝色的帐篷居住自得其乐。杜甫有个朋友叫郑虔，就是用柿子叶写字的那位诗人，"崇洋媚外"到了极致，写了一本《胡本草七卷》，里面记载的"皆胡中药物"，意为都是来自西方（西域）的药物。杜甫还写了一首诗：

> 异花开绝域，滋蔓匝清池；
> 汉使徒空到，神农竟不知。

居然说，中医老祖宗神农都不懂得这些"西药"的神效，这在当时确实是匪夷所思的言行。有喜欢的，也有看不惯的。和白居易特别相好的诗人元稹对此特别反感，痛心疾首：

自从胡骑起烟尘，毛毳腥膻满咸洛。

专为胡妇学胡妆，伎进胡音务胡乐。

诗很真切，否定得也很彻底。

但，理解也罢，不理解也罢，新生事物、新异现象的传播不以人的意志为转移，它们像秋风一样丝丝缕缕无孔不入，它们像春雨一样润物细无声，在"胡风"影响下，大唐长安终究产生了与儒家道统大相径庭的新"华风"及新的生活方式。

长安三年的生活，张旭有没有受到"胡风"的影响，不得而知。但张旭是一个激情澎湃的诗人，他对新生活的敏感应该是有的，对文明的感受可能比别人更为真切、更为强烈。而人之所以持续不断地向文明靠近，除了对未知领域的好奇和探索，是因为它既能改变物质生活现状，又能滋润精神内心的安宁，还能指引苍茫的诗和远方。

天宝十一年（752），张旭在诗人高适和李颀的陪伴下，从咸阳开始一路西行，目的地是流光溢彩的敦煌，是雄健跌宕的西域，是荡气回肠的"边塞诗"的源头。唐代一直有将士镇守西域边关，诗人王维奉命出使劳军，写下脍炙人口的诗句："大漠孤烟直，长河落日圆。"（《使至塞上》）对大自然有高度审美力且又长于写景的王摩诘，只用了寥寥十个字，便凝练、准确地活画出一幅大漠长河夕照图。画面开阔，意境雄浑，凸现了塞外奇特壮丽的风光，也引发了沉雄郁勃、如火如荼的"边塞诗"。

作为诗人，张旭对表现边塞战争的"雪暗凋旗画，风多杂鼓声"充满了神往；作为男人，他对"宁为百夫长，胜作一书生"充满了渴望。京师寓居，庸庸碌碌，他想有一种全新的人生样态，勇猛精进，意气风发；即便是那种"愿将腰下剑，直为斩楼兰"的决绝与悲壮。如果有来生，他希望是活在古沙场上，于风雪中提刀而立，看着太阳照在金戈铁马的草场，悲怆又依然不退的样子。

咸阳，是汉唐丝绸之路从长安出发后的第一站，大批商队要在这里打点料理长途跋涉的行李和牲畜，储备必要的日常用品。西去的官员或升或降或悲或喜也在这里设宴钱行，与亲友依依惜别。可能是送别多了，有感于此，诗人王维写出了"渭城朝雨浥轻尘，客舍青青柳色新。劝君更尽一杯酒，西出阳关无故人"（《送元二使安西》）的名篇佳作，正是这种缱绻离情、缠绵别绪的诗意写照。

要得富，先修路，这个道理唐人明白得很早。从咸阳开始沿丝路逶迤西行的路有两条，中道是醴泉（今礼泉）、奉天（今乾县）、安定至凉州一线；南线则是武功、秦州（今天水）、金城（今兰州）一线。由于商旅频繁，人来人往，这两条路上的小城小镇，慢慢地就成为丝绸之路上不可或缺的重要驿站和主要城市。在这些如串贯珠的城市中，敦煌是熠熠生辉的交通枢纽。

一千八百多年前，东汉应劭在《汉书》中作注："敦，大也；煌，盛也。"盛大而辉煌，这是一个意味深长的名字，也是一个充满渴望的名字——是意气风发的霍去病全面反击匈奴大获全胜时汉武帝对一个普普通通小镇沙洲的命名。理想归理想，现实仍是现实。盛名在外的敦煌本质上仍然只是一小片被沙漠戈壁包围的绿洲。这里的年降水量不足五十毫米，但蒸发量却超过两千五百毫米，是中国最为干旱的地带之一。但，正是在这样的地方，丝绸之路上的敦煌，以特殊的地理位置和自然生态环境，依托着水流量并不大的党河，走过了数千年薪火不灭的岁月，还一度成为世界四大古文明的汇流中心。正是在这样的地方，一条穿越河西走廊连接西域与中原的贸易通道渐渐形成，既是分岔点又是交汇点的敦煌也从此活跃了起来。唐长安对西域的用兵，与突厥、吐谷浑、回纥、吐蕃、西夏的战事，都与敦煌有着密切联系。长安的兴衰沉浮，也影响着河西走廊的武威、张掖、酒泉、安西、敦煌的政权更替和社会进步。

古时候，无论是东来还是西去，无论是中外商贾贸易还是迁客骚人旅游，起程前往敦煌都是一个很慎重的决定。西行的人将离开祁连山温情似水的庇护和滋润，东进的人也将告别天山和昆仑山下芳草萋萋首尾相接的绿洲。所以，当人们踏遍漠漠黄沙，历尽千辛万苦抵达敦煌时，无不长舒一口气，有一种回到了家的轻松感觉。跋涉者的精神一旦松懈，人会特别地困乏，一步也不想走动，身心要在此停靠好些时日，补充饮水和给养，为接下来的行程做足准备。这样，滞留在敦煌的商人和货物就越来越多，一部分人便干脆不再前进，直接在敦煌的集市上做起了生意。作为丝绸之路交通枢纽的敦煌，也进一步担起了贸易重镇的角色。伴随着贸易而来的，除了各色各样的商品，还有不同的宗教、语言、音乐、舞蹈、绘画、雕塑和生产技术。中原文化、佛教文化、西亚和中亚的文化，在这里汇集、碰撞、交融，使敦煌一跃成为"华戎所交，一大都会"，成为东西方文明和谐共生的乐土。在此，我们要感谢那位不知名的虔诚僧人，据说他看到了佛光的召唤，在敦煌开凿了第一座洞窟。我们还要感谢那些心怀虔诚技艺精湛的画师，把当年的生活场面以佛教故事的形式描绘在敦煌石窟的墙壁上。今天，透过衣袂飘飘、色彩斑斓的壁画，我们仍能感受到那个遥远时代的繁华盛景。

李颀和高适是敦煌的常客，他们的边塞诗歌就是对敦煌古往今来泣血的吟唱，他们对这块激荡着金戈铁马、烈火狼烟的土地爱恨交集，五味杂陈。站在莫高窟的千佛洞前，高适面对着大漠孤烟、长河落日，情不自禁地仰天长啸，放声吟诵，一阕苍凉悲壮的《燕歌行》破空而出：

> 汉家烟尘在东北，汉将辞家破残贼。
> 男儿本自重横行，天子非常赐颜色。
> 摐金伐鼓下榆关，旌旆逶迤碣石间。
> 校尉羽书飞瀚海，单于猎火照狼山。
> 山川萧条极边土，胡骑凭陵杂风雨。
> 战士军前半死生，美人帐下犹歌舞！
> 大漠穷秋塞草腓，孤城落日斗兵稀。
> 身当恩遇常轻敌，力尽关山未解围。
> 铁衣远戍辛勤久，玉箸应啼别离后。
> 少妇城南欲断肠，征人蓟北空回首。
> 边风飘摇那可度，绝域苍茫更何有！
> 杀气三时作阵云，寒声一夜传刁斗。

相看白刃血纷纷，死节从来岂顾勋？

君不见沙场征战苦，至今犹忆李将军！

李颀是张旭的好友，也是高适的同道，他特别能理解《燕歌行》的苦楚与豪迈。他递上一杯葡萄美酒，让涕泪纵横的高适平息一下自己的情绪，怕边塞诗人的激昂慷慨吓着了远道而来的张旭。他用平静的舒缓的语调娓娓而谈：

白日登山望烽火，黄昏饮马傍交河。

行人刁斗风沙暗，公主琵琶幽怨多。

野云万里无城郭，雨雪纷纷连大漠。

胡雁哀鸣夜夜飞，胡儿眼泪双双落。

闻道玉门犹被遮，应将性命逐轻车。

年年战骨埋荒外，空见蒲桃入汉家。

（《古从军行》）

吟诵中，触景生情，往事盈怀，他自己也是情不自禁、潸然泪下。

边塞诗，是盛唐诗歌壮怀激烈的组成部分，它使唐代文学在霓裳羽衣的浸染中有了铁马冰河的壮志豪情。不可否认，自然地域条件赋予大地的梦幻与严酷、粗犷与冷峻、阳刚与沉郁，对诗人的个人性格、艺术特质、诗歌内容与方法都产生了潜移默化的影响。边塞诗人文字之中特有的侠骨柔情、剑胆琴心使我们民族蹒跚的步履中充满了英风豪气。这些血性诗人以游子的苍茫之感描绘自然、描绘战争，使一颗颗渴望还乡的心充满了虔诚与遗憾、激昂与悲壮。这些点蘸着血与火、恨与爱的诗作在畅叙幽情的同时，也继承了汉语诗歌的伟大传统，自觉从古典意象系统中"借光"，或频繁地遣用、调配古意盎然的物象入诗，或化用古诗之意境传递今人的心理感受，散逸出强劲的汉唐风韵、书剑豪情。

张旭在默默地饮酒，一杯又一杯。惺惺相惜，他和这些诗人有着通感，却也有着距离。他没有到过北方，他没有见过戈壁沙漠，他没有经历过刀光剑影，他更没有目睹过生离死别。作为诗人，他对烽火狼烟感到好奇，他对海市蜃楼感到惊奇，他对自然瑰丽的造化感到神奇。最让他目不暇接、叹为观止的就是莫高窟里的壁画，内容包罗万象，有风趣的故事画、清雅的山水画、生动的风俗画等等。这些公元四至十四世纪的壁画，为我们展现了最丰富的佛教艺术文化。凝结了多个朝代的绘画，巨细无遗地体现在亭台楼阁、花卉水鸟、飞天佛像的一笔一画间，雄伟瑰丽。每一幅壁画，都经历了千年的风沙雨雪，蕴藏着中华传统文化的密码。他如饥似渴，一遍又一遍参观膜拜衣袂飘飘、美轮美奂的佛教造像。他迫不及待，一次又一次地走向原野，拥抱大漠，感受苍凉。

天是蓝的，地是黄的，这里除了蓝黄两色，再也看不到其他的色彩。从《凉州词》和古边塞诗里飞出的苍鹰，孤独地盘旋在天空。张开的羽翼如遮天蔽日的乌云，如猎猎飘扬的战旗，好像在天空与大地之间炫耀着主人般的矫健。

沙漠浩浩渺渺，起伏不断，人在其间，顿时显得那么渺小。极目望去，尽是一片苍莽浑厚的黄，长沙绞风，卷舞直上。沙漠上有的是旋风，一股一股的，把黄沙卷起好高，像平地冒起的浓烟，打着转在沙漠上飞跑。一个个沙浪向前涌动着，像一只无形的巨手，将沙漠揭去了一层，又揭去一层。时光之下，风景深处；周而复始，蔚为大观。

日近黄昏，落霞燃烧着，西天一片绚烂，童话般的海市蜃楼在大漠深处缕缕升腾的热浪中若隐若现。张旭眼前的沙漠呈现出一派金色，是那种太阳的颜色，无数道沙石涌起的皱褶如凝固的浪涛，波光粼粼，浩浩荡荡，一直延伸到远方金色的地平线。

鸣沙山、月牙泉，沙不染泉，沙泉共生，相依相偎了千百载的悠悠岁月。骑上骆驼，穿行在荒凉苍茫的风景中，碧蓝如洗的天空下尽是黄沙，除去金黄，还是金黄，举目皆穿黄金甲。微风吹来，沙子轻轻地扬起，抹平了或浅或深的脚印，一切都在静谧之中。人们说，"鸣沙山怡性，月牙泉洗心"，可以带给人不一样的享受。或许，正是有了鸣沙山多情的呵护，月牙泉柔情蜜意的相伴，才有了如此动人的韵味和风姿吧！

张旭很喜欢敦煌，也喜欢住在寺庙里，因为他是大唐的名人，又是著名的书法家，寺庙里以有他的字为荣，以他驻足或住宿过为荣，所到之处无不殷勤招待。因而，他在敦煌住得相当惬意，达一月之久。他走进敦煌，最直观的感受便是苍凉与神秘，岁月的流岚与千年的风沙，在这片土地上留下了太多的痕迹，有文化、有历史、有岁月、有艺术。而莫高窟，就是这份苍茫最有力的告白，它不是稍纵即逝的海市蜃楼，亦非镜花水月的天方夜谭，而是大漠深处的"天外飞仙"。七百三十五个洞窟，四百九十二幅壁画，三千九百九十身彩塑，十余座历代木构建筑，跨越数百年的历史脉络，汇集了几个朝代的匠人智慧，时光的变迁中，它刻下了历史的厚度，纵使色彩已然有些斑驳，却依然涌动着难以言表的神秘与繁盛。

茫茫大漠谣，悠悠敦煌曲，漫漫黄沙与蓝天相接，阵阵驼铃声声入耳，沙漠、戈壁、绿洲、胡杨……这里有道不完的史诗篇章，更有看不尽的大漠风光。敦煌就如同大漠中一颗被人遗忘的明珠，很多人都只闻其名，却未曾踏足过这片土地，但它却用自己的方式，释放着一种震撼尘寰的美丽。每当日暮时分，张旭总要登上莫高窟之巅，观赏大漠夕照、长河月圆。小山隆起地面高不十丈，却是当地唯一之制高顶，伫立山上极目远眺，玉盘似的湖水、点画似的驼队、远处交错有致的连绵群山，令人心旷神怡，流连忘返。

中国古人一直强调"知行合一"，表现在文人身上就是，读万卷书，行万里路。因为，万卷书，读的是不同文化，万里路，行的是不同风景，都是在不同中追求更广更高的思想视野。张旭的这次敦煌之行、沙漠之旅，对出生于江南水乡的诗人书法家来说影响极为深远，意义极为重大，身心仿佛受到洗礼一般，从艺和做人都有了一种百尺竿头、更进一步的变化，令人刮目相看。几年以后，他在洛阳和颜真卿、徐浩、韩滉等学生谈到用笔时仍情不自禁，激动地说："孤蓬自振，惊沙坐飞，余思而为书，而得奇怪。""孤蓬自振"，是说用笔要像一种孤单的飞蓬草浑身摇动一样，触动奋起、翻转奔逐。"惊沙坐飞"，是说用笔要像受到震动的沙子自然而然地飞起来一样，奔放纵逸、豪情激荡。这句话的意思是，他在敦煌大漠看到了上面两种自然现象，领悟到了草书的用笔，从而使自己的笔势有了新奇的变化，达到了久久以来期望的"振飞"境界。

第二十二章 情在寥天独飞鹤

秦汉以后，一般意义上的"江南"指今长江中游以南的地区，主要指今湖北南部和湖南全部，而长江下游的今皖南、苏南一带，因为长江大体走向，常以"江东"著称。也有人认为"江南"是个地理方位，并没有明确范围的地域区划，长江以南都可以称为"江南"。在开皇八年（588）诏书中，隋文帝谈道："巴峡之下，海滋以西，江北、江南，为鬼为域。"这里的"江南"应该是指长江中下游广大的长江以南地区。六朝定都建康，北方人称南方政权为"江南"，长江下游自然是被作为江南的一部分。

"江南"这个地理方位概念，到唐代成为一个具体的地区概念，被指称为固定的地域。唐太宗贞观元年（627），将天下分为十道，长江以南岭南以北的广大地区为江南道。这时的"江南"应该是名副其实的，长江以南地区全部称为"江南"，包括原先的江东地区。唐玄宗开元二十一年（733），分天下为十五道，江南道分成江南东道和江南西道、黔中道。江南东道治所在苏州，时人将其简称为"江东"，江南西道治所在洪州，时人将其简称为"江西"。分分合合，合合分分，一个时代有一个时代的想法，但在普通人眼里，把长江以南称为江南是合乎张旭所处时代实际情况的。

张旭是文质彬彬的白衣秀士，也有着流风回雪的翰墨风流。但，杏花春雨、水软山温的江南地区自古以来社会风俗却是以勇猛善战而著名的。班固在《汉书·地理志下》中谈到吴地人"皆尚勇，故其民至今好用剑，轻死易发"。此后，人们一直认为"吴阻长江，旧俗轻悍"，"吴人轻锐，难安易动"，江南人"好剑客"，"好剑轻死"。《郡国志》云："吴俗好用剑轻死，又六朝时多斗将战士。"按诸说吴俗，盖古如此。不过这种局面到唐代的史书里发生了转变，谈到江南人多是"俗好儒术，罕尚武艺"，"人尚文"，"吴人多儒学"，说明唐代以后，江南地区的社会风气有着根本性的转变。

移风易俗的原因是，西晋以后，为躲避战乱，北方的衣冠大族纷纷南渡，将北方文化的精华和传统带到南方，江南是南迁北方人较为集中的地区之一，而且他们往往又是政权的把持者，士大夫阶层以崇尚礼仪相标榜，他们使社会走向"慕文儒，勤农务"的良好风气。在他们的影响下，江南风俗澄清，"道教隆洽"。如东晋余杭县令范宁所言："在县兴学校，养生徒，洁己修礼，志行之士莫之宗之。期年之后，风化大行。自中兴以来，崇学敦教，未有如宁者也。"尽管是为官自矜，自己给自己树碑立传，但有尊师重教的实绩这样说也不为过。

十年树木，百年树人，社会风气和面貌的改变毕竟不是一朝一夕的。六朝时期的教育制度并不够完善，教育对社会风气的改变只是初步的、启蒙式的。唐人笔记记载：

> 逮江左草创，日不暇给，以迄宋、齐，国学时或开置，而劝课未博，建之不能十年，盖取文具而已。是时乡里莫或开馆，公卿罕通经术，朝廷大儒独学而弗肯养众，后生孤陋，拥经而无所讲习，大道之郁也久矣乎。

就是说，唐代开立后，南北统一，国力强盛，北方的官宦和读书人大量来到江南，对南方的社会礼仪规范产生了翻天覆地的重大影响。如苏州是北人南迁的重要聚集地，史云："吴下全盛时，衣冠所聚，士风笃厚。"南迁士族对社会风尚的形成作用十分明显，表现在教育上则更为突出。

古语有云："蓬生麻中，不扶则直；白沙在涅，与之俱黑。"换言之，一个人身边的生态环境与人文环境，会对其自身产生巨大的影响。一个地域、一个民族、一个国家也一样。尊师重教的风气形成，直接提升了文人士子的文化素养，读书人在隋唐开始的科举考试中不断取得成功，如苏州、常州等地区，中进士和明经的人数特别多。唐代苏州进士及第有五十多人，单状元就有七位，常州的进士、明经也有数十人。教育的成功，促进了民众的文化水准普遍提高，更多的人参加科举考试，并进入官僚队伍。重文重教育的风气，完备的教育体系，有效地发挥了学校在教化育民、化民成俗方面的政治功能，同时为政府提供了大量的官吏，有效地解决了读书人的出路问题。毫无疑问，教育制度的完善和发展，是江南社会尚文风气形成的重要因素。

文化助产了教育，教育推动了文化，文化繁荣了自然就诞生了艺术。尚文风气的形成不仅推动了诗歌书画艺术走进民众生活，亦唤起了江南地区所有的文化自信。

文化是一座城市、一个地域的根与魂，是地域之间区分彼此的重要特质。它既存在于城市的大街小巷中，存在于城市的公共空间里，也存在于个体工作生活环境中的一山一水、一草一木；文化是斑驳久远的神话传说，是破旧颓败的古老民居；是一座座高大巍峨的建筑，是一个个萍踪侠影的故事；是一座城市的隐形财富，也是一方水土一方人的精神底色。

腹有诗书气自华。人如此，地域亦如此。

"雅集"这个词在江南出现得较晚，但形式上在魏晋时期就已经流行了。顾名思义，"雅集"就是一群举止风雅的文人聚集在一起，谈论的当然也是文雅的事。文者，莫非一个饰字。譬如文人嫖娼要说冶游，皇帝拉屎须名登东，行贿要分冰敬炭敬，卖国是曲线救亡，背叛的都是识时务的俊杰……文人们爱虚名，好粉饰，为了显示与众不同就把自己的文化活动称为"雅集"。群贤毕至、少长咸集，自然会有脍炙人口的名篇华章诞生，乃至千年传诵、经久不衰。比如，绍兴的兰亭雅集有《兰亭序》，南昌的滕王阁雅集有《滕王阁序》，等等，不胜枚举。直到今天，在中国的文化人心里，仍不时遥想思慕着"兰亭雅集"那一场风华绝代、令人神往的郊游！

惠风和畅，天朗气清，蓝天白云，青山绿水，还有一声声鸟啭啼鸣，一声声泉水叮咚。一群志同道合、倜傥风流的文人雅士聚集在崇山峻岭之间，眠云卧石，袖月担风，登山则情满于山，观海则意溢于海。在这种心旷神怡的天人合一中诗情画意会油然而生。意气风发的王羲之自然是这群人的精神领袖。在众人的期许中，他面对斯情斯景，有感而发，下笔千言，一挥而就，遂成就了文质相含、流风回雪的千古名文《兰亭序》。

《春雨杂述》里评价王羲之《兰亭序》的书法特点："右军之叙兰亭，字既尽美，尤善布置，所谓增一分太长，亏一分太短。"这种评点并不过分，把《兰亭序》形容得恰到好处，对其章法之美极为推崇。整幅书法作品中，王羲之并没有刻意安排，轻松随意，自然洒脱，甚至信马由缰，有着多处涂抹。也正是这种妙趣天成、随性而发的书法理念，成就了传世名帖。此帖中的字皆温文尔雅，映带而生，或小或大，随手所如，恪守法则，所以自问世之日就被称为"神品"。

一群文人，一次雅集，折射了一个精神放飞的时代；一篇美文，一幅书法，璀璨了跨越千载的艺术星空，包括今天几被墨染的文化界。东施效颦，现在的笔会也很多，但都是假借艺术的名义在楼堂馆所、风景名胜，寒暄应酬，吃喝玩乐，权钱交易；没有情感的交融、没有智慧的碰撞、没有虔诚的心态、没有敬畏的意识，也没有过硬的笔墨，只是一群熙熙攘攘沽名钓誉的乌合之众表演作秀。——语言轻薄、行止荒唐；任笔为体、聚墨成行；信口开河、放马由缰；见了红包、满眼放光……这样品格低下、精神堕落的所谓书画家，能有好的作品产生吗？答案是不言而喻的。

张旭所处的唐朝是一个个性彰显、审美极高的时代。唐人的"雅集"，不仅仅是交朋结友，吃吃喝喝，热热闹闹，更重要的是赋诗、作文、写字、绘画，简而言之，就是艺术笔会，就是"圈子"文化。物以类聚，人以群分。参与者通过这种风雅的社交活动来展示才艺，体现自己的文艺成就，以便靠才华学识诗文书画闻名于世，谋求晋身的道路机会。也可以说是自我品牌的公关推广，只是风雅而不俗气罢了。

这是一次唐人"雅集"的真实场景——朴素的器皿、简单的食物，也不搞盛大的开幕仪式。张旭和一众好友围桌而坐，随遇而安，侃侃而谈，相见甚欢。他们更在意天性，美得自然。而他们的乐趣，也比想象中的更有趣味！"雅集"时，每个人都要写诗，还要玩一些文字游戏，比如诗词联句、集古人的句子作诗、作藏头诗、作无情对等等，在座人的诗句会被收集起来出版。如果"雅集"时要作画，就是所有人一起来画一幅画，由年幼的、资历浅的、水平一般的先开笔，画一点点枝叶，画一点点衬景，其他人循序渐进逐步添加内容，最后请一位德高望重的人来画龙点睛，确定主题。经过一番点缀之后，由这位长者题上一首诗，并在落款时写上谁画了其中的哪一部分，再盖上个人的印章，场面十分风雅，格致极为高尚。"雅集"的层次越高，影响越大，文人们越愿意参加。如果张旭先生今天举办"江南雅集"，估计全国的书法家能到一半，另一半还在路上。

传统中国品评文人的标准是，集牡丹之宝贵、菊花之隐逸、莲花之君子于一身。色、香、味俱全，花一样的人生宗旨，形成了文人的优游态度、闲逸情调、仗义作风、散淡心情。雅致的文化"副产品"，如琴棋书画、美酒佳人、山水文玩、雅舍香茗等也就应运而生。而这一切又促成了饱满个性、艺术气质与独立精神的丰盈。文人们可以有钱有闲，也可以有闲无钱，或者可以无钱无闲，但，他们对社会有一颗可贵的责任心而对社会无所求，他可以做一番事业，但不求流芳百世，只求内心的愉悦。当然，我说的是王羲之、张旭一类的古派文人。现在的许多文人，只有花腔，没有学养；只有欲望，没有理想；只有风向，没有信仰；只有姿态，没有立场。总而言之，这些文人"无足观也"，包括许多游走江湖的"书法家"。

可以说，中国的魏晋时代已经具备了使书法成为独立艺术的种种条件。最有说服力的论据应该是王羲之的《兰亭序》。而中国书法之所以能成为一门艺术，在很大程度上要归功于这些随性散漫、婆娑风月的中国文人。只有当文人们自然、自由、自在地抬起头来、挺起身来，不再将写字作为求取功名交流信息的记述手段而去"玩"去"品"的时候，书法才能从实用中摆脱出来，成为本质意义上的艺术门类。

"玩"，就是完全将其作为一种精神寄托，是身心愉悦的追求，而不考虑实用与功利。当然了，不识几个字的普通百姓谈不上玩书法，天天忙碌于公务的官吏也自顾不暇没时间玩书法，满身铜臭沽货逐利的商人也心不在焉不可能玩书法。在封建时代能够"玩"书法的，一般是衣食无忧、有闲情逸致的上层贵族与士大夫文人。比如，和草圣张旭特别要好的诗人皎然和尚，曾笑嘻嘻作诗："浊酒不饮嫌昏沉，欲玩草书开我襟。"他不爱饮酒，就爱玩草书。一个"玩"字道出了书法有排解郁闷、忧愁，使人轻松、愉悦、积极向上的功用。宋代诗人陆游也说："一笑玩笔砚，病体为之轻。"竟然说练习书法，笔下生力，墨里增神，有利于防治疾病，强体健身，简直是把书法玩到了一点正经没有的地步。当然了，"玩"，既要有坚实的物质基础，也要有优雅的文化背景。从客观上说，在汉字已发展到各体具备的时代，笔墨纸砚的使用已经习以为常。从主观上说，写字的人还必须有一定的技法功底、较高的文化修养和良好的艺术悟性。此外，孤掌难鸣，独木难成林，书法尽管是个体的精神劳动，但要将书法推向艺术还必须有群体，有一批志同道合的玩家相互探讨、交流，形成规模和风气。

清朝的张浦山（名庚），是著名的书论家，谈及对书画的品相时，说了一句很有意思的话："气韵有发于墨者，有发于笔者，有发于意者，有发于无意者。发于无意者为上，发于意者次之，发于笔者又次之，发于墨者最下矣。"这句话切中肯綮，道出了艺术是有意无意间玩出来的实质，书画就是把人们常见的东西描绘得有意思有趣味而已；创作时如风行水上，涟漪自生，容不得矫揉造作，容不得虚情假意。艺术家之于书画，就像饮食男女之于爱情。最好的爱情是两个人彼此牵个手，做个伴。不要束缚、不要占有、不要渴望从对方身上挖掘到价值和意义，那种想法图谋注定是要落空的。书画也一样，不要从中想到名、想到利、想到地位、想到权力。就像草圣张旭的书法，是道法自然内心深处郁郁葱葱蓬勃灵动的对生活的热爱，是技近乎道内心坦坦荡荡从从容容的宁静祥和。而他那些逸笔意墨，那些笔走龙蛇，那些风樯阵马，只是为了引领我们去看一处处卓尔不凡的风景。

人生何处不道场。每个人都是岁月的行者，张旭等卓越艺术家的步履只是更为诗意罢了。中国书法的独到之处也源于其对意境的营造和精神的塑造。每一笔其实都是书写者在彰显自己，每一笔饱蘸的都是生命的浓墨、岁月的痕迹——时间与空间就在一笔一楮、一水一墨间化为永恒，成为一种典雅的精神存在。遗憾的是，曾经文华锦绣的民族，有过唐诗宋词的国度，如今还有多少人能够领略大音希声大象无形的格局境界，还有多少人的内心深处会发出逝者如斯的感慨喟叹，高山流水之音已经成为时代的艺术绝唱，"念天地之悠悠，独怆然而涕下"的生命忧思也被人嘲讽为杞人忧天的痴人呓语……我们的灵魂早已失去了平和、淡泊，甚至不知宁静为何物，整个人生淹没在熙熙攘攘蝇营狗苟的名缰利缲之中，而一个缺乏在精神家园漫步、在文化星空下思考的民族，是可悲的。

境由心造，静中开花，一直是中国文化的神秘幽邃之处；有助于善、方成其美的书画艺术为其锦上添花。这种诗性勃发、诗意蓬勃的艺术样态曾经极大地提升了中国人整体的文化自信。薪火相持，雅道相传，书画艺术的风景深处一直是有温度、有高度、有良知的精神劳动。而历史上灿若星汉的精品佳作，也是与时代脉动，与人民同心，用艺术点亮人生的精神火炬。但在今天，这一切则显得特别失落、孤寂、黯淡、平庸，也让我们更加怀念张旭的书法及他所处的艺术时代！

第二十三章

江枫渔火对愁眠

唐人是风雅的。

他们雅集或玩的地点有所不同，喜欢在山林或寺庙之中。山里面幽雅、清净，环境好，可以陶冶情操，诱发诗性。自古名山僧占多，深山里面往往藏隐古寺、隐居高僧。唐代读书人有与僧人交往的习俗，很多僧人都很有学问，可以与之切磋交流。同时，寺中的藏经楼往往有很多藏书，比城中市坊的书店还要齐全。其次，唐代寺庙拥有大量的地产，经济实力比较雄厚，僧人们也乐于让读书人在里面白吃白住，寺庙里每天多几个人和僧人们一起食宿，几乎算不上什么开销，也根本没有什么负担。因此，唐诗中多见描写山水风景及寺庙园林的佳句名篇，也算是诗人们吃完饭后的回报和酬谢吧！唯一倒霉的是诗人王播，他寄居扬州木兰院中读书多年，不知是他为人不济，还是和尚有意刁难，以至于和尚们在吃饭时都不告诉他，经常错过饭点，饿得诗人找不着北。后来，王播发达了，特意回到木兰院，在墙壁上题了两首诗来讽刺和尚们的势利与促狭。

张旭和文朋书友们常常雅集的地方是离家不远的"寒山寺"。

寒山寺位于苏州城西阊门五公里外的枫桥镇，始建于六朝时期，距今已有一千五百多年历史，原名"妙利普明塔院"。传说唐代贞观年间，名僧寒山和拾得曾由天台山来此住持，寒山又名寒山子，颇有文名，其诗辑有《寒山子诗集》三卷。但流传较广的是寒山和拾得的一段对话。传说，寒山和拾得原本是佛界的两位罗汉，寒山是文殊化身，拾得是普贤化身。为普度众生，在凡间化作两位苦行僧。一日，寒山受人侮辱，气愤至极，便有了与拾得下面的一段精彩对话：

寒山曰："世间有人谤我、欺我、辱我、笑我、轻我、贱我、恶我、骗我，如何处治乎？"拾得曰："只要忍他、让他、由他、避他、耐他、敬他、不要理他，再待几年，你且看他。"

（《古尊宿语录》）

这一段话言简意赅，识心见性，看得出和尚们追求的是本心清净、空灵澄澈的精神境界。寒山后来果然成为有道高僧，这个塔院也因此而称为"寒山寺"。

枫桥是鱼米之乡，周围没有山，寺庙所在的东山也只是一座普普通通的山丘，寒山寺也并非禅林宝刹，比它规模宏大影响巨大的寺庙举不胜举。这座寺之所以闻名海内，除了寒山、拾得两位有道高僧，也与诗人张继的"月落乌啼霜满天，江枫渔火对愁眠。姑苏城外寒山寺，夜半钟声到客船"（《枫桥夜泊》）诗有关。可以说，一首诗成就了一座寺庙，文化的效应可见一斑。故张继的《枫桥夜泊》诗刻碑于寺内，同"寒山""拾得"塑像并列屹立，极尽风光。

张继的《枫桥夜泊》是古今传诵、脍炙人口的名篇。如果说回忆是带动诗人情感的温馨暖流，那么大自然便是承载诗人理想的浪漫港湾，徜徉在自然天籁的烂漫美景中，张继勾画着枫桥的风花雪月：月落，乌啼，霜天，江枫，渔火，远山近水，夜半钟声……这些或雄壮悠远、或柔美婉约、或自然清新的自然风物，在诗人笔下拉近了时间的距离，让今天与昨天重叠、交织，映现在一起，好似一首摇曳多姿的生命协奏曲，充满动静结合的旋律美，可谓"一花一世界，一沙一天国"，折射出璀璨的光亮和醉人的诗意。

这首诗在美不胜收的同时，也有着饶有趣味的歧义。其中的"姑苏城外寒山寺"一句，因诗中对"寒山寺"未有注释，便有人"因词度意"，以讹传讹，往往被解释为，"姑苏城外寒山上的一座寺庙"，把和尚寒山当作了地域寒山。作者曾经亲临其境，读了诗碑的辨析之言，才知道是囫囵吞枣，好读书不求甚解而引起的"误会"。这句诗的正确解释应该为："姑苏城外的寒山寺"。

苏州地处繁华，文华昌盛，宝刹禅林很多，以"寒山寺"香火为最。张旭回到苏州后朝乾夕惕，读书习字，借翰墨自得其乐。有一天雅兴大发，穿着朴素衣服和一班友人去寒山寺游玩，来到回廊里看题壁字画。庵中的知客僧看这些游客谈吐不凡，器宇轩昂，就捧了招待贵客的盖碗茶上来。新来的方丈不认得他们，就对随行的小沙弥加以眼色，意思是要他换茶，结果换上了粗茶招待他们。尽管张旭不拘小节，但一行人心里硌硬，话不投机，交往不怎么愉快。可谓是，乘兴而来，败兴而归。

过了些天，张旭再度登山。他呼朋引伴、前呼后拥地来到寒山寺，同行者有老大哥贺知章、张若虚、陆景融、小弟弟包融，及远道而来的诗人李颀、高适等一时俊秀。方丈听说是天下闻名的书法家、诗人到了，赶紧出门迎接，恭恭敬敬，进了禅房之后就亲自端出盖碗茶来。张旭问："你们庵中待客，有几等茶？"方丈说："两等，盖碗茶敬贵人，其他的人都是粗茶了。"张旭指着前几天和他一起前来的人问："这些人都是贵人吗？"方丈答："物以类聚，人以群分，和大书法家一起来的，当然都是雅士贵人了。"张旭笑嘻嘻看着老和尚说："他们今天才开始是贵人，前天你可是用粗茶招待他们的。"方丈听了之后，面红耳赤，无地自容，赶忙鞠躬施礼，念一声阿弥陀佛。

张旭喜欢去寒山寺，除了风景优美、香火鼎盛，更重要的一个原因是皎然和尚。皎然，唐代诗僧。生卒年不详，大约活动于大历、贞元年间。俗姓谢，字清昼，会稽（浙江省嘉兴）人。南朝谢灵运十世孙。与同乡诗僧清江齐名，并称"会稽二清"。两人不同的是，清江是少年出家，清昼则是后来出家。皎然青年时曾热衷仕进，应试未第，中年后皈依佛门，在杭州灵隐寺出家，精研诗篇，尤其擅长律诗。他曾去拜访苏州刺史韦应物，知道韦应物擅长作古体诗，恐怕诗体不合，于是在乘船的途中冥思苦想，作了十余篇古体诗，作为"见面礼"。韦应物看后，一言不发，也不称赏，也不批评，只是和皎然寒暄着谈了一些别的事情，明显地心不在焉。心高气傲的皎然为此十分失望。第二天，皎然誊清旧作，把律诗献给韦应物，韦应物再三吟诵，大加赞赏，并对皎然说："禅师险些丧失了诗名，你为什么不把你最擅长的律诗拿出来，而要屈从老夫的嗜好呢？诗人各有所长，不是仓促之间就能改变风格的。"对韦应物这番推心置腹的真知灼见，皎然心悦诚服，并把它当作自己后来研究诗歌理论的基础。

皎然才思敏捷，广有诗名。其诗清丽闲淡、温文尔雅，多为赠答送别、山水游赏之作。他的理论集《诗式》为当时诗话一类作品中较有理论价值的一部。我们从他的言论"以虚诞而为高古，以缓慢而为冲澹，以错用意而为独善，以诡怪而为新奇，以烂熟而为稳约，以气少力弱而为容易"（《诗式·诗有六迷》）中就可以看到皎然和尚清丽与活泼的笔致，看出才华和思想的闪光、其胸襟见识之霁月光风。

张旭从长安回到家乡苏州就好像鱼回到了大海，一身的鲜活气息。他性格爽直、胸次开阔，喜欢交朋结友，并经常邀请他们来做客，一起吟诗作对，舞文弄墨，很快被人奉为苏州的"文坛盟主"。有一次，他兴致勃勃大宴宾客，一共来了百十个知名之士，但是只有一个人请而未到。这个没来的皎然和尚正在外面游玩，虽然收到请帖，但是辞谢了，还回赠了一首诗："岁岁湖南隐已成，如何星使忽知名。沙鸥惯识无心客，今日逢君不解惊。"张旭看到皎然和尚的诗信之后哈哈大笑，不以为怪，反而觉得这是一个很有趣味的人。

皎然和尚道行超迈，博大精深，行迹处处，深为信众所推崇。张旭是诗文世家，从小接受儒家教化，对佛教了解不深，兴趣不浓，但也不排斥。其实，唐代文人多好佛，一个重要原因在于佛教的进一步本土化，尤其是禅宗的大发展。这使得文人不论是得意还是失意，都有了一个新的能接受的精神追求。正是在初唐这个时期，应运而生了禅宗六祖惠能法师。唐代佛教宗派众多，知名的有天台宗、三论宗、法相宗、律宗、净土宗、华严宗、密宗（汉传）、三阶宗等，禅宗只是其中的一个宗派。现如今众多宗派式微或几近失传，而禅宗却发扬光大，不能不说有惠能的原因。

惠能生于唐贞观十二年（638），俗家姓卢，自幼家贫，以打柴为生。他有一次在打柴路上听到人诵《金刚经》，就到湖北黄梅双峰山拜禅宗五祖弘忍为师学佛，在寺庙中做了一个火工和尚。弘忍要传衣钵，大弟子神秀和尚为了得到其衣钵，半夜在墙上写了四句偈语：

身是菩提树，心为明镜台。

时时勤拂拭，勿使惹尘埃。

和尚们的谈论被惠能听到了，他就念了四句偈语，并称自己不认识字，请别人给写到墙上，就是这首著名的《菩提偈》：

菩提本无树，明镜亦非台。

本来无一物，何处惹尘埃。

弘忍看到后，伸手擦掉了惠能的诗，并且批评了惠能，在他头上打了三下。惠能半夜三更到了弘忍的房间里，接受了弘忍传给他的《金刚经》，并连夜逃走了。他到了广东南华禅寺传播佛教，主张"顿悟"，成为"南宗"。而神秀主张"渐悟"，称"北宗"。后来惠能的弟子荷泽神会辩论辩倒了神秀的传人崇远、普寂，于是"南宗"成为禅宗的正统。至今惠能的真身还被供奉在广东的南华禅寺中，受世人的顶礼膜拜。禅宗的经典是《六祖坛经》，是中国人所著的佛经，里面记载了六祖惠能的言行，文字通俗，相较原始佛经而言大大地本土化了。

盛唐是一个狂狷遍地而乡愿较少的时代，也是一个热情奔放个性昂扬的时代，更是一个自信自傲、自由开放的时代。唐玄宗曾经说过："儒学而外，提倡道家，戒之在'放'。"（见《唐大诏令集》）放者放荡无法际，所谓"纲常叛周孔"是也。然而，局面一经打开，即像闸开洪泄，便是皇帝也无法控制了。盛唐时代，三教并融，思想解放，创作自由，所体现的是上天入地的"逍遥游"精神，但它又熔铸在儒家的"风骨"之内。这就是美学史上著名的"汉唐风骨"。

隋唐时期，宗教渐渐地走进了人们的日常生活，江南地区养成了"喜淫祠、好佛道"的风气，民众常常会以自己特有的态度以及与此相适应的方式来创造各种神灵，赋予它们不同的神性，来护佑自己的生活。这种特有的宗教气息，对各种信仰的依恋，必然会影响整个社会的风气。苏州东阊门之西有泰伯庙，"每春秋节，市肆皆率其党，合牢醴祈福于三让王，多图善马、彩舆、女子以献之，非其月也无虚日"。这种神灵信仰，一方面是民众文化意识的一种传承，百姓为了追求精神上的寄托，向往美好生活，对众神敬仰发自内心；另一方面，众神信仰有着浓厚的现实意义，很多供奉的神灵都是以前的一些官员，他们在任期内政绩卓著，为百姓做了很多好事，后人就立庙纪念他们，包括后来张旭的"草圣庙"。

张旭当县尉时曾判过僧尼一案，心里面一直有着释门的流风余韵。他生活简朴、为政清廉，特别相信因果报应，特别是在一些小事上，更可见他坦荡的心胸、高深的智慧。常熟郊外的寺庙中有个和尚，名叫"闲云"，自号渔父，多才多艺，擅长吹笛子。离寺庙不远处，有个尼姑庵堂，其中一个名叫"尤月"的尼姑常和"闲云"来来往往、卿卿我我，乃至越墙私会做一些苟且之事。这些风流韵事泄露之后，就有好事者作了一副对联送给他们："此地迥非凡，闲听一曲渔歌，留云久住；夕阳无限好，尤爱三更人静，待月归来。"这是一副恶作剧式的嵌名联，对联中镶嵌了和尚尼姑的名字，分别为"闲、云、尤、月"。

绯闻往往像长了翅膀一样，传播得很快，和尚尼姑的风流艳事沸沸扬扬，妇孺皆知，在当地的影响很不好。民不举、官不究。地方官员一直睁只眼闭只眼，直到有好事者认为其有伤风化，上告到衙门，县尉张旭就升堂问案。看着和尚尼姑两个年轻人衣不蔽体战战兢兢跪在堂下，体如筛糠，颜面尽失，张旭有点不忍，也有些为难。

中国民众一直有着"清官"的渴望，许多操志高洁的官员也常常以"清官"自诩或自矜，觉得这是极为崇高的评价。清官之所以为清官，是因为他办事秉公执法，而不会徇私枉法。但是在中华法系中，讲究"以礼入法，法礼结合"的原则，而且礼大于法（所以我们常听到礼法礼法，而不是法礼法礼）。如果讲礼，那他就违背了法，那就不是清。如果讲法，那他又违背了礼，作为官员就被社会所不容。所以，官司才难断难判，清官也难做难当。

"你俩会作诗吗？"惊堂木一拍，张旭开始发问。

闲云、尤月二人战战兢兢，惊魂未定，听了这句有些莫名其妙的问话，都赶紧点了点头。

张旭便指着堂前檐下蜘蛛网上悬着的一只蝴蝶对闲云说："如能以此为诗，本官便可免尔等之罪。"

话刚说完，就听闲云吟道：

> 只因赋性太癫狂，游遍花丛觅异香。
> 近日误投罗网里，脱身还借探花郎。

张旭是诗人，能理解诗中含义，他暗暗赞叹，此人才思敏捷，出口成章，而且诗中有悔过之意，很是难得。便又指着门口的珠帘子对尤月说："你也以此为题赋诗一首吧。"

尤月含羞带怨，略加思索，随即念道：

> 绿筠劈成条条直，红线相连眼眼齐。
> 只为如花成片断，遂令失节致参差。

张旭听罢，不觉击节赞叹，称之为才女不虚。见他二人郎才女貌，年龄相当，便心生悲悯，提笔写判词道：

佳人才子两相宜，日久生情祸所基。

判作夫妻永偕老，不劳逾墙窥于隙。

二人面面相觑，大喜过望，情不自禁，抱头痛哭，然后磕头拜谢。厅堂看热闹的人尽管有些失望，但也觉得与人为善、成人之美是一件皆大欢喜的好事，就如烟散去。后来，张旭亲自主持，为二人办了婚嫁喜事，成就了一段姻缘。

遍阅人情，始识疏狂之可贵；备尝世味，方知悲悯之为真。古往今来，社会上了不起的艺术家知识分子，大体都有悲悯心、真性情。有时，真率是一种很高的价值要求。真率也是一种清高的品德：清是清白的清，高是高尚的高。从人性方面说，真率之人亦有真智慧、真志气。立真志气，发大智慧，以真性情求正解、行正行。而从艺术方面说，艺术家是天生的，大书法家也是天生的。"天生"的意思，不是指所谓"天才"，而是指他实在非要做这件事情，什么也拦不住他，有一种心之所向、素履以往的坚定。

生活不是只有一种，生活的广阔和生动足以提供人生的广度、深度和高度。人的一生没有绝对正确的选择，我们所能做的，是努力让当初的选择正确。世界上亦没有特别完美的人生，我们所能做的，是让自己愉悦、快乐、懂得审美。欣喜的是，回归到家乡的张旭真正做到了，有了一种宁静的丰收。他悠游养寿、逍遥自适；他怡然自得、丰神肌清。他的一言一行、一举一动都似从魏晋穿越而来，带着禅心佛性的包容与美好——他的人书俱老、他的德艺双馨，不是营造出来的，而是舍得之间的那种自在与从容，仿佛整个人性都在笔法之中涵泳，这是一种书斋里写不出的艺术情怀，这是一种花盛自心的禅宗境界！

第二十四章

欲把一麾江海去

佛经有云："缘来天注定，缘去人自夺。种如是因，收如是果。一切唯心造。"人与人之间缘分的到来都是上天的安排，但缘分的泯灭却是由我们自己造成的。而大千世界，人和人之间，有着相似的一面，总容易被互相吸引，这便是缘分。缘分很理性地提醒我们，看似人海茫茫，看似萍水相逢，看似亲亲密密，其实，每个人身边的位置是有限的。因此，古往今来才有着"人生得一知己足矣"的慨叹！

皎然和尚是张旭的朋友，是那种"万人丛中一握手，使我袖口十年香"的朋友，他们偶识、偶遇，然后默契道妙，然后相知行远，成为一生的知己。皎然也是一位重要的诗歌理论家，在他诸多的论诗著作中，《诗式》是最有代表性的一部。他论诗不忽视内容，但更强调形式；提倡自然，但更注意人工的创造；不反对复古，但更崇尚变革。他的诗学观点，尤其是他所着重论述的问题，与陈子昂等提倡"风雅比兴"的一派有很大不同。他曾明确批评陈子昂"复多而变少"。

作为理论家，皎然似乎更重视艺术形式、艺术创造方面的探讨，涉及的问题很多，最突出的成就是关于诗歌意境问题的一些见解。比如他在一首诗中写道：

> 吾知真象本非色，此中妙用君心得。
> 苟能下笔合神造，误点一点亦为道。

（《周长史画毗沙门天王歌》）

提倡的是境由心造、美自我成。这些观点，除了《诗式》等专门著作中有比较深入的论述外，在张旭的诗作中也有所体现。当然了，它是审美的，意象飞腾之中又沉潜着生命的潜流。我们不妨作一个理性的推测：皎然是张旭的文学知己，他的诗歌理论从张旭诗中得到启发，张旭的诗歌也有着皎然理论的润泽。

张旭游山玩水、啸傲山林，既师造化，也师自然，在天地万象中滋养着自己的艺术性灵与人生境界。从他和皎然的交往就能看出他的真诚和善意。他听闻皎然是一个高僧，上次请客又没有请到，便带着戏谑责难的心情去拜访皎然禅师。时值禅师入定坐禅，不好上前问话，因此苦等许久。侍者看出了张旭的不耐烦，遂上前用引磬在禅师耳边敲了三下，对禅师低声说道："先以定动，后以智拔。"张旭听了侍者的话语后，脸红了一下，立刻行礼告退，悻悻地说："幸于侍者口边得个消息，下次再来拜访吧！"

知难不退，愈挫愈勇。不久，张旭再次登山拜访皎然禅师。刚巧，皎然和尚自飞来峰而归。谈笑间，隔膜烟消云散。张旭问皎然："峰既然飞来，为何不飞去？"皎然淡然一笑："一动不如一静！"走进寺庙里，张旭问道："金刚何为怒目？菩萨何为低眉？"皎然答道："金刚怒目，所以降伏四方妖魔；菩萨低眉，所以慈悲众生六道。"张旭看到观音菩萨像，菩萨手里也拿着一串珠子，便问道："观音菩萨手里拿念珠干什么呢？"皎然说："喃喃自语，念观音菩萨！"张旭不解，又问："念自己干什么？"皎然一笑，淡淡地说："求人不如求己呀！"见皎然回答得这般妙趣横生，张旭敛笑整容，再也不好意思提问责备了！

张旭和皎然和尚谈不上一见如故，但也是相见甚欢。谈书论画，指点江山，两个人的话题很多，来往也越来越多，几乎到了一日不见如隔三秋的程度。熟不拘礼，加之张旭性情开朗、不拘小节，经常和皎然和尚开一些诙谐逗趣的玩笑。他曾把邻居恭贺孩子出生的米酒和红鸡蛋送到庙里，试探和尚吃不吃，喝不喝，是不是遵守戒规。因为《大藏经》有云："一切出卵不可食，皆有子也。"皎然和尚呵呵一笑，吟诗一首：

> 正论禅寂忽狂歌，莫是尘心颠倒多。
>
> 白足行花曾不染，黄囊贮酒欲如何。
>
> （《酬秦系山人戏赠》）

他把诗回送给张旭，巧妙化解了书法家的"刁难"。

一日，张旭去见和尚，人不在庙中，等候良久，皎然和尚回来了，张旭便问去哪里了。皎然答，去后山主峰了！张旭故意说，原来是去祝融峰了！皎然面色一沉，念声佛号，阿弥陀佛，便闭目养神，一言不发。张旭不好意思了，他知道这句戏谑之言有些过分，玩笑开得让和尚生气了。这句话事出有因。说的是一个法号叫至聪的禅师，隐居在祝融峰（南岳衡山主峰）修行十多年，自以为六根清净，清心寡欲，没有什么爱恨情仇能让他动心，也没有什么红尘诱惑能让他破戒。后来，有一天下山，在路边看到了一个叫红莲的美女，一见钟情，爱不释怀，情不自禁，便与她云雨合欢了。更奇怪的是，第二天天亮，至聪和尚起来沐浴、打坐、诵经，竟和红莲一起圆寂了。此事风闻一时，传播甚广，有诗戏说此事：

> 有道山僧号至聪，十年不下祝融峰。
>
> 腰间所集菩提水，泄向红莲一叶中。

沉默良久，皎然禅师唱一声阿弥陀佛，然后问张旭，道："公自认自己的学问知识能比得上晋朝的佛图澄、姚秦的鸠摩罗什、梁朝的宝志公禅师等人吗？"张旭红着脸，说："与他们比起来，我自愧不如！"

皎然禅师说："既然自觉不如他们高明，对于他们的善行懿德，公却不以为然，言语轻慢，态度倨傲，这是为什么呢？"一句话问得张旭哑口无言，从此礼佛、敬佛，态度恭谨，和皎然禅师相敬如宾、相交甚深，及至推心置腹，无话不谈。

皎然向张旭问道："你二次出任、誉满天下，却不显出荣耀，现在去官也没有露出忧愁愤懑的神色，起初我确实不敢相信，如今看见你容颜是那么欢畅自适，你心里究竟是怎样想的呢？"

张旭呵呵一笑，说："我哪里有什么过人之处啊！我认为官职爵禄的到来不必去推却，它们的离去也不可以去阻止。高兴了就当，不高兴就辞，进与退、得与失都出于我自身，因而没有忧愁的神色罢了。"

皎然和尚淡淡一笑，又问道："那么，看到别人建功立业，拜相封侯，也不动心吗？"

张旭答道："人生就像一场戏，尽管剧中曾经风光、繁华过，一旦落幕，一切就归于寂静。我辞官之后，闲云野鹤，逍遥自适，就不关心官爵是落在谁人身上了。落在他人身上了，那就与我无关；落在我的身上了，那就与他人无关。我心安理得浪迹江湖，我悠闲自在游山玩水，哪里有闲暇去顾及人的尊贵与卑贱啊！"

皎然和尚开示："厚己争利是人性。世间人难免自私自利、争名夺利。我们出家人在禅修悟道的时候，最重要的是不争。你认为呢？"

张旭答道："争也对，不争也对。我一直很佩服从赤松子游的范蠡、张良，做事尽心尽力、鞠躬尽瘁，但功成不居、急流勇退。既为豪杰，又是名士。其实，就人生而言，官位不过是件演出服，再留恋舞台的演员也有脱衣下台的一天。千万别穿上了就忘了自己是谁。有时间去琢磨那些不同的面孔，不如守好自己的平常之心，离开官场，走下戏台了，也好有一处安妥灵魂的地方。"

皎然和尚点点头，说："'万法本闲人自闹'。世间万事都有法，万法都是清凉自在的，只有人为了身外之事，在终日奔波，忙乱烦躁。人心本自安闲，偏要追逐身外的名利声色，正是自己扰乱了自己！"

张旭反观自身，感慨地说："人一辈子都在高潮低潮中浮沉，唯有庸碌的人，生活才如死水一般。就书法而言，技近乎道，而大道至简。凡是一天到晚咋咋呼呼闹技巧的，只是工匠而不是艺术家。一个人跳不出悟道这一关，一辈子也休想梦见艺术。当然，这需要有极高的修养，方能廓然无累，超凡脱俗……"

皎然和尚继续开示，说："明心见性，立地成佛。人人都有天地，我只是尽自己的努力，至于能做到多少，那就不是我的事情了，是佛祖或者是别人的事情。这样，就能免除怨天尤人的心态。自怨自艾是最糟糕的心态，而且伤害的也是自己。"

张旭拱拱手，说："听君一席话，顿开茅塞。我过去有那么一股进取之心，恨不经天纬地，恨不拜相封侯，可我只知道进，不知道退。事物都是辩证的，光知道进，不知道退，这怎么能行呢？人要进还要退，进退裕如了，才能有真正的进步。"

……

细雨霏霏的上午，庭院的修竹清刚挺劲、流丽古雅。一杯清茶、一丝烟篆中，两个六根清净的人推心置腹、说古论今。张旭心潮澎湃，言语滔滔，一肚子蝴蝶往外飞。皎然和尚陪同他去江边散步。登上奇石巍立的峻岭，映身诗性湖山的天地之间，俯瞰水天一色，苍茫浩瀚，两个艺术家并肩而立，意气风发，指点江山，激扬文字，臧否古今。人逢知己精神爽，喜洋洋何其快哉！

秋高气爽之际，江南大地不是春光胜过春光。怒放的芦花，编织成一个巨大的洁白玉环，镶嵌在碧波浩渺的太湖之滨。一丛丛红蓼草中，一声声虫鸣唧唧。一片片黄灿灿的稻田里，一枝枝沉甸甸的禾穗，等待着一张张镰刀收割收获。"啪喇喇、啪喇喇"的湖水波光粼粼，有节奏地拍击着岸滩，推荡得芦花时起时伏、风情摇曳。

张旭衣袂飘飘，独立湖畔，一种莫可名状的悲戚破空而来。他浮想联翩，当年天姿国色的越女西施，成为吴王夫差爱姬后，曾于香山种植奇花异草。为采花往来方便，特地自馆娃宫前，开凿一条长达五华里的水上通道，以便舟楫往来。转眼间物是人非事事休，只有流水不废山河依旧。他感慨万端，觉得历史的惊涛骇浪，这么快就淘尽了曾经的风流人物。昔日之家事、国事、风韵事，乃至卧薪尝胆、成王败寇，早已沦为渔樵闲话、过眼云烟。他登高望远，博大的太湖、广阔的视线，天地之大，无与伦比。他多么希望，自己像高飞的大雁一样，长空搏击，四海翱翔。他面对苍穹，呐喊般吟道：前不见古人，后不见来者。念天地之悠悠，独怆然而涕下。

和陈子昂一样，张旭的慨然一叹，也是从心底肺腑发出。皎然和尚听到了、听懂了。两人会心一笑，默然无语，但见流水东去，浩浩荡荡；江上船来船往，川流不息。张旭恢复了平静，开玩笑般问皎然和尚："禅师上知天文，下知地理，中通算数，还是诗评大家，你且看看江上有多少艘船呢？"

皎然和尚面色如水、平平静静，唱一声阿弥陀佛，从容应答："两艘！"张旭睁大了眼，疑惑不解，说道："江面上东来西往，帆樯林立，不敢说数不胜数，也应该千帆竞渡，怎么会只有两艘呢？"皎然和尚不动声色，慢条斯理地说："我只看见两艘船熙熙攘攘随波逐流，一艘为名，一艘为利，除却名、利这两艘船之外就没有其他的船了。"

张旭听了之后默不作声，若有所悟："空明在世，知是苦，不知亦是苦！"

皎然和尚一笑："慈航普度，做是难，不做也是难！"

张旭说："尘缘未了，断是了，不断也是了！"

皎然和尚大笑："心如明镜，拂是拂，不拂就是拂！"

两人相顾一笑，下山的时候脚步轻快了许多。

张旭是洒脱的性情中人，他把皎然和尚视作知己，当作同道，无话不谈，言无不尽。行止就更加不拘小节。张旭虽然不像有些成名的书法家惜墨如金，极为吝惜自己的作品，但是别人也不能直接向他求讨。他情绪不好，心里面不高兴的时候，碰到求字的人，便板起脸来责备他一通，最后还是不给一个字。高兴的时候，不管是在什么地方，都要尽兴地书写，即便是不见经传人迹罕至的墙壁。每当他来皎然和尚禅室，桌上纸张不管好坏，一直要到写完才肯罢休。他生来喜欢喝酒，见酒必喝，每喝必醉，但皎然和尚滴酒不沾，没有酒友作陪了，张旭的酒量锐减，喝不上四五盅便已酩酊大醉，也不告知一声就去睡了，鼻息如雷，鼾声大作。一会儿醒来，下笔好似风雨一般，即使是随便游戏之笔也都很有意味。在皎然和尚眼里，张旭是神仙群里的人物，不能以寻常的目光视之，不能以寻常的书家视之。

张旭的确和许多书法家不一样，他特别注重"意到用笔"，无论什么时候，都是意在笔先，精神所到之处，就能用笔了。他的意，不是僵滞的墨守成规，而是鲜活的自然万象。他去寺庙的时候，看到舲公摆好船桨，摇着橹，一进一退，一张一弛，一上一下，他跟着桨的节奏，用手指凭空挥毫，感到笔法进步了许多。他喜欢住在寺庙之中，常常数月不愿意回城。他对执意风花雪月疑惑不解的朋友们说，住在这里，能看到大江东去，能看到峻岭崇山，每当我在这里写草书，就好像得到了江山的启发，冥冥之中若有神助。

据史书记载，张旭的草书作品，尤其是精彩之作，并不在纸上而在墙上。窦泉《述书赋》中记载说："张长史则酒酣不羁，逸轨神澄，回眸面壁而无全粉，挥笔而气有余兴。"这也是张旭喜欢去庙宇的一个原因，尤其是新建的庙宇。看到人家的亭台楼阁、墙壁屏障特别兴奋，不由得笔兴大发，过一把笔走龙蛇的瘾。瘾是过了，字也写了，遗憾的是，书写在墙壁的书法作品往往难以保存，除了风雨侵蚀，人事代谢，时过境迁，还有着意想不到的天灾人祸。皮之不存，毛将焉附。庙宇墙壁一旦消失，精美绝伦的墨迹就会烟消云散。再加上当时多以楷书入碑的传统习惯和书法常规，张旭的草书留下来的就少之又少，弥足珍贵。

皎然和尚是史有可考、唯一见过张旭现场书法的诗人。这个著名的诗人、评论家，用诗意的语言给我们留下了真实的艺术感受：

> 伯英死后生伯高，朝看手把山中毫。
> 先贤草律我草狂，风云阵发愁钟王。
> 须臾变态皆自我，象形类物无不可。
> 阆风游云千万朵，惊龙蹴踏飞欲堕。
> 更睹邓林花落朝，狂风乱搅何飘飘。

有时凝然笔空握，情在寥天独飞鹤。

有时取势气更高，忆得春江千里涛。

张生奇绝难再遇，草罢临风展轻素。

阴惨阳舒如有道，鬼状魑容若可惧。

黄公酒垆兴偏入，阮籍不嗔嵇亦顾。

长安酒榜醉后书，此日骋君千里步。

……

在皎然的吟哦中，张旭以宇宙为素宣，挥毫泼洒，笔走龙蛇，恣肆汪洋。舒缓处，字如阆风游云，飘飘然然，欲仙欲醉；激情时，如惊龙蹴踏，欲飞欲堕；畅意时，如风飘花絮，看似杂乱无章，实则自然天成。在皎然的吟咏中，张旭来到中原，目睹山舞银蛇、原驰蜡象、沃野千里、旷无际涯的辽阔壮观；张旭来到太湖，笔下如碧波万顷，月华照水，浩浩荡荡，春意融融；张旭来到潼关，山钥深锁，峭壁摩天，驴背握笔，华岳盘旋……

皎然不愧是评论家，在他的描摹中，张旭狂草的传统底色、时代气息与文化情怀，一切的一切都升华成心灵意象，使之成为一种高雅的精神存在，眼前之景与内心之境，现实光影与历史幻象，情感的激荡与理性的沉潜，仿佛坐标系的纵横两轴，定位了这些作品的气质和格调，折射出关于传统文化的深沉思考和艺术张力，流露出书法家特有的清逸风怀和细致感受。既让我们在绰约的古典风韵中体味时光的质感和生命的温暖，也让我们审美地感受到风樯阵马的张旭先生，对艺术、文化、哲学的执着探赜。

艺术是耕种性灵的工具。艺术给人最大的快慰就是审美的愉悦。当我们真切地面对张旭英风晨发、玄珠吐瑞的狂草作品孜孜品读时，更觉醉人，每一翻阅，立觉清风拂面，亦如温泉沐浴，很快便进入审美浓郁的梦乡，成为美乡醉梦人；凡读过张旭狂草的人，灵魂都会有被追、被惑之感。它们是力度和风韵的完美结合，动势与静态的高度统一，逸笔意墨折射的是古典文人生活情趣和古代文化历史现象。

三千年故国文化的乡愁，穿透尘世永不消逝的禅音，以及山河岁月，文史遗踪，纪游悟道，访古问禅，与张旭的读写生涯密不可分，互为补充，构成了这位旷世书法家的创作源泉。他把书法艺术从泱泱太湖写到巍巍长安，从绿水碧波写到了大漠孤烟。在他的笔下，我们看到的不只是墨彩郁郁，文华鼎盛，还有着涉笔成逸，操志高行。这样的人品，情采涌发之时，四面江山尽收眼底；这样的作品，翰墨俊逸之处，九曲黄河皆绕笔锋。淋漓时，墨彩弥漫幽邃，若岚气流转；简约处，疏逸不可逼视，似秦岭秋声。论篇章则高华深远，盈尺而有万里情怀；论字词则隽永通脱，相得之时风情万种……

"风云观世界，济世有同心。"张旭用诗一般的书法语言告诉我们，铺锦列绣、挦藻飞声的，肯定不是潺潺细流，一定是大海！

第二十五章 我从此去钓东海

《周易·文言》上讲："同声相应，同气相求。水流湿，火就燥。云从龙，风从虎。"说得通俗点，就是物以类聚，人以群分。这种划分没有标准，没有尺度，看似容易，却极为艰难。浇花浇根，交人交心。而人心是跳动的、变化的、隐秘的，看不见，摸不着，最难揣摩。有些人一生都在寻找好的朋友，有些人一生都没有相交到好的朋友。高山流水的吟唱、管鲍分金的佳话、桃园结义的风姿，都是古人对友情的看重和寄寓。"桃园三结义"的历史故事使朋友情谊到了高潮。"结义"虽然是后来作者罗贯中的文学虚构，但刘备与关羽、张飞确实情同手足，亲如兄弟。《三国志·关羽传》记载："先主与二人寝则同床，恩若兄弟。而稠人广坐，侍立终日，随先主周旋，不避艰险。"《三国志·张飞传》记载："羽年长数岁，飞兄事之。"《三国志·刘晔传》则说："关羽与备，义为君臣，恩犹父子。"更重要的不在于形式，而在于内涵。刘备一生十三次逃亡、四次"弃妻子"，关羽、张飞跟着没少打败仗，没少吃苦受累，但他们三人难能可贵之处在于有一种"不胜不休"的精神，"不离不弃"的情谊，他们从不承认失败，一次次失败，又一次次重新振作……

再说一个口舌生香的文化轶事吧。东汉著名的文学团体"建安七子"之一的王粲，才貌双全，倜傥风流，却喜欢学不雅的驴叫，而且还常常在众目睽睽之下，活动雅集之中表演，天长日久竟成为他的标志性节目。曹丕、孔融、陈琳、徐干等名动天下的风流才子在他死后不悲不喜、不哭不泣，吊唁时大家抬双手充驴耳，头一伸一缩，绕坟丘做长嘶短调驴声。看似荒诞不经，看似有辱斯文，但那份友情感天动地，那种情怀推心置腹。若干年后，这种相知行远、默契道妙的情怀辉光也照耀着重情重义的大唐书法家张旭。

张旭好酒善诗工书，更喜欢结交朋友。朋友是他一生的财富。近朱者赤，近墨者黑。一个人身边的环境与朋友，会对自己产生巨大的影响。曾有人说："一流的朋友谈梦想，二流的朋友谈事业，三流的朋友谈感情，末流的朋友谈是非。"张旭的朋友都是英才俊彦、绝代风华。这些人言行举止非常人可以理解，非常态可以解释，他们的语言可以惊天动地，他们的行止可以超凡脱俗，他们的艺术可以熠时铭世。

张旭最好的朋友应该是李白了。

李白（701—762），字太白，号青莲居士。祖籍陇西成纪（今甘肃省天水附近），先世窜于中亚碎叶（今吉尔吉斯斯坦托克马克）。五岁随父迁居绵州昌隆县（今四川江油）。官至供奉翰林，诗才如仙，震古烁今。李白为人赤胆侠义、豪迈不羁，作诗豪放博大、笔墨清妙，具有强烈的浪漫主义精神。千里马李白和伯乐贺知章，萍水相逢，初见如故；一肚子宦海浮沉的贺知章见到李白甚至都惊呼为"谪仙人"——从天上贬谪下来的仙人。作为乐善好施的文坛前辈，贺知章的最高境界最有创造性的赞美也是关于李白的："此天上谪仙人也！"一句推心置腹的感叹使江湖漂泊饭碗无着的文学青年李白一举成名天下知，近乎于直上青云之路。这种机遇，这种礼遇，让诗坛多少寂寂无名的年轻人称羡不已。即便在今天，依然让人感叹：天上也有掉馅饼的时候，而且是肉的啊！

两千多年前，孟子有言："颂其诗，读其书，不知其人可乎？"当然不行了，一事不知，当为儒者之耻。怎么相见呢？里面大有学问。六朝散文里有庾信的一篇文章《文王见吕尚赞》，其中语云："岸止磻石，溪惟小船。风雨未感，意气怡然。有此相望，于兹几年。"人与人的相见很有意思，第一印象很重要。一见如故的人，骨子里的东西肯定是一样的。想起一句话：频率相似的人，即使翻山越岭，也终会相聚在一起。磁场不合的人，即使朝夕相处，也终究是余生陌路。见过世面的贺知章与李白神交多年之后第一次晤面时，第一印象也正是"意气怡然"，这是一种恰如其分恰到好处如沐春风的感觉。这样，我们就不难理解为什么贺知章说他是"谪仙人"了。

风流才子人人爱。飘逸俊美、器宇轩昂的李白腹有诗书气自华，看起来确实是潇洒出尘、仙风道骨，举手投足充满激情、智慧、自由、愉悦，绝非俗类庸常可比。因而，作为皇太子的老师和文坛盟主的贺知章初见诗人之时，也大为感叹，呼其为"谪仙人"，并解下身上的黄金饰物金龟子做资，请诗人去酒楼畅饮狂欢，一醉方休。贺知章对李白评价这么好、这么高，除了他惺惺相惜、助人为乐，还有一个客观原因。自由、开放的观念造就了唐人多神的信仰意识，几乎没有什么时代的人比唐朝人更能信鬼信神的了。他们是玉皇大帝、九天玄女、伏羲女娲、风雨雷电、麻姑酒神、湘水二妃、伍子胥、张果老什么都信，高兴了还会亲自去结草为庐修仙修道。贺知章既是鞠躬尽瘁的朝廷命宫，也是注重修炼内丹的茅山派信徒，八十五岁了不仅闹着要出家，还匪夷所思把自己的宅邸改成道观，由皇帝唐玄宗起名叫"千秋观"。以这般不拘一格思维行世的人，看到了丰神俊逸、出类拔萃的李白，第一感觉自然会是从天而降的仙人。

贺知章毕竟不是姜子牙，他口中封的"谪仙"在现实生活中还是有血有肉有着七情六欲的人。文学青年李白刚刚踏入社会大门时踌躇满志，想凭着自己的才情跻身于公务员行列，做个体制内的"小吏"，当然，以后官越大越好，最好是国家文联作协的领导。"小吏"在文学作品里出现时，大家会觉得它的确不大，只算是小干部，可能连个"处级"都算不上！但是，就其机遇、保障、逍遥、自由来说，却也是不可忽视的位置，名利双收的铁饭碗啊！与众不同的是，一帆风顺进入公务员队伍，李白应该是自信的。他天天喊着"天生我材必有用"，见人就念叨"我辈岂是蓬蒿人"。李白的信心满满，大家也都能理解，毕竟他有着超人的才华，那个时代，就是识几个字的人，十里八村的也难找！更不要说才华横溢、文采殊渥的诗人李白了！

李白在玄宗开元年间拜见宰相张九龄，封上一板，上面笔走龙蛇、熠熠生辉，题写着"海上钓鳌客李白"。宰相一看没有生气，也不觉得狂妄；因此，能当宰相的人一定要有识人之明、容人之量，不能心胸狭窄、嫉贤妒能。同样，想当宰相的人也一定要具备海纳百川的精神气质，能容得千帆竞渡。李白进得门来，落座、品茶，宰相笑问李白："先生您临沧海、钓巨鳌，用什么东西当钩和线呢？"李白站起来玉树临风，挺胸抬头回答道："大海里的风波使我豪情纵逸，天地乾坤鼓荡着我的壮志。我用天上的彩虹做线，用银河的明月当钩。"宰相喝了一口茶，又问："那先生用什么东西当鱼饵呢？"李白答道："我就用天底下那些没有意气的男人当鱼饵。"宰相听到这话，放下茶杯，肃然起敬，准备让他"扶摇直上九万里"。

有了伯乐贺知章的渲染，有了宰相张九龄的举荐，有了自己的出众才情，李白如愿以偿、平步青云，一屁股坐到了皇帝身边。

> 云想衣裳花想容，春风拂槛露华浓。
> 若非群玉山头见，会向瑶台月下逢。

我们从《清平调》三首中能看出李白在这组人花合咏的吟唱中对所处环境的羡慕与享受。别人替李白高兴，李白却暗自神伤，说："现在生活虽好，但这是常人的生活，温暖、安定、丰富，于我的艺术有害，我不要，我要自由、热闹、有江湖气、有烟火味的生活。"这不是矫情，而是一个人中龙的精神自觉。他常常提醒自己："艺术是要有所牺牲的。如果你以艺术决定一生，就不能像普通人那样生活了。"李白的清醒是对的，诗人的目光所及永远是诗和远方，是自然和天空。

和张旭一样，李白生下来就是一只自由的鸟，体制的樊笼是关不住的；关住的都是仰人鼻息的八哥和婉转学舌的鹦鹉。公元 744 年，在长安体验了两年左右高层生活的李白正式向唐玄宗辞职，离开了长安，依然辗转江湖四处流浪，过他不受羁绊的自由生活。短暂的做官体验结果表明：真正的诗人不适合从政做官，当时的政局也不真正地需要他，即使需要，他也不一定会创造什么丰功伟绩！属于诗人的，应该是宫廷以外的青山绿水、厚土高天、自然万象！一个艺术家，最重要的应该是有知人之智与自知之明！

毋庸讳言，李白的清醒也源于文人的敏感、自尊心强，也就是脸皮薄。他看出来了，在杨贵妃、高力士的蛊惑之下，皇帝对他怠慢了、疏远了，锦衣玉食的生活到头了。自古伴君如伴虎，再不走，说不定性命也堪忧。干脆一走了之皆大欢喜。尽管李白辞职有些不得已而为之，割舍时心里流了许多血，但姿态绝对是潇洒的，名利于我如浮云就是在那一瞬间有了极具个性的诠释。长远来看，对他的艺术人生也有着划时代的意义。如果他把自己等同于宫廷诗人，或者朝廷的领导干部，奴颜婢膝、一如既往地守着皇宫陪王伴驾、婆娑风月，历史只是多了一个离休干部而已，他又怎么能成就为伟大诗人！

生命是一朵花，总是要枯萎凋零的。但在开放的时候，一定要绽放出最鲜艳的色彩。

不管怎么说，唐朝是一个文治武功彪炳于世的帝国。唐代的诗人有着强大而豪华的阵容，他们豪迈、坦荡、锐意进取的精神，和任性、天真、逍遥、潇洒的性情完美地融汇在一起，了无痕迹。后人对唐代的烂漫风华做过一个总结，说唐代有三绝，后世无能有与之齐肩者：张旭的草书、裴旻的剑术、李白的诗歌。唐朝的剑术第一人是裴将军裴旻，其实，天生诗才的诗人李白不仅精于诗、酣于酒，也长于剑术。曾有文章称李白的剑术"天下第二"，是否真的第二，难以考证。但可以肯定的是，诗人的剑术也是很厉害的，不仅可以保护自己行走江湖，而且可以快意恩仇、取人性命！当时京城就有许多家境优裕的"官二代""商二代"投师李白门下，不为学作诗，而为学剑术。可见，李白的剑术应该相当出众的！正因为如此，他的诗里和身上充满了琴心剑胆的侠义精神。

中国文人自古就有任侠仗义的风气，而这一风气在唐代达到顶峰。张旭、李白、高适、李颀，包括文坛领袖贺知章等人对此极为热衷，以身效仿。其实，这种"侠"，并不是韩非子认为的"儒以文乱法，侠以武犯禁"的那种侠，也不是武侠小说中所说的那种来无影去无踪，杀贪官、除恶霸，劫富济贫的江湖好汉。这时的"侠"还是春秋时期"士"的延续，李白在诗中给其形容："赵客缦胡缨，吴钩霜雪明。银鞍照白马，飒沓如流星。"（《侠客行》）"侠"是重言诺、轻生死的精神象征，这也是唐代文人常常萍踪侠影、笑傲江湖的主要原因。

同道曰朋，同志曰友。张旭、李白、贺知章三人之所以来往密切，交情深厚，除了慷慨任侠的个性，除了霁月光风的默契，除了推杯换盏的酒意，还在于他们有着共同的书法追求。李白的书法不同凡响，遗憾的是为诗名所掩，不为后人所知。物以类聚、人以群分。我们可以感知，卓尔不群、一身傲气的李白整天和贺知章、张旭等书法家在一起饮酒作诗，挥毫写字，如果相形见绌，一笔臭字，他自己也会羞与为伍、逃席而去的。

字如其人。李白为人是豪俊与飘逸相统一，他的书法只见于行、草二体，与个性是一致的，其书法代表作《上阳台》《送贺八归越》形体是豪俊的、气度是飘逸的，传说是醉后所书，好像作画一般。每行字迹疏朗，笔墨放纵，运笔提顿扭转，左倾右倒，或节制或奔放，如醉歌狂舞，纵横争折，线条与墨色交织成不断变动的画面，极富律动的美感。笔势中强调夸张其粗细节奏变化，既带着几分仙气，又带着几分酒气，还带着几分斯文气，这在王羲之及其承传者书法作品中是很少看见的，准确地说，李白的行草直接师法的是张旭。

李白善书，自然对张旭推崇备至；李白嗜酒，难免对酒友肝胆相照。同道且同好，惺惺惜惺惺，两个顶尖艺术家的情谊也就可想而知。他们在长安，每遇华楼宴集，纵饮长歌，挥毫泼墨，独行风雅。那一种豪放飘逸，那一身剑胆诗魂，那一派达观自信，那一股文人气概和独立精神，惊艳了整个唐代，今天依然流光溢彩。

张旭、李白豪迈豁达，饮酒交友，其交必广，结纳也多。天宝年间

（约公元752年前后）张旭和李白与诗人高适、李颀、崔颢、綦毋潜、岑参等名士交游甚广，唱酬甚多，所到之处，名动一时。高适这个人不可不提。他少年家贫，四处流浪，萍踪不定，哪里有雅集就往哪里去，张旭身边的每一次聚会他都积极参与，热情服务。但他却不是仰人鼻息随波逐流的文坛混混，他在博采众家之长，开拓自己的视域。高适后来居上，创造了唐代诗人的两项唯一：年过五十才学写诗，不几年即得大名，是写边塞诗的高手；二是官运亨通。一个半路出家的贫寒诗人，步步高升而至节镇的，有唐一朝，唯有他一人。

张旭泪洒长安，临别之际，高适灞桥折柳，举杯相送，有诗《醉后赠张九旭》赞之：

> 世上谩相识，此翁殊不然。
>
> 兴来书自圣，醉后语尤颠。
>
> 白发老闲事，青云在目前。
>
> 床头一壶酒，能更几回眠？

酒友的感慨永远离不开对酒的温情、酒的思念！这些散怀山丘、不滓不泥、兀自逍遥的俊杰，酒杯里充满了一个时代的爱恨情仇、离合悲欢。

世事茫茫难自料。天下没有不散的酒席。

至德元年（756），安史之乱的烽火未熄，金戈铁马的杀伐仍酣，遍体疮痍的大唐辉煌不再，艺术家的境遇特别艰难。仗剑漂泊、流落四地的李白不期然与张旭相聚于江苏溧阳的一个酒楼，在"杨花漠漠愁杀人"的三月春景中，两个失意落魄的"仙圣"级别艺术家把盏对酌，感慨万千。"谪仙"李白直面的"草圣"张旭，已是一个"三吴邦伯皆顾盼"的八旬老人，是一个"心藏风云世莫知"的巍巍大者，是一个"醉来把笔猛如虎"的书法圣人。但李白心里明白，世事茫茫，风云变迁，此一别天高地迥，再相逢不知何时！酒喝不了几回了，李白纵酒使气，借酒抒情，笔清墨妙地写下了著名的《猛虎行》：

楚人每道张旭奇，心藏风云世莫知。

三吴邦伯皆顾盼，四海雄侠皆相推。

萧曹曾作沛中吏，攀龙附凤当有时。

溧阳酒楼三月春，杨花漠漠愁杀人。

胡雏绿眼吹玉笛，吴歌白纻飞梁尘。

丈夫相见且为乐，槌牛挝鼓会众宾。

我从此去钓东海，得鱼笑寄情相亲。

……

李白是诗歌圣手，也是性情中人，《猛虎行》中的诗句对亦师亦友的张旭而言，是准确的，是知己之谈，是行家之言。很有意思的是，唐朝诗人都很喜欢张旭的书法，且评价特别准确。谨小慎微的杜甫，说张旭的草书有着"豪荡感激"的大气象。韩愈也说张旭喜怒忧悲有动于心，必发之于草书（《送高闲上人序》），这不仅仅是诗人们的文学想象，而是对草圣书法家流水知音般的理解和尊重。在李白的眼里，张旭的草书，绝不是个人宣乐泄悲之技，而是心藏风云而豪荡感激的时代华章。当然了，在诗人的眼里，我们也看出一丝"挥手自兹去"的人生悲凉，是啊！再璀璨的华章也有谢幕的时候。

"黯然销魂者，唯别而已矣。"在唐代诗歌中，酬赠、送别是非常突出的题材，几乎没有诗人不写这一类诗；一些著名诗人的作品中这类诗甚至占了相当大的数量，比如王勃、白居易、钱起等。王勃的《送杜少府之任蜀州》开启了唐人送别诗的新基调：

城阙辅三秦，风烟望五津。与君离别意，同是宦游人。

海内存知己，天涯若比邻。无为在歧路，儿女共沾巾。

当时，整个诗坛还延续着六朝旖旎绮丽的诗风，而这首诗虽然是送朋友离京赴任，却没有哀怨和叹息。尤其是"海内存知己，天涯若比邻"一联气韵雄浑，真率自然，不见愁语，成为千古传诵的名句。白居易的成名作就是那首耳熟能详的《赋得古原草送别》：

> 离离原上草，一岁一枯荣。野火烧不尽，春风吹又生。
>
> 远芳侵古道，晴翠接荒城。又送王孙去，萋萋满别情。

缠绵悱恻，娓娓而谈，在复杂的情感世界中让人感知着人性之美。

诗人情感世界的美，造就了诗的美。李白是一个重情感的人，他诗名天下、粉丝众多，偏偏他又浪迹江湖、履痕处处，注定了相见之乐、离别之多。他的《黄鹤楼送孟浩然之广陵》《赠汪伦》《灞陵行送别》或细腻，或旷放，或清奇磊落，或快人快语，都是脍炙人口的名篇华章。高仲武《中兴间气集》记载：朝廷官员离京赴任时，如果没有李白、钱起、郎士元作诗践行，那是很没有面子的事情。这一方面说明了这些诗人送别诗写得好，另一方面也说明了唐朝是一个人性张扬的时代，很重视友朋之情！

令人感慨的是，李白和张旭的这次邂逅，相见之时"上有无花之古树，下有伤心之春草"；作别之际"正当今夕断肠处，骊歌愁绝不忍听"。两个人携手相送，依依惜别，"惊帆瞥过如飞鸟，回首风烟空断肠"，冥冥之中都有着一种感觉，这是最后一次相聚了。一语成谶，不幸而言中。大唐"三宝"中的两人，在这次溧阳聚会之后，在《猛虎行》余音绕梁之中，渐行渐远，终于成为时代绝唱。大约三年后，"草圣"张旭便星一样陨落了，享年八十五岁。

朱颜辞镜花辞树。道昭翰墨、庞然神物的一代天骄，让整个大唐为之折腰，产生了全方位认同感的草圣张旭潇洒离去、驾鹤仙游，一种空漠的悲凉从时代背面袭来。他在带走自己生命的同时，也带走了艺术，带走了一个时代。

第二十六章

四海雄侠皆相推

吾生也有涯，而知也无涯，以有涯随无涯，殆已。已而为知者，殆而已矣！为善无近名，为恶无近刑，缘督以为经，可以保身，可以全生，可以养亲，可以尽年。

这是《庄子·养生主》里面的名句，它的释义是：人生是有限的，但知识是无限的，用有限的人生追求无限的知识，是必然失败的。庄子主张的是，知识不能简单地说"越多越好"或"越少越好"，而是要区别清楚。正道知识越多越好，悖道知识越少越好。

怎样判断知识的正道与悖道呢？这就看你有着什么样的老师在"传道、授业、解惑"了，张旭穷其一生给了我们准确的答案，他以自己的担当与智慧，以自己弥足珍贵的启示与经验，培养和影响了几代人的成长与发展。张旭是一个很好的老师，也是一个很高的表率。他心无旁骛，持正守中；看淡了一切，也看厌了一切。可是，他又真正地热爱着书法，专注着狂草，一天也舍不得丢弃，一天也没有虚度。艺术创作要达到至高境界需要热爱、需要专注，而专注来自定力，有定力才能不为外物所扰，不为名利所惑，潜心创作，精益求精。

孔子说："知之者不如好之者，好之者不如乐之者。"（《论语·雍也》）张旭对书法即达到了"乐"的程度，甚至有过之而无不及，简直是"热爱"了。热爱是艺术最好的朋友。书法不仅是张旭的生活方式，已经成为他的生命方式。他把人生成败功名利禄熙熙攘攘置于脑后全身心地投入艺术的艰苦锤炼中，这种曾经沧海的淡定与从容，对出身寒微、饱受生活煎熬的张旭来说需要多大的勇气和毅力呀！

如果是艺术家，说话的应该是作品。客观而言，一个人要在艺术世界出入往来，成名成家，让学界宗之，没有得意的作品就没有安身立命的基础，也没有真正的尊严和权威。而要成为艺坛领袖，得到无数读书人的敬仰和众多从艺者的推崇，一定要具备超越同时代人的文化功力和人格魅力。更重要的，除了把自己铸成伟器之外，他必定还能爱惜人才、欣赏人才、发现人才、推举人才，这才算遵循了"己欲立而立人，己欲达而达人"的儒门圣训，进入了仁者、智者、贤者的行列，如大儒孔子。

在初唐书坛，贺知章、张旭是闻名遐迩的巨擘，也是慧眼独具的伯乐。贺知章发现和引荐的人才很多，特别优秀的有李白、张旭、卢象、包融等。青出于蓝而胜于蓝。张旭发现和引荐的人才更多，特别出色的有邬彤、徐浩、颜真卿、魏仲犀、韩滉、吴道子等。当然了，张旭不像贺知章风光，一辈子没有当过大官，人生状态甚至可以用"处世穷困，所向辄值墙谷"形容。他自己一生经历坎坷，处境窘迫，金钱和权势都没有，没有办法过多地提携奖掖别人。如果说贺知章对人才的提携是顺水推舟锦上添花，张旭对人才的帮助就是播火传薪雪中送炭了，后者似乎更有价值。惋惜的是，才华出众、德艺双馨却又屈居下僚，颠沛侘傺，乃至庄子般偃蹇于漆园，这是张旭的悲哀，也是时代的悲哀。

"作之不止，乃成君子。"于世道人情来说，雪中送炭永远比锦上添花更让人敬佩敬重。当然了，帮助人也应该有所选择，不是什么人都可以倾囊以助、两肋插刀。胸藏锦绣、腹有诗书的才俊遭受挫折与困境的可以拉他扶他，扶上马再送一程，但自己不思进取依靠别人帮助度日又没有感恩之心的人则没有帮他的必要。张旭虽然不是达官贵胄,一呼百应,仍有其自鸣得意之处——"于文人胜士,多获所欲",知人之智、先见之明、胸怀之宽、境界之高,确属其骄傲自豪的资本。我们从他对吴道子、颜真卿的循循善诱、言传身教中就可以看出,那些天才俊彦如同被沙遮土掩的精金美玉,世人尚未赏识之前,张旭就凭借慧眼和胸怀鉴定他们是艺术栋梁,不遗余力地雕刻、打造、推介、荐举。想想现在许多开宗立派、广收门徒的所谓艺术家,有了利益好处恨不得自己扑上去独得独享,哪里还能想到学生啊!

仁则有爱,义则有公。人类的生命,不能以时间长短、地位高低来衡量,心中充满慈爱,言行充满义举,刹那间即为永恒!真正的艺术家,既要想到"名利于我如浮云",又要做到"但开风气不为师",而能够为国储才,护持薪火,续命弘道,桃李遍及,那就是孔子一般高尚的圣人了!

张旭作为有唐一代的书法宗师,其绛帐之下硕果盛葩,聿聿多士,受其沾濡渥泽,隽才辈出,桃李生辉,均为一时硕望之选。除李肇《国史补》明确记载的崔邈以外,《法书要录》(卷一《传授笔法人名》)中还记有李阳冰、徐浩、颜真卿、邬彤、韦玩等人。卢携的《临池妙诀》亦曰:"旭之传法,盖多其人,若韩太傅滉、徐吏部浩、颜鲁公真卿、魏仲犀。又传蒋陆及从侄野奴二人。予所知者,又传清河崔邈。"元郑构《衍极》在"五代"条下注曰:"旭又得褚遂良论,以授颜真卿、李阳冰、徐浩、韩滉、邬彤、魏仲犀、韦玩、崔邈。"等等。

说起张旭的师友学生,首先应该提及的是李阳冰。李阳冰,字少温,赵郡(今河北赵县)人,篆书家。为李白族叔。做了一辈子官,曾为缙云令、当涂令,集贤院学士,晚为少监,人称"李监"。李白晚年遇赦而归,投奔李阳冰,不几年而终。李白死后,阳冰不辞辛苦,呕心含泪为其编诗并作序。今天,李白的诗名家喻户晓,妇孺皆知,除自身的艺术魅力外,李阳冰雅道相传,功不可没!

魏晋南北朝以降,书风流变中篆书的艺术性更为纯粹,保持了独特的审美价值;到了翰墨如火如荼的唐朝,篆书亦复兴,被书法史家称为

"篆书中兴"。书法名家中，李阳冰的篆书成就最高。他宗法李斯，青出于蓝，并称"二李"。李阳冰的小篆祖李斯《峄山碑》，承玉箸笔法，然在体势上求其变化。线条上变平整为婉曲流动，显得婀娜多姿。《金壶记》称"阳冰尤精书学，毫骏墨劲，当时人谓曰'笔虎'"。李阳冰的碑刻有《三坟记》《缙云城隍庙碑》《书谦卦》《滑台新驿记》《殷若台》等。其篆书功力深厚，毫骏墨劲，工整平稳。李白曾称赞道：

……

落笔洒篆文，崩云使人惊。
吐辞又炳焕，五色罗华星。

……

（《献从叔当涂宰阳冰》）

李阳冰不仅字写得好，官也做得廉洁清正。唐乾元年间，李阳冰为缙云县令。入秋时逢大旱，李阳冰急百姓所急，在城隍庙祈雨。他许愿说，如果五天内不下雨，就把庙一把火烧了；如果下雨了，就把神庙从阴暗的山谷搬到山顶上去。后来，天降甘霖，大雨如期而至。李阳冰履行承诺，组织官吏和乡民将城隍庙重建，并亲自撰文记录此事，是为《缙云城隍庙碑》。碑文书法与李斯小篆一脉相承却又别开生面，反映出盛世唐碑的气象，备受后世推崇。

张旭的笔法也曾传授过李阳冰，但李阳冰一生致力于篆书，无意于草书，似乎其徒弟李邕继承得更多一些，包括境界格局、胸次修养。

李邕（678—747）比张旭小几岁，但他比张旭家世显赫，文运茂盛。李邕，字泰和，郡望出自赵郡，江都人（江苏扬州人）。父亲李善，是初唐著名的学者，博闻强识，方雅清正，有士君子之风。李邕承族亲李阳冰亲炙，赓续家学。他天资聪颖，悟性极高，才调纵横，且刚毅忠烈，史称其"文章、书翰、公直、词辩、义烈、英迈，为一时之杰"（《旧唐书·李邕传》）。

李邕杰出到什么程度呢？心高气傲的李白年轻时曾专程去扬州拜

访李邕。不知道什么原因，这次会谈话不投机，宾主双方均有不快，可能是因为李邕瞧不上这个自由散漫的年轻人。一肚子怨气的李白愤愤不平，立即就写下了"大鹏一日同风起，扶摇直上九万里。假令风歇时下来，犹能簸却沧溟水。世人见我恒殊调，闻余大言皆冷笑。宣父犹能畏后生，丈夫未可轻年少"（《上李邕》）的宣言。前四句中，李白以大鹏自比，暗示自己终将有一番作为。诗的后四句，是对李邕怠慢自己态度的批评："世人"泛指当时的凡夫俗子，显然也包括李邕在内。受到冷遇的李白临别时毫不客气赠与这首诗，其主体思想就是"莫欺少年穷"。

可能是李白误解了李邕，也可能是两个人无缘相交。其实，李邕和其父一样，持躬谨慎，仗义疏财，操志清高。他看重朋友，爱惜人才，作文擅长碑颂，并且亲自书丹，人们常常奉上金银财宝来请求他写作碑文。日积月累，集腋成裘，收到的财物计算起来数目极大，也算是富甲一方了。但是他却能够拯救孤苦，周济穷人，自己两袖清风，四壁徒书，并没有很多积蓄。家里人也不认为这是他的过错，反倒很支持他，家风可见一斑。

客观说来，李邕是张旭的书友、朋友、道友，没有严格的笔法师承关系。但李邕为人谦和，治学严谨，因李阳冰的关系对张旭极为尊敬，向张旭求教的机会更多。艺术之途，精益求精，"吾生也有涯，而知也无涯"，"三人行，必有我师"，这样理解，李邕称张旭为师也就不为过了。而张旭有李邕这样德艺双馨的弟子，也算是桃李春风，不虚此名了。遗憾的是，李邕以文名行世，翰墨冠绝，唐末吕总在《续书评》中誉其"华岳三峰、黄河一曲"；明董其昌也有着"右军如龙，北海如象"的美誉，这般才俊后来却和张旭一样境遇坎坷，仕途多舛，始受阻于飞扬跋扈的韦后，中为心胸狭隘的权臣所忌，最后竟被奸相李林甫诛杀。命运不济，悲惨如斯，诚为扼腕长叹让人痛惜的憾事，也是中国书法史上无法弥补的损失。

魏仲犀是跟随张旭较早的学生。他学无所遗而胸次自高，道德淳正而文字高雅。很少当面夸奖学生的张旭，也常常赞赏魏仲犀的文章似司马迁、班固，器宇不凡，落落词高，有秦汉间风味。十三岁时，魏仲犀就拜张旭为师，精修儒家经典，学问书艺俱进。他自承平生想做皋陶、傅说、汲黯、刘向那样的贤臣，虽通晓兵家孙武、吴起的学说，却因为道不同而弃之如敝屣。魏仲犀精研易学，颇有创见，棋艺也很高明，后来成为朝中倚重的股肱大臣。

值得一提的还有徐浩，徐浩（703—782）字季海，唐越州（浙江绍兴）人，徐峤之的儿子，张九龄的外甥。徐浩一家，自祖父起至其子辈，四世与书法有缘。祖父徐世道精于真行，父亲徐峤之亦书名广播。徐浩小时候，好学上进，特别是对书法兴趣浓厚，爱不释手。在父亲的教导下，徐浩勤学苦练，寒暑不辍，大篆、小篆、隶书、行书等各种字体，都认真地学习和钻研，终使自己书艺超群，特别是精于楷法，圆劲厚重，自成一家。年轻时的徐浩，运用各种字体，书写了四十二幅字屏，八体皆备，各放异彩，草书和隶书尤其精美，轰动一时，名闻朝野。世人形容他的书法似"怒猊抉石，渴骥奔泉"，意思是说，像愤怒的狮子力挖巨石，口渴的骏马急奔泉水。这般誉美之词，形象生动，令人叫绝。

徐浩与张旭的初识，颇具戏剧性。徐浩对张旭慕名久矣，不得相见，深以为憾。他听说张旭要来扬州会客李邕，就在张旭必经之路一座古庙墙壁上题写了一首诗，用的是张旭体的草法。张旭看到这首诗后，大吃一惊，连他都辨别不了这首诗究竟是自己题的，还是别人题的。后来，在李邕家里，张旭读到徐浩的大量诗词及作品，击节称赏。及至见到徐浩时，他没有问名姓，就感叹道："此前模仿我字迹在寺壁上题诗的作者，一定是这位青年才俊！"一见如故，相互激赏，他们的交往也就顺理成章了。而徐浩心悦诚服地拜在张旭门下，刻苦研习书法，终有所成。

……

人生下来并不拥有智慧，只能追求智慧。智慧在哪里呢？古人云，道在伦常日用中。道，就是人对万象自然、礼义廉耻、文化艺术的理解、感悟、心得、体会。张旭曾经沧海，静观大道，数十年来的人生风景，历经了岁月的淘洗磨砺，欲望的潮起潮落，锦袍上的风花雪月失了色，触目所及，只剩下一片人性的清寂疏朗，一种源于灵魂深处的精神自觉。他鸾飞凤舞、练达通透的笔触里，蕴含的就是博观厚识的人生智慧。他娓娓而谈、谆谆教诲的讲述中，彰显的也是对艺术人生的见微知著。他具有深厚的学殖，又有着超越庸常的思想和眼光，书则通变生辉，文则飞珠溅玉，语则古雅隽永，具有轻舒曼卷、润物无声的教授本质，每每能让学生们如聆纶音，沾溉身心，受益匪浅！

蔡文姬教授学生钟繇时说过一句话："笔性墨情，皆以其人之性情为本。"这就是著名的"书如其人"一言的最早出处。蔡文姬，即蔡琰，汉陈留（今河南杞县）人。蔡邕之女，博学有才辩，精通音律。初嫁河东卫仲道，夫亡后归母家。汉末离乱时为董卓部将所掳，归南匈奴左贤王，居匈奴十二年。曹操念蔡邕无后，以金璧赎归，再嫁董祀。蔡文姬不仅是著名的诗人，也是才女，《胡笳十八拍》就出自她的手笔，而且，她还是中国历史上最早的有名有姓的女书法家。书法得其父传授，她又传授给钟繇。钟繇也是很厉害的书法家。厉害到什么程度呢？王羲之一辈子只佩服两个书法家，一个是张芝、一个是钟繇。

人是艺术最为本质的因素，人的情感则让艺术充满活力与张力，也有着温度与高度。张旭教授学生，特别注重心手双畅，书人合一，他常常以刘勰的书论提醒开悟学生："若夫八体屡迁，功以学成，才力居中，肇自血气；气以实志，志以定言，吐纳英华，莫非情性。"这番话，既无矫揉造作之意，又无刀刻斧劈之痕，高华又古朴，真诚又性灵，观照出一个伟大书法家的气质和心态。

张旭是这样说的，也是这样做的。他用知行合一的艺术实践切身体会告诉学生，真正的书法不是行云流水，也不是刻意雕琢。翰逸神飞的书法，其实就是作者才情学养的折射与流露，尤其是行草书，更贴近于人的情怀。他也用知行合一的艺术实践切身体会告诉学生，书法的形质离不开学养和才华，而学识和阅历皆系后天养成，才华却是拜先天所赐。学识能托起皓首穷经的鸿儒，阅历会产生洞烛幽微的智者；而才华造就的，则是天地间的精灵，龙蟠凤翥，俯仰天地，自由而灵动。

同样，张旭也用知行合一的艺术实践切身体会告诉我们，有的人天生是为书法艺术而生，他们的书法思想深刻、语言质朴，充满睿智而不乏温情，令人惊羡折服。这样的挥毫书写，已经颠覆了传统意义上的文字挥洒，是天赋和才华的体现。而大多数的书法家创作，则要靠生活、积累、勤奋以及后天的修炼。放眼古今，除了极少一部分书法家属于天才，包括很多知名书法家在内的大多数写作者都属于后者。后者要想成为成功的书画家，更需要勤奋和悟性，需要不断学习，做好后天的知识储备和境界格局的提升。比如，张旭门下唯一的画家学生吴道子。

"气如兰兮长不改，心若兰兮终不移。"中国人历来把兰花看作是高洁典雅的象征，并与"梅、竹、菊"并列，合称"四君子"。通常以"兰章"喻诗文之美，以"兰交"喻友谊之真。草圣张旭和"画圣"吴道子的师生情谊堪此一比。吴道子师从张旭学习书法，而且在长安和洛阳学过很长时间。"三绝"相会洛阳时，张旭还给吴道子讲过题壁时"留白"的技巧与妙趣。"留白"是国画技法中的精髓，类似于书法中经常强调的"计白当黑"，因为留白会产生画面的虚实，可以带给读者想象的空间，以无胜有，以点带面，构建出多姿多彩的画面。对艺术家而言，留白也是一种人生姿态，折射着他们对天地自然、高山大海、春华秋实的敬畏和尊重。

张旭是有着实践经验的书法巨匠，也是慧眼识人的教育名师。他知道，对于吴道子这样天分极高而又刻苦自励的书画家来说，用笔不难于谨严而难于烂漫，不难于精熟而难于生拙。张旭给他认真地讲解过笔法中的"带燥方润，将浓遂枯"，是说书法用墨的技巧。触类旁通，吴道子从中联想到春夏秋冬。燥、润、浓、枯，正是四季走过的途径。仿佛气韵贯通的用笔，层次丰富的墨色和线条变化，呈现出烈日之灼、雨水之丰、草木之饶的夏天性情，酣畅至极。用枯笔来收尾，就像花朵萎谢，为的是奉天承运，向秋天过渡，于雪落黄河的寂静处倾听内心的声音。

张旭从线条角度谆谆教诲，中国书法线条的基本特点可以表达为"一波三折"：不限于"波"笔；是"三"，也不只是三。"一波三折"的美学意义在于自觉追求统一物的对立面在矛盾中转化，达到艺术上的深厚、隽永，回味无穷。"一波三折"由一点画到一字、一行、一篇章，都体现为一个封闭世界内部的循环往复，造成活泼的生命。醍醐灌顶，吴道子受益匪浅，他用笔纵逸豪放，风神洒荡，有如天马行空，云鹤游天。可以说，"吴带当风"，衣袂飘飘中，离不开狂草笔法的潇散奔放、天骨开张。

张旭很欣赏吴道子的勤奋、悟性、坚韧。也很赏识吴道子的外柔内刚、骨气深稳。他没有看错人。吴道子以绘制佛像出名后，又成为虔诚的佛教徒。他礼佛之后，断绝红尘嗜好，吃素食，饮清水，无欲无求，一心清修，致力于弘扬佛法、绘制佛像。后修成正果，成为和"草圣"张旭齐名的"画圣"。更为可贵的是，晚年，他将老师张旭的画像悬挂在卧室里，每天早晨都要焚香礼拜，默默祈祷，神色极为恭敬、礼仪极为周全。有人看见说，你这样做未免太过谦虚了，因为论声名，吴道子的"画圣"与张旭的"草圣"已经不相上下、各有千秋了。吴道子闻言大惊，惴惴不安，他高唱佛号，迅速离席躲避是非之人，然后，郑重声明道："吴道子只愿做圣人门下的弟子，怎么敢与先生平起平坐呢！"

艺术是耕种性灵的工具。艺术是人性上开出的花朵。艺术最重要的目的就是守护人性。

第二十七章

绿野堂开占物华

　　孔子曰："生而知之者上也，学而知之者次也；困而学之又其次也。困而不学，民斯为下矣。"越是聪明的人，越能意识到自己的无知浅薄和不足之处。越愚蠢、能力越低的人，由于自我认识不足，越容易自信膨胀，错误地高估自己。因而，思想家荀子把教育分为"君子之学"和"小人之学"。"君子之学"是从耳朵进来，进入心中，传遍全身，影响到行为；而"小人之学"则是从耳朵进来，从嘴巴出去，只走了四寸，所以很难影响到整个人。这就是说，教育是一种交流与沟通，是相互的，好老师也得遇到好学生。

　　"才德全尽，谓之圣人"（《资治通鉴》）。张旭就是播火传薪、续命弘道的书法圣人，众多的英才俊秀莘莘学子紧紧围绕张旭这道璀璨的黄金中轴，彼此间结下深厚的友谊和亲情。书信往返、诗词唱和、把酒言欢、联袂出游，那一种快乐自不用说，那一种进步有目共睹，那一种飞跃假以时日。而张旭和颜真卿的师生情谊更是传诵一时，驰誉百代，至今仍让人津津乐道，齿颊生香。

　　颜真卿，字清臣，出身于世宦家庭，祖籍琅琊孝悌里（今山东省临沂市费县诸满村）。其所属琅琊颜氏名臣辈出，可上溯到春秋末期孔子的弟子颜回，从那时便弦歌不辍，是中国文化史上很有影响的家族。

唐中宗景龙三年（709），颜真卿出生于京兆长安县敦化坊，小名羡门子。其父颜惟贞时年四十岁，任太子文学。母殷氏，陈郡长平人。惟贞夫妇有七子三女，真卿为第七子。玄宗先天元年（712）七月，颜真卿三岁时，父亲染疾身亡，留下孤儿寡母，家境苦寒，几无隔宿之粮。因家贫缺纸笔，颜真卿常常用笔蘸着黄土水在墙上练字，即便节俭如此，依然难以为继。无奈之中，母亲带着颜真卿兄妹十人恓恓惶惶投靠舅父殷践猷。

殷践猷家学渊深，博观厚识，尤通易经、历数、医方，与贺知章、陆象先、韦述以及伯父殷元孙等名士友善，过从甚密。贺知章尝称他为"五总龟"，以谓龟千年五聚，而问无不知。他"性方正，志业淳深，识理清远"。殷践猷之妻萧氏"贤和齐萧，秉修礼度，能读《论语》《周易》，泛观史传"，是一个知书达理的名门闺秀。舅舅舅母对颜真卿的成长十分关心，除生活上全力支持、悉心照顾外，还非常注重他的学业，"悉心训奖，皆究恩意"。颜真卿的经学根基，很大程度上来源于舅父的传授教诲。颜真卿对舅父的养育之恩也铭感终身。仿佛冥冥之中有着昭示，张旭和颜真卿的命运几乎惊人地相似。

开元二十一年（733），颜真卿顺利地通过了国子监帖经、讲经等考试，并寓居长安福山寺，潜心读书，准备应举。开元二十二年（734）颜真卿参加了进士科考试。其中初试《六经》及《尔雅》，二试杂文，三试时务策。除考题内容之外，书法也是评判优劣的重要标准。最终，颜真卿以"经策全通"的优异成绩被选为甲第。

天宝元年（742），三十三岁的颜真卿守孝期满后经扶风郡太守崔琇荐引参加"博学鸿词秀逸科"科举考试。这是朝廷选择优秀人才充当官吏的一种不定期的特别考试，由皇帝亲自在"勤政楼"主考。颜真卿又以甲等登科，被任为醴泉县（今陕西省礼泉县）县尉之职，协助县令管理地方治安。在醴泉三年，颜真卿勤政爱民，事必躬亲，因政绩卓著，经关内道黜陟使王铁以"清白"之誉举荐，于天宝五年（746）升任长安县县尉、授通直郎。可以说，年轻人的仕途一片光明。

意想不到的是，颜真卿在任醴泉县尉和长安县尉期间，对书法已到了如痴如醉的狂热地步，也有了翰墨之中的困惑和不解。他产生了一个大胆的想法、一个强烈的愿望——拜大名鼎鼎的书法家张旭为师，甚至这种想法比他的仕途精进更为重要。三十几岁时，颜真卿毅然请辞醴泉县尉，赴京师长安拜师书法家张旭求学。之后又到洛阳，跟随张旭治学，希望在名师的指点下精益求精，韵法双绝。其时张旭誉满天下，在洛阳裴儆家中教授书法，许多人慕名从四面八方来向他求教。颜真卿也常常往返于长安和洛阳之间，还曾在裴儆家中居留一个多月求学。他觉得这样来来往往匆匆忙忙不能全心全意地向张旭学习书法，就再次辞官，想长期跟随老师左右朝夕就教。后来，他如愿以偿，来到了张旭身边。但，岁月迢递，一晃经年，张旭却没有透露半点书法秘诀，只是让他日复一日临摹一些名家字帖。

这是一个春天的午后，阳光充足，花朵明艳，胜过书本里的许多诗句。颜真卿给午休起来的张旭端上一杯茶，然后壮着胆子、红着脸说："学生有一事相求，请老师传授行笔落墨的绝技秘诀。"张旭淡淡一笑，回答说："学习书法，一要工学，即勤学苦练；二要领悟，即从自然万象中接受启发。我是看见公主与担夫争路而察笔法之意，见公孙大娘舞剑器而得落笔神韵，除了苦练就是观察自然，除此之外，没有什么别的诀窍。"

当然了，这是张旭先生的冠冕之言、寒暄之词。他知道书法是讲笔法的，是有诀窍的，他也知道笔法一脉相承的重要性。他在寻找合适的机会、合适的人选，这是舅舅陆彦远临终郑重其事的托付。张旭的书法笔法秘笈来源于陆氏一门，而陆氏一门的书法则来源于虞世南，再向前推，虞世南的书法内家书诀则是智永传给他的，智永和尚是王羲之的七世孙。这么一梳理，读者可能就比较清楚了，张旭的书法笔法恰是正宗的"二王"传承，是笔法传承谱系上的正宗传人。张旭之所以得"二王"笔法的真传，因为张旭是陆彦远的外甥，而陆彦远的父亲陆柬之又是虞世南的外甥，再向前推虞世南又是智永的外甥。所以，张旭得"二王"

正宗的笔法秘笈，就是源于舅舅把书法传于外甥的这条脉络。看来，舅舅爱外甥，古已有之，此言不虚。

张旭是"二王"书法的正宗传续者，师出名门，自己又有天赋，楷书和草书誉满天下，向他求教书法的人是非常多的，其中就有裴儆和颜真卿两个弟子。也就是说大名鼎鼎的颜真卿与默默无闻的裴儆是一师之徒、同学关系。颜真卿的楷书筋骨有力、血肉丰腴，一改前代书法过于瘦削的审美旧式，开创了书法硕劲的一派新功，与唐代审美尚肥的时代风气相契合，可以称为"笔墨当随时代"的典范。这两位书法同学，在跟张旭学书法的过程中，结果却相当不一样。后来居上的颜真卿成了张旭书法的入室弟子，而裴儆则仅仅是一个张旭书法的门人，没有得到张旭笔法的真传。

一花枯萎，固然荒芜不了整个春天，但，为什么会出现这样大相径庭、不可思议的结果呢？是张旭不会教学吗？是张旭偏心眼吗？其实，都不是，名师出高徒的话语不会错，重要的是，徒弟有着什么样的才智，有着什么样的求学态度。

裴儆待人诚恳，憨厚大方，有情有义。他跟张旭学习书法时间很长，并且张旭来洛阳就住在他家里，嘘寒问暖，殷勤有加，照顾得无微不至。比如，张旭、裴儆、颜真卿在一起谈论书法的时候，谈了一会儿，裴儆就离开了，他出去给先生换茶，他还要安排先生上午吃什么饭，下午见什么人。他是主人，也是学生，这样做不能说不对，但于学问之道心有杂念了，学习就不专心了，进步自然就缓慢了。也正是因为裴儆品性憨厚，不太灵活，张旭感觉他不是优秀的传承人选，就一直没有给予笔法真传。这怪不得张旭的审慎，书法高层次的修养，不仅仅需要技法磨砺，还需要审美的艺术素质；不仅仅需要勤学苦练，还需要有天才智慧的激发。

颜真卿则不同，既有书法功底，又有官场阅历，早早地铺就了艺术的底色。更重要的是，他对书法心无旁骛，专心致志，甚至几次辞官来洛阳向张旭求教，有一种破釜沉舟不达目的誓不罢休的执着。他心里只有张旭，只有书法，别的一切不管不顾。路遥知马力，日久见人心。也只有人心才能感动人心。越来越多的交往中，张旭感觉颜真卿不但德行好，人也聪明，是可雕之木，是栋梁之材，就慨然答应毫无保留地把笔法传给了颜真卿。

张旭有知人之智、有先见之明，也有圣人之心。他做了一件让中国书法熠熠生辉的壮举。他循循善诱、诲人不倦，给颜真卿讲述了凝碧集锦、熠时铭世也充满神秘气息的《笔法十二意》。颜真卿得了笔法之后，熟读精思，"顿挫起伏，既得其妙，复乃摆脱旧习，笔力一新"。不但书法技能大进，还写下了这篇解析"笔法十二意"的精美文章。

《笔法十二意》是梁武帝观钟繇书传法时提出的。惜乎文字比较简单，只讲了十二句话，即：

> 平，谓横也；直，谓纵也；均，谓间也；密，谓际也；锋，谓端也；力，谓体也；轻，谓屈也；决，谓牵掣也；补，谓不足也；损，谓有余也；巧，谓布置也；称，谓大小也。

张旭和颜真卿问答的也是这十二个问题，可见他们研究推举的是魏晋笔法。但是颜真卿回答时，则是根据自己的理解适当地做了发挥。其时，颜真卿精力充沛，思维活跃，这篇笔法释义促进了他对笔法理论的关注研究，对他形成独特的书法风格起到了理论指导作用。而他对这十二个问题的分析和阐述，可以看出与张旭草书风格密不可分的关系。

> 予罢秩醴泉，特诣京洛，访金吾长史张公旭，请师笔法。……张公乃当堂踞坐床……乃曰："夫平谓横，子知之乎？"仆思以对曰："尝闻长史示，令每为一平画，皆须令纵横有象，此岂非其谓乎？"长史乃笑曰："然。"

娓娓而谈，如话家常，这里说的是笔法。颜真卿把横画的要领概括为"纵横有象"四字，其意是不能简单追求平正，即如"千里阵云"，横列有纵象，才能有凝重而不板滞、强劲而不飘浮的笔势。

"纵横有象"一语最早出自蔡邕、王羲之传世的书论。蔡邕在《九势》与《笔论》中云:"横鳞竖勒之规。""纵横有可象者,方得谓之书矣。"王羲之《题卫夫人〈笔阵图〉后》云:"每作一横画,如列阵之排云。"作横画要如"横鳞""排云"那样,既平而又不平,在总体上平,又在具体上起伏不平,如此变化就能达到"纵横有象"。此说近代书法家沈尹默先生也作了精详的解释:

> 笔锋在点圆中间,必须有起有伏,起带纵的倾向,伏则仍回到横的方面去,不断地,一纵一横地行使笔毫,形成横画,便有鱼鳞、阵云的活泼意趣,就能达到不平而平的要求。
>
> (《书法论丛》)

"又问曰:'直谓纵,子知之乎?'曰:'岂不谓直者,必纵之不令邪曲之谓乎?'长史曰:'然。'"这里说的直,指的是竖画,颜真卿认为竖画的要领在于"必纵之不令邪曲",一竖直下,当然要放纵,但纵不是轻滑,而须"藏头护尾,力在字中",放纵"宜存气力,视笔取势"。在纵笔而下的过程中,着力以中锋涩进,必沉着而不轻滑,既不令直,又不令邪曲。唐太宗李世民在《笔法诀》中也说:"为竖必努,贵战而雄。"意思是说,既要放纵轻快又要逆势涩行,在矛盾中前进,犹如万岁枯藤,苍劲有力。

"曰:'均谓间,子知之乎?'曰:'尝蒙示以间不容光之谓乎?'长史曰:'然。'"这里说的是结体。间,指布白,即笔画与笔画及一个字组成的各个部分之间所留下的空间。颜真卿把"间"的要领夸张为"间不容光"四字,实际上就是传统画论所说的"密不透风,疏能走马"之意。颜真卿所指的"均谓间"和"间不容光"都不能从字面上去理解,究其实是指点画和行距间的布局要恰到好处,如点画之平正斜侧、长短粗细、疏密俯仰都要有一种节奏韵味。在结体中计白当黑,做到总体均衡、匀称,而每个局部的搭配却疏密相间,远近相宜,使每个字具有茂密、充盈的美感……

　　"诗书画"三绝的王维在《绣如意轮象赞·序》中提出"审象于净心"的艺术命题。"净"正是在"静"的根基里,专门指出艺术家在研修觉悟中,逐渐净化自身内部精神境界,清除外部世界世俗物役功利干扰影响,拥有一个纯净天然的、无一丝人欲污垢的艺术新天地。这就要求书法家必须是书法艺术虔诚的殉道者,而不是假借书法形式来扬名显身的"投机商"。颜真卿抱道不曲、心无旁骛。在请教《笔法十二意》的问答结束之后,颜真卿意犹未尽,按捺不住内心的激动,又向张旭请教:"幸蒙长史传授笔法,敢问工书之妙,如何得齐于古人?"从颜真卿请教的这个问题中,可以看出其学书的认真态度和对自己的高标准严要求。"齐于古人",当然不是一般的古人,不是那些携一技之长而满街乱窜的庸常艺人。而是他心目中仰慕的蔡邕、钟繇、王羲之等古代书法宗师。择善而从、见贤思齐,既是从艺者的虚心又是雄心。因此,颜真卿对自己提出了"欲穷千里目,更上一层楼"的目标与要求;只有齐于古人,然后,才能超过古人。对于这个问题,张旭笑着回答了五点:

　　　　妙在执笔令其圆畅,勿使拘挛。……不慢不越,巧使合宜。其次纸笔精佳。其次诸变适怀,纵舍掣夺,咸有规矩。五者备矣,然后齐于古人矣。

　　夕阳西下,天边灿烂着一片晚霞,火一样地炽烈。颜真卿趁热打铁,继续向张旭请教用笔的真邃:"敢问长史神用执笔之理,可得闻乎?"张旭喝了一口茶,平心静气,没有一丝不耐烦,很坦诚地回答:

　　　　予传笔法得之于老舅陆彦远曰:"吾昔日学书虽功深,奈何迹不至于殊妙。"后闻褚河南云:"用笔当须如锥画沙。"如印印泥。"始而不悟。后于江岛,见沙地净,令人意悦欲书。乃偶以利锋画其劲险之状,明利媚好,乃悟用笔如锥画沙,使其藏锋,画乃沉着。当其用锋,常欲使其透过纸背。真草字用笔，悉如画沙印泥，则其道至矣。是乃其迹久之自然齐古人矣。……

艺术的最高境界是朴素，朴素是因为真诚，张旭的朴素真诚是所有艺术家的精神高标。他用日常生活的体验，形象地说明用笔的要领，要如印印泥，如锥画沙，惟其藏锋，画乃沉着，而能力透纸背。印印泥就是要像印章印在封泥上面那样，既准确，又深沉有力。锥画沙，就是利锥在沙滩画过之后，沙的中线凹陷而两边凸起，原来画过的痕迹又被两边流下的乱沙所掩藏。这两种譬喻，都是强调要以中锋和藏锋运笔，才能落笔沉稳，笔力劲健，达到力透纸背的效果。老师的持躬谨慎，老师的言传身教，老师的微言大义，使颜真卿大受启发，真正明白了为学之道。从此，扎扎实实、进德修业，从生活中领悟运笔神韵。功夫不负有心人，颜真卿终于成为震古烁今的书法大家。

颜真卿书法造诣堪称盛、中唐第一人，其楷书端庄典雅，神完气足，既能从艺陶冶性情，亦可应用于官场文书，题署书丹亦颇为实用，因此，盛唐以降，学颜书者云集景从、不绝如缕。唐代有名的书法家祖述颜书者，不独有颜氏子弟，著名者如李德裕、柳公权等士大夫，亦均为颜真卿传人。值得一提的是其翘楚柳公权。柳公权出颜真卿之门，兼收欧阳询之峭劲、虞世南之圆融、褚遂良之疏朗，其书以方拓峭险著称。柳公权心正笔正，耿介独立，卓然而起，风骨峭峻。然时代禀赋所限，一生未能脱尽颜体之樊篱，足见"颜体"之不易突破。及至五代时期，世道零落，文采荡尽，唯有杨凝式苦心经营，一木独撑。杨凝式书学颜真卿，行草得力尤多，其天真烂漫之处，纵逸雄劲之风，颇似颜鲁公。

颜书在宋尤为珍重，备受推崇，其流行之广，摹习之众，可谓空前绝后。陶宗仪《书史会要》中即称宰相韩琦"师颜鲁公而颇露芒角"，书家里以蔡襄为最典型，其书法端庄秾艳，温厚婉丽，苏轼称其"天资既高，积学深至，心手相应，变态无穷，遂为本朝第一"。

元朝初年，沿袭两宋余风，书家多习颜书，但很少有出类拔萃、趋变鼎新者。明代以降，帖学复兴，然皆无出赵孟頫之范围，其间二百余年，学颜书而能独树一帜者，当推李东阳。清朝嘉庆之后，清宣宗崇尚唐法，欧阳询、褚遂良、颜真卿之书复为世俗所重，习颜之风，与日俱盛。有清一代书家，学颜书而能入其门墙者，如刘墉、钱沣、伊秉绶、何绍基、翁同龢等人。刘墉学颜书而参北碑笔法，结体森严而得和婉灵通之气；钱沣学颜书而旁涉诸家，得颜书"神秘"之法；伊秉绶自李东阳而上祖颜真卿，以隶笔书写，气韵浑厚，拙朴雄壮；何绍基学颜书，运笔空虚洒脱，爽健厉举；翁同龢自钱沣而得颜氏笔法，结体参北碑体势，用笔多取隶法，气度浑厚，堂宇宽博……

破茧而出、蜕变化蝶；一门俊彦、弦歌不辍。即便是千年以后的今天，草圣之泽依然播芳六合，颜体依然光明正大，拥戴者层出不穷，包括对颜真卿其人的推崇。张旭若泉下有知，足可慰矣；名师高徒，信不虚也。

第二十八章

狂来轻世界，醉里得真如

许慎在《说文》里对于"悟"有这样的解释："悟，觉也。"现代汉语里"悟"的词义是"觉悟，觉醒"。中国佛教中的"悟"是佛教修行的最高目标，也是最高境界。汉代以来围绕"悟"的争辩主要有两种："顿悟说"和"渐悟说"。"渐悟说"认为修行是一个阶段一个阶段地循序渐进，经过漫长的修习最终到达悟境；"顿悟说"则与之相对，认为修行并没有固定的阶段和次序，结果的出现是突然的，刹那之间进入悟境。"顿悟"是认识的升华，观念的飞跃。但这种现象的出现并不偶然，包含着日积月累的过程。

艺术探索也是这样，古往今来多少艺术家终其一生，寻求一悟，然终不可得。这是因为，"悟"之前需要"渐"的修习，但是"渐"之后却不一定能"悟"；"渐"有可能产生"悟"，也有可能始终不"悟"，这取决于艺术家的天资禀赋、个人修为、人生际遇，甚至与时代背景息息相关，密不可分。

"悟"在艺术创作中有着举足轻重的地位，每一件作品的创作，都有着从"思"到"悟"的过程，而其中必然会有一个"悟"的瞬间，是顿悟、是超越；而"艺术之悟"在不同的时期、不同的阶段都会发生作用，从而影响事物发展的最终结局。也就是说，每个人都可以"渐修"，却不是每个人都可以"顿悟"，艺术之道更是艰辛，终其一生求其一悟何其难也！只有世所罕见的智慧天才最终才能到达悟境。张旭、怀素，就是这样的天才，也是智者！

作为书法大家，张旭兼善正、草二书，博大精深、名动天下，开元和天宝年间在书坛抑或文化圈也是极为活跃的人物，曾与邬彤、徐浩、颜真卿、魏仲犀、韩滉、吴道子等书画俊彦相识、相交、相知，然后，他们又皆成为张旭书法的门生弟子。在其笔法传人中，颜真卿、徐浩、韩滉等人多以正书闻名，如颜真卿之楷书、徐浩之隶书著称于世。而草书弟子相对就弱一些，尽管韩滉之章草、邬彤之小草也有时誉，然多不能与张旭之狂草媲美，更遑谈青出于蓝而胜于蓝之誉。有唐一朝，能够光大门楣，传承张旭狂草之精义者，唯怀素一人而已。

怀素（737—799），字藏真，旧说俗姓钱，唐永州零陵（今湖南零陵）人，乃"大历十才子"之一的考功郎中钱起之从子。自幼出家，念佛修禅之余，颇喜艺文，尤好草书。相传曾将秃笔、弃笔埋于山下，号称"笔冢"，此或效仿前贤智永和尚不懈练笔疾书也。王羲之七代孙智永和尚住在吴兴永欣寺时，不避寒暑、不分朝夕地研习书法，日积月累，写秃的笔头就有十瓮，每瓮各有几石。后来，他把那些秃笔埋起来，称它为"退笔冢"，还亲自为它写了铭文。

怀素有过之而无不及，他不仅有"笔冢"，又曾多种芭蕉，以芭蕉之叶习书，故号其居曰"绿天庵"。其为人疏放不拘，好饮酒，兴到运笔，寺壁屏障、衣裳器具，莫不如骤雨旋风，时人谓之曰"醉僧"。酒壮英雄胆，怀素很自负，认为颇得草书三昧，故又得号"狂僧"。怀素的底气源自其业师邬彤，授受草书笔法，后遇颜真卿谆谆教诲，领悟用笔三昧，虽并未直接师从张旭，然其所师邬彤、颜真卿皆张旭之嫡系传人，故其颇得张旭草法，应当视为张旭的再传弟子。

怀素早年即以草书驰名乡里，诗仙李白有诗《草书歌行》曰"湖南七郡凡几家，家家屏障书题遍"，就是赞美怀素草书的。怀素初学欧阳询楷书，得到史部侍郎韦陟的赏识。韦陟善楷，其"五云体"颇有声名，怀素的楷书能得到韦陟之赏识，足见其造诣名不虚传。怀素有了楷书功底后，拜师其姨表兄弟邬彤学习草书。唐陆羽《僧怀素传》曾曰：

> （彤）谓怀素曰："草书古势多矣，惟太宗以献之书如凌冬枯树，寒寂劲硬，不置枝叶。张旭长史又尝私谓彤曰：'孤蓬自振，惊沙坐飞。'余师而从书，故得奇怪，凡草圣尽于此。"

借此可知，怀素是由邬彤传授而得张旭草法的。

宝应初年，怀素从零陵孤身出游，自衡阳至广州，客居潭州，复经岳州而入长安。沿途遇李白、卢象、张谓、任华、苏涣、戴叔伦等书家，所到之处，笔走龙蛇，风狂浪跳，颇得歌行称颂之作，据《一统志》记载，约有三十七首之多。诗人裴说有《怀素台歌》曰"杜甫李白与怀素，文星酒星草书星"，直截了当，把怀素与盛唐著名诗人李白、杜甫相比拟，称其为"草书星"。敦煌出土写本亦有马云奇《怀素师草书歌》，足见当时怀素草书的声名之远、影响之大。

儒家文化中，我们常常把"高而不傲"看作伟大，但在魏晋以前，伟大的特征是"傲而不高"。怀素即是后者。他没有沾沾自喜，固步自封，而是见贤思齐，杖锡远游，南下广州拜访徐浩，北上洛阳就教颜真卿，相与论书，其诚可嘉。陆羽《僧怀素传》记载了这件书坛之盛事：

> 至晚岁，颜太师真卿以怀素为同学邬兵曹弟子，问之曰："夫草书于师授之外，须自得之。张长史（旭）睹孤蓬惊沙之外，见公孙大娘剑器舞，始得低昂回翔之状，未知邬兵曹有之乎？"怀素对曰："似古钗脚，为草书竖牵之极。"颜公于是徜徉而笑，经数月不言其书。怀素又辞之去。颜公曰："师竖牵学古钗脚，何如屋漏痕？"素抱颜公脚，唱叹久之。颜公徐问之曰："师亦自有得之乎？"对曰："贫道观夏云多奇峰，辄尝师之。夏云因风变化，乃无常势，又遇壁坼之路，——

自然。"颜公曰："噫，草书之渊妙，代不绝人，可谓闻所未闻
之旨也。"

这一段话夹叙夹议，笔墨清妙，文采炳焕，记录的是怀素
师从颜真卿习张旭笔法之事。陆羽是一代"茶圣"，有才华、有地位、有境界，
应该是没有演绎粉饰的记载，具有可信度。颜真卿亦曾为《怀素上人草
书歌集》作序，其曰：

> 开士怀素，僧中之英，气概通疏，性灵豁畅，精心草圣，
> 积有岁时，江岭之间，其名大著……夫草稿之作，起于汉代。
> 杜度、崔瑗，始以妙闻；迨乎伯英，尤擅其美，羲（王羲之）、
> 献（王献之）兹降，虞（虞世南）、陆（陆柬之）相承，口诀
> 手授，以至于吴郡张旭长史……纵横不群，疾迅骇人，若还
> 旧观，向使师（张旭）得亲承善诱，函挹规模，则入室之宾，
> 舍子奚适？

颜真卿乃书法大家，也是怀素笔法上的老师，对怀素草书赞赏程度尚且
如此之高，其书造诣可见一斑。值得一提的是，和张旭的狂草一样，怀
素的草书充满了豪放不羁和自由奔放的气息，不仅折射了自己的人生沉
浮心路历程，也代表了所处时代的精神脉象。更为重要的是，他们站在
历史的节点，创造了独特的艺术符号，抒写出属于自己也属于时代的文
化记忆。潇洒出尘的李邕亦用"君不见张芝昔日称独贤，君不见近日张
旭为老颠，二公绝艺人所惜，怀素传之得真迹"（《怀素上人草书歌》，
《全唐诗》卷二〇四）的佳句褒奖怀素的草书。

草书的书写规则无拘无束，怀素的草书尤其是狂草，是最不受约束
的，显示了急雨旋风般的奔放灵动。唐诗人任华描述得较为客观详实，
"有时一字两字长丈二……回环缭绕相拘连，千变万化在眼前"等诗
句，都是怀素草书字字飞动笔势精妙的真实写照。而从整体上来看，丰
富多彩的变化也是怀素狂草的生命力和艺术魅力所在。怀素的狂草中连

笔字相当多，突破了张芝的章草和"二王"草书不相勾连的格局，增强了草书的层次与质感。其次，怀素草书大小、长短、疏密，也突破了以往那种整齐、均匀、呆板的格局，充分显示了草书的错落有致，具有"意胜于法"的浪漫主义情趣。

张旭草书笔法要求的"流而畅"法则，决定了草书尤其是狂草创作中势必会有迅捷的速度。怀素用随心所欲、乘兴而发的笔法完美地诠释出自家笔意。李白曾曰："吾师醉后倚绳床，须臾扫尽数千张。"（《草书歌行》，《全唐诗》卷一六七）苏涣也有记载："兴来走笔如旋风，醉后耳热心更凶。"（《怀素上人草书歌》，《全唐诗》卷二五五）这些极具感情色彩的诗句，都充分说明了怀素草书创作的速度之快。

下笔迅捷、字字飞动，源于书兴勃发，有感于外而勃发于内的创作激情。怀素也在《自序帖》里感慨自己学书与作书云："豁然心胸，略无凝滞，鱼笺绢素，多所尘点，士大夫不以为怪焉。"确切地描绘了他的创作心态：全神贯注持正守中，将世间的一切纷扰排除在外，意在笔先、兴与神会、从心所欲、自由挥洒，追求艺术的最高境界。这种境界，怀素是清醒的；这个过程，怀素是癫狂的，甚至处于一种"颠形诡异，不知从何而来，常自不知耳"的半醉半醒状态。

有趣的是，怀素的书法与张旭一脉相承、二水分流，连喝酒也是各有千秋、不相上下。据传，怀素曾一日九醉，时人常呼之为"醉僧"。他曾在寺内有粉壁长廊数十间，每因酒后小豁胸中之气，便提笔急书于粉墙之上，其势若惊蛇走虺，骤雨狂风；纵横捭阖，戈戟森严，又恰似千军万马驰骋沙场。李白《草书歌行》云：

> 吾师醉后倚绳床，须臾扫尽数千张。
> 飘风骤雨惊飒飒，落花飞雪何茫茫。
> 起来向壁不停手，一行数字大如斗。
> 怳怳如闻鬼神惊，时时只见龙蛇走。

诗人任华写得更加细致入微：

狂僧前日动京华，朝骑王公大人马，暮宿王公大人家。谁不造素屏，谁不涂粉壁。粉壁摇晴光，素屏凝晓霜。待君挥洒兮不可弥忘，骏马迎来坐堂中，金盆盛酒竹叶香。十杯五杯不解意，百杯已后始癫狂。

对于怀素草书的癫狂状态，真正理解的莫过于从父诗人钱起，他在诗里准确地写道：

远锡无前侣，孤云寄太虚。
狂来轻世界，醉里得真如。

这种感知"辞旨激切，理识玄奥，固非虚荡之所敢当"（《自叙帖》）。这里的真如，其实就是道法自然、就是师法造化、就是惊蛇走虺、就是暴风骤雨、就是花开花谢、就是云卷云舒。怀素在不自觉中走进了中国文化的幽微之处，下意识中触摸到书法艺术的玄妙之门，其表现方式就是豪爽纵放，满纸烟云，却又飞白激荡，秀韵独绝。

中国书画的"留白"是一个创举。"留白"也是艺术创作中常用的一种手法，为使整个作品画面、章法更为协调精美而有意留下相应的空白，留有想象的空间。其实，留白是一种心境，留白是一份遐想，留白是诗画意境的广袤辽阔，是心灵深处的安宁闲逸。留白是一种用想象力填充的空间，它不是实体，而是精神感观，用方寸之地彰显天地之宽。书论中关于书法留白的研究不胜枚举。晋成公绥《隶书体》说："分白赋黑，棋布星列。"《笔势论·视形章第三》说："分间布白，上下齐平，均其体制，大小尤难。大字促之贵小，小字宽之贵大，自然宽狭得所，不失其宜。"唐楷大家欧阳询《八诀》说："分间布白，勿令偏侧。"由此可见书法留白的重要性和必要性。

怀素的师祖草圣张旭也是布白的高手，《肚痛帖》中的飞白造型如"渴骥奔泉"极为突出。此帖不长，草书六行，共三十字。明王世贞跋云："张长史《肚痛帖》及《千字文》数行，出鬼入神，惝恍不可测。"此帖笔画夸张，粗细相间，上下勾连，回环缠绵，笔法纵恣，淋漓酣畅，是典型的狂草。看得出张旭在写此字时蘸饱一笔，一次写数字至墨竭为止，再蘸一笔。这样做可以保持字与字之间的气韵贯通，还可以控制笔的粗细轻重枯润变化，使整幅作品风樯阵马、逸轨神澄，有一种"神虬出霄汉，夏云出嵩华"的气势。《古诗四首帖》中结体的空白造型以开放性为主，有些笔画尽量被压缩或者被夸张，以此形成强烈对比，激活空间感，使点画苍劲有力、气格雄健，结体开阔奔放、张弛有致，整幅作品上下呼应，左右映带，血脉相通，气贯神溢，是一件不可多得的佳构。借此，可以看出张旭在书法艺术上千变万化又万变不离其宗的卓越成就。

草书是书法家个性展现的最佳形式，是摆脱了实用功利的纯艺术作品形态。草书的俊逸之处，恰恰突出地体现为一个"变"字。真书的端严矩整、法度森严，令书写者必须中规中矩，不敢越雷池半步。历来真书有所成就者，莫不略参草意，以动制静，以快制慢。可以说，草书以其自由挥洒、千变万化而将抽象艺术发展到极致。它打开了书家技术乃至思想感情的枷锁，拓展出书法艺术的厚土高天。在这里，想象、夸张、狂放，书法家所有的人生体验都可以得以宣泄释放。在这里，天地自然风云变幻都可以通过鸾飞凤舞的线条淋漓尽致地表现出来。草书的多变性赋予了它强大的生命力和高妙的艺术性，也给了书法家更大更多更自由的创作空间。

"狂来轻世界，醉里得真如。"无论是张旭的"颠"，还是怀素的"狂"，都是他们书法创作中自由精神的外在表现形式，深厚的功底与精湛的技巧共同建构了"颠张狂素"的艺术境界。中国书法之所以能够成为一种精神形式，一种意向性结构，主要是因为书法家在挥洒情感的同时构筑了一种逸笔意墨的线条之美。也就是说，书法家在飞动的线条中融入了自己的喜怒哀乐情感本质，形成了独具丰神的书法符号意象。正是在这种自由和个性的指引下，书法家运用线条的轻重疾徐、虚实枯润、抑扬顿挫，及笔法的方与圆、曲与直、大与小、浓与淡等将自己与读者带入一个龙翔凤翥、雄奇飞动的艺术境界。

第二十九章

阆风游云千万朵

春天的一个上午，我坐在楼观老家的阳台看书，院子里一个人也没有，门口的路上也鲜有人走动，周围静得没有一点儿声音，能听见的只有陪伴多年的耳鸣。南面是从冬眠中刚刚复苏的秦岭，阳光之下，一碧如洗，有一股水汽在山顶蒸腾，也许，它会生成一片云，飞出岭外，飞到我的头上。也许，会自由挥洒开来，化为山中一阵温润的风，一片凉爽的雨……它是什么，不重要；我是什么，也不重要。重要的是，在这静谧的瞬间，我们同在一个蓝天下存在着，在一个空间里共同构成了历史在此刻的内容。这是很重要的。它让我知道了活着的价值，生命的意义。尤其，在疫情肆虐之中！

一只蝴蝶轻悠悠飘过来，落在膝盖的书上。书是闲书，里面有笔墨纸砚，里面有风花雪月，蝴蝶将书的香气误认为花的香气，翩跹起舞。我看着它，它看着书，我听见了蝴蝶载歌载舞的声音，寻找着蝴蝶振翅的那一刻。那种奇妙的感应，我真的希望有更多的朋友来分享体会，它的细腻、它的轻柔、它的真实、它的会意，给我们在钢筋水泥的城市里日渐粗糙的心灵一丝滋润、一丝清凉。感觉好极了！

我知道，没有经历过相当程度的孤独，是不可能有这种近于天籁的内心平和！

中国作协组织实施国家级重大文学创作出版工程《中国百位文化名人传记》丛书，忝列其中，不胜荣幸，虽然豪情满怀，但旷日持久，步履维艰，始终有一种黾勉写文字、心尽力不随的尴尬。张旭其人于我是陌生的，很短时间里了解一个人、理解一个人、研究一个人，还要达到高度无疑是一种挑战；历史于张旭是吝啬的，资料少之又少，甚至连生卒年寿也不可考。无奈之际，只好从盛唐风骨、士子情怀入手，慢慢地靠近、用心聆听流光溢彩的盛唐之音。"光英朗练，有金石之声"的盛唐精神最辉煌的一面就是由张旭书法、李白诗歌、吴道子绘画来表现的。书法家张旭拟意为先、师法自然，通过线条的流动组合来抒发胸臆，打散了汉字的基本构成，把大多数人难以辨认、意识模糊的"心画心声"化成书法艺术奉献给人类，为书法艺术开拓了广袤无垠的空间。他的狂草书是一种貌似抽象却又真正"有象有势"的艺术，举凡千姿百态、天人合一、道法自然，尽从毫端流泻，真气卷舒、势不可当，用一种立于高冈之上、尽览风行草偃的精神自信把中国的书法艺术推向极致，至今仰之弥高、近之弥深。

"才德全尽，谓之圣人"。我们需要知道的是，中国书法史上，书法家能于当代便被尊为"圣"者，只有"草圣"张旭一人。"张旭三杯草圣传"（杜甫《饮中八仙歌》）。这种殊誉连"书圣"王羲之都未能做到。王羲之的书圣地位，是经过了二百多年，从南北朝到隋，一直到初唐李世民的手里才确立起来的。李世民大力推崇"大王"书，认为"尽善尽美"，并曾以皇帝之尊破例写了《晋书·王羲之传论》才使得王羲之闻名遐迩。而张旭纯粹凭借"逸轨神澄"的艺术魅力而华光四射，使整个书坛为之折腰。张旭，一个高度守正的人，一个风华绝代的人，一个历经世事沧桑风云变幻，儒、释、道、文、史、哲等饱于一身的人，他以书抒情、于书表意，用生命激情把艺术的真善美激活，成为书法史上空前绝后的草书大家；被称为神、被誉为圣，也就不足为奇了。历史对张旭是吝啬的，也是慷慨的。

张旭，约唐上元三年至唐乾元二年（676—759），字伯高，一字季明，吴郡（今江苏苏州）人，初为常熟尉，后官至金石长史，世称"张长史"。张旭才情奔放，学识渊博，能诗能书，尤精狂草，有"草圣"之誉。其性格放诞不羁，豁达大度，卓尔不群，嗜酒作书，平时所交皆一时豪杰，因工诗与贺知章、张若虚、包融号称"吴中四士"。好饮酒又与名士李白、贺知章、李适之、李琎、崔宗之、苏晋、焦遂等结为"酒中八仙"。"楚人每道张旭奇，心藏风云世莫知。"这是李白诗歌《猛虎行》中的诗句，写于公元756年（至德元年），时在安史之乱中，流离四地的李白与张旭相聚于江苏溧阳酒楼，在"杨花漠漠愁杀人"的三月春景中，两人把盏对酌，逸兴思飞。李白认为对面的张旭，是一个"心藏风云"的巍巍大者，唯其如此，他的草书才能造就杜甫所说的"豪荡感激"的大气象。

作为知音，李白对张旭为人、书艺极为赏识，曾诗赋其态："三吴邦伯皆顾盼，四海雄侠皆相推。"作为知己，他甚而以张旭为标准来衡量书法，说出了："欧（阳询）、虞（世南）、褚（遂良）、陆（柬之），真奴书耳！"（《上阳台帖》真迹张晏跋引）的艺术断言。诗人杜甫也偏爱张旭："张旭三杯草圣传，脱帽露顶王公前，挥毫落纸如云烟。"——言简意赅，一个无视礼教不顾身份借酒挥毫的"草圣"形象跃然纸上，至今熠熠生辉。潘伯鹰先生曾问过毛泽东："主席的字学谁的？"回答很简洁："颠张醉素！"毛泽东晚年的书法就是从张旭和怀素的草书变化而来，而张旭是其源脉。

张旭书法始化于张芝、"二王"草书艺术流派。"二王"是正流书派，南朝大盛，唐风更扬，一脉相承，"二王"传智永，智永传虞世南，虞世南传陆柬之，陆柬之传陆彦远，陆彦远传张旭，张旭又传于韩滉、徐浩、颜真卿、崔邈、韩方明诸人，代有妙笔、各擅胜场。张旭是一位继往开来的伟大书法家，他和王羲之的草书不同，他追求的是"孤蓬自振，惊沙坐飞"的境界，也就是追求一种疾势如飞、奇伟狂放的情趣。这种境界的创造，是同他深入实际生活，具有敏锐的艺术感觉和超凡的艺术想象力分不开的。张旭狂草上下贯通，迂回流连，潇洒磊落，奇丽惊人，看似变化多端、神奇莫测，其实不散乱，讲究字之法度。而书体形象又富于变化，劲利飞动，以雄浑奔放的气概、纵横捭阖的笔姿和恣肆浪漫的态势而为世人看重。唐吕总《续书评》云："张旭草书，立性颠逸，超绝古今。"宋苏轼《东坡题跋》曰："长史草书，颓然天放，略有点画处，而意态自足，号为神逸。"宋米芾《海岳书评》赞："张旭如神纠腾霄，夏云出岫，逸势奇状，莫可穷测。"明项穆《书法雅言》评："其真书绝有绳墨，草字奇幻百出不逾规矩，乃伯英之亚，怀素岂能及哉。"

张旭的草书看起来很癫狂，"行笔如空中掷下，俊逸流畅，焕乎天光，若非人力所为"（《丰坊题跋》）。章法却是规范的，他是在张芝、王羲之行草基础上升华的一种狂草。在点画和结体上，讲究"稳不俗、险不怪、老不枯、润不肥。"（米芾《小楷千字文》）结字美观大方，深得晋人精髓，又符合古人"中正灵动"的审美需求。其次，用笔方圆兼备、丰富多彩。张旭作品的线条整体视觉印象是含蓄、温润、遒劲而有张力。法度森严，处处有楷书痕迹，在书写的起、转、行、收过程中，处处可见整峻的方笔、流畅的圆笔、轻松的尖笔。尤其是粗重笔画的运用，彰显出整幅作品的厚重之感。张旭草书纵放奇宕，的确得益于坚实的楷书基础。可以存证的唯一楷书作品，是乡邻陈九言撰文、张旭书丹的《郎官石柱记》，此作楷势精劲凝重、法度森严、雍容闲雅兼而有之。"唐人正书，无能出其右者"（黄山谷语）。苏轼云："今世称善草书者，或不能真行，此大妄也。真生行，行生草。真如立，行如行，草如走。未有未能行立而能走者也。今长安犹有长史真书《郎官石柱记》，作字简远，如晋宋间人。"《广川书跋》也说"……及《郎官记》则备尽楷法，隐约深严，筋脉结密，毫发不失，乃知楷法之严如此。守法度者至严，则出乎法度者至纵。世人不知楷法，至疑此非长史书者，是知骐骥千里，而未尝知服襄之在法驾也。"《古今法书苑》谓："张颠草书见于世者，其纵放奇怪近世未有，而此序独楷书，精劲严重，出于自然。书一艺耳，至于极者乃能如此。其楷字概罕见于世则此序尤为可贵也。"

这些评述，不仅对张旭草书称誉有加，也从几个方面说明了书法艺术中楷和草、严和纵的辩证关系；只有循序渐进、精益求精，先行立而后才能走。正因为张旭草书的身后有着雅道相传、绍承其绪的书法脉络，所以"略有点画处，而意态自足"；正因为天地万物之变，可喜可愕，一寓于书，身心完全投入，所以张旭的草书"变动犹鬼神，不可端倪"；正因为张旭草书有深厚的楷书根底，又能把可喜可愕之情感一寓于书，所以《唐书本传》评说"后人论书，欧、虞、褚、陆皆有议论，至旭无非短者"。出于对张旭楷作的敬仰，颜真卿曾两度辞官向他请教笔法，并在教诲后来成为草书大家的怀素时曾说："长史虽姿性颠逸，超绝古今，而楷法精详，特为真正。"意在希望怀素习书，务必在楷书上打下坚实基础，由楷而草而狂草，才能以使超凡脱俗的草书得以淋漓尽致地发挥。此乃精要之言。

中国艺术中，最自由、最写意的，莫过于狂草。张旭是一位纯粹的书法家，是狂草的真正创造者。他把满腔情感倾注在点画线条之间，旁若无人，如醉如痴，如癫如狂。张旭性格豪放，嗜好饮酒，常在大醉后手舞足蹈，然后回到桌前，提笔落墨，一挥而就。书中记载："饮醉辄草书，挥笔大叫。以头揾水墨中而书之，天下呼为张颠。醒后自视，以为神异，不可复得。"（《新唐书·国史补》）说的是张旭每至酒酣，常常口出狂言并以头濡墨（古人蓄发），然后用手抓住饱蘸浓墨的长发，狂呼大叫，在粉壁和屏障上东涂西抹、风狂浪跳。这是酒与书的联袂狂欢，这是天与人的精神契合，线条的舞动如风如云如行空的天马。一笔狂草，满纸纵横，那上面写的是什么字，已经不重要了，人们欣赏的是一种惊世骇俗的表演——酒神的舞蹈，线条的舞蹈，肢体的舞蹈，灵魂的舞蹈。这是感情的需要，这是艺术的需要，这样写才能"顿挫郁屈，气踏欧虞"（董其昌语），把书奴一扫而空。当然了，欣赏张旭狂草是有严格要求的，唯有深识书者，"玄鉴精通，不滞于耳目""但观神采，不见字形"（孙过庭语）才能做到。

书法理论，从魏晋开始就是从两方面阐述，一是书法线条本身，点、横、竖、撇；二是书法线条与宇宙万物的关系。前者容易理解，后者更为重要，就是主观的种种感情、客观的种种物象都自然无碍地成为书法，书法又都表现着各种物象、各种感情最本质最内在的意蕴。骠姚奇肆、天马行空的狂草其实是与张旭自由心态和酣饮狂态密切相连的，是其"处得以狂""神化攸同"的灵感创作，是"超以象外""得其环中"的审美思维。《古诗四帖》则集中体现了张旭草书的风格特点，通篇布局大开大合、大收大放，在强烈的跌宕起伏中，突现了雄肆宏伟的势态。其字形变幻无常、缥缈无定，时而若暴风骤雨、万马奔腾，时而似低昂迥翔、翻转奔逐。在用笔上，圆转自如、矫健奔放，随着感情的宣泄，笔致似有节奏地忽重忽轻，线条或凝练浑厚，或飘洒纵逸，浓墨处混融而富有"屋漏痕"般的质感，枯笔处涩凝而极具"锥划沙"般的张力；随手万变、任心所成，却绝无不规则的胡涂乱抹，很多细微的笔画、字间过渡，都交代得清清楚楚，毫无矫揉造作之感。这也是他的狂草不同于一般"京洛小生"的"猖獗之书"或者"墨鬼乌神"的缘故。张旭的草书是在激越情感牵动下促使节奏加快，似金蛇狂舞，又如虎踞龙盘，表现一泻千里之势。这个势，不可小看，势就是风骨、就是境界、就是意象、就是活鲜鲜的生命气息。张旭在线条的动荡和质感上加入了豁达大度的盛唐气息，从而形成了自己字法奇古的狂草风格；笔之舞蹈、气之翕张、道之飞动。

　　熊秉明先生在《中国书法理论体系》中说："张旭是中国书法史上一个极重要的人物。他创造的狂草向自由表现方向发展的一个极限，若更自由，文字将不可辨读，书法也就成了抽象点泼的绘画了。"这种说法很有道理。张旭的草书，从艺术方法上来讲，既不是表现主义的，也不是古典主义的，当然，更不是现实主义的。它是写意之尤，纯粹是写意主义的。书法离不开写意。文房四宝——笔、墨、纸、砚，从一开始便充满了东方哲学的意味，即阴阳的相反相成；也充满了绝妙的对立统一关系——黑的墨与白的纸，软的笔与硬的砚。这是书法的客观物质条件方面，还有更重要的主观精神因素方面，即书写时人的内心的喜怒哀乐以及对笔法、墨法、章法的运用等等。总之，各种主客观因素综合在一起，形成既相互对立又相互依存的对立统一关系，才构成了东方独有的写意书法的奇观。其实，最能体现中国书法写意精神的是草书，它使中国文字由实用性的书写工具上升为情感寄托的载情艺术，而书法的觉醒和追求则是以草书确定为前提的，使人们在实用之外有了更多的潜兴。

张旭是古今草书艺术家的典型代表，他不光有着深厚的书法艺术素养，而且在表现上把自己激荡的感情和书法艺术完美地结合在一起。张旭生逢盛唐，充实的国力、宽松的政策、开放的心态，对文学艺术的包容与扶植，是玉成张旭狂草出现的客观条件。"开元盛世"创造的太平安定局面，同时也培植了当时文化人一种要求自由、发展与解放的精神。这种思想解放、创作自由所体现的龙腾虎跃、上天入地作"逍遥游"的精神却又熔铸在儒家风骨之内。这就是艺术史上的汉唐风骨：金声玉振，龙腾虎跃，光英朗练，气势雄强。"达则兼济天下，穷则独善其身"的人生坐标鼓起了唐朝文士诗人的理想风帆，而唯唯诺诺、萎靡不振的颓废，是断断没有，也是被人看不起的。诚然，从实现人生价值角度看，张旭是有着极大失落感的，没有封侯拜相、经天纬地，也没有为王谋计、绕帝驱策。终其一生，仕途不顺，如斯之才气不过是做了相当于"七品县令"的芝麻小官——太子左率府金石长史。他的好友、边塞诗人李颀在《赠张旭》中感慨地说："问家何所有，生事如浮萍。"应该是属于他人生旅程的真实写照。

中国书法的独到之处源于其对意境的营造和精神的塑造。一楮一墨其实都是书写者在塑造自己；饱蘸的是生命的汁液，留下的是生命的印痕——时间与艺术就在逸笔意墨间成为一种典雅的精神存在。这也是一种建构于存在之上的艺术境界。其间，既容纳着艺术家思索的痛苦和思想的智慧，也容纳着艺术家对生活、艺术难以释怀的眷念。唐朝的文人艺术家有一个习气，不能做官积极用世，往往改换另一种方式，由儒而入道入佛，追求精神放飞、身心自由。当张旭仕途不畅、宦门失意，无法施展自己政治抱负的时候，他的精神足迹却在诗酒和书法中找到了灵魂的栖居之地。笔墨蹈舞之中，张旭又是深藏的道家，（李颀诗说他"右手执丹经"）微官薄禄、恬淡得很。他的草书也瓣香老庄"逍遥游"的精神，有一种如放风鸢而线常在手的乐趣。张旭借狂草来抒发个人情感，既体现了盛唐时期艺术家们的思想情结和普遍的精神风貌，也张扬了超越法度的自由精神，这是主观意愿和客观实际相结合的产物，使反映情感的书体得到最完美的发展——惊涛骇浪般的狂放气势、节奏韵律的和谐顿挫、字间结构的随形结体、线条的轻重枯润等变化都达到了草书的最高水准，可谓前无古人、后无来者！

精辟的思想和高超的艺术能够穿越历史的尘封和时代的阻隔，发散其无穷的魅力。这既是文化的延续，又是传统与精神的传承，人类文明就是在这样一种文化的脉络里弦歌不辍。时光之下、风景深处，张旭是丰厚而渊沉的。他寄寓笔墨，静观浮生，含蕴着淡淡的怅惘和空寂，对喧嚣的世界充满着温情与善意。他忠实于自我、专注于艺术，不愿意被现实裹挟，执着地操持着自己的人生观、艺术观及敬畏感，孤独地寂寞在风华之中，把过往的日子梳理成诗意的风景。他的挺然秀出，影响、泽被了后来历朝历代所有的大书法家，让人们知道了什么是天才、什么是创造、什么是奋发、什么是力、什么是美！今天斗胆给张旭撰写评传，也让我知道了什么是真正的艺术。

心怀浪漫、仰望前贤，感谢张旭！

附录一

忆得春江千里涛

春秋时期，著名的思想家、教育家孔子开私学授六艺，此六艺乃儒学六经，谓《易》《书》《诗》《礼》《乐》《春秋》。孔子殚精竭虑，因材施教：

> ……教之礼，使知上下之则；教之乐，以疏其会合而镇其浮；教之令，使仿物官；教之语，使其明德，而知先王之务用明德于民也；教之故志，使知废兴而戒惧焉；教之《训典》，使知族类，行比义焉。

他让中国人知道了"仁义礼智信"，让中国文化文明在斯文之中开花结果，弦歌不辍。因之，他在古代被尊奉为"天纵之圣""天之木铎"，被后世尊为孔圣人、至圣、至圣先师、大成至圣文宣王先师，万世师表。有了"天不生仲尼，万古如长夜"的推崇和感慨。

这句话原句为："天不生仲尼，万古如长夜。天又生我们，长夜才复旦。"语出不详、众说纷纭，大学问家朱熹先生在《朱子语类》卷九十二《孔孟周程》中正式引用过。意思是说，假若上天不造就像孔子一样伟大的人物，那么万古就像漫漫长夜一样黯淡无光。但是上苍又造就了我们，那么万古才会重新恢复光明、焕发光彩。具体到书法，没有了张旭的刑天舞干戚、没有了张旭的笔走龙蛇、没有了张旭的千霞万彩，也会如漫漫长夜一般黯淡许多！

去年，也就是 2019 年春天，杭州，一次中国书协主办的规模盛大的书学研讨会上，一位鼎鼎大名的书法家在众目睽睽之下大放厥词：就草书而言，我认为，当代书法家已经超越了古人！一石激起千层浪。石是丑石、浪是浊浪。我不知道，这位书家所言的古人是箪食壶浆的担夫走卒，是大字不识的乡野鄙夫，还是文采风流的翰墨圣手；也不知道，书法家菲薄古人是给自己的脸上贴金，还是故意恶心自己给古人添堵，还是借无知无畏哗众取宠。不管怎么说，这种对古人的轻慢，既流露出无知与狂妄，也折射出肤浅与堕落。

书法是中国文化的瑰宝，文化之中有礼义廉耻；草书是艺术中的极致，艺术之中有虔诚敬畏。狂草其实不狂，是一个人综合素质的外化。不仅需要笔墨历练，更需要胸襟气度的滋养。草书是静如处子、动若脱兔；草书是惊蛇入草、飞鸟出林；草书是得鱼忘筌、得意忘形；草书是道法自然、天人合一；草书是春天的云、夏天的雨、秋夜的月亮、冬天的皑皑白雪；草书是草长莺飞，是高天流云，是疾风暴雨，是大江大河；草书是百花齐放，是百鸟争鸣，是千帆竞渡，是万舸奔流；草书是色彩斑斓的赤橙黄绿青蓝紫，是情怀温润的喜怒哀乐苦辣甜；草书是血脉的流淌、是血性的蒸腾、是精神的飞扬、是灵魂的诗意……没有真性情的人写不出好草书。同样，没有大胸襟的人也理解不了草圣张旭。

文化是有记忆的，历史并没有如烟散尽。张旭最为后世所铭记的，是他筚路蓝缕、开榛辟莽的狂草艺术，他生前即享有"草圣"的殊荣。如果说，东汉张芝使草书达于"精熟神妙"，东晋王羲之父子进而"韵媚婉转"（张怀瓘《书断》），那么，至唐代，张旭则将草书开拓到"逸轨神澄"卓越惊世的狂草境界（窦臮《述书赋》），这是让后人永远高山仰止、景行行止的境界，也是一个无法超越的境界！值得思考的是，张旭是时光之下、风景深处的先贤草圣，是对中国书法有着开拓性和创造性贡献的文化巨人，在人心不古、世风日下的今天，我们该以何种态度对待他呢？在失去文化记忆的坐标上，我们又去何处寻找中国书法的宿命？

尔曹身与名俱灭，不废江河万古流。我们看看风雅旖旎的鸿才硕彦，看看德艺双馨的往圣先贤，于卷帙浩繁之中是如何曲尽其妙，推崇"草圣"张旭的，也许，从古人的芸香馨馥之中能找到一些当代书法的匮乏与欠缺，迷茫与堕落！

新唐书·张旭传

旭，苏州吴人。嗜酒，每大醉，呼叫狂走，乃下笔，或以头濡墨而书，既醒自视，以为神，不可复得也，世呼张颠。

初，仕为常熟尉，有老人陈牒求判，宿昔又来，旭怒其烦，责之。老人曰："观公笔奇妙，欲以藏家尔。"旭因问所藏，尽出其父书，旭视之，天下奇笔也，自是尽其法。旭自言，始见公主担夫争道，又闻鼓吹，而得笔法意，观倡公孙舞剑器，得其神。后人论书，欧、虞、褚、陆皆有异论，至旭，无非短者。传其法，惟崔邈、颜真卿云。

张伯英草书歌

（唐）皎然

伯英死后生伯高，朝看手把山中毫。

先贤草律我草狂，风云阵发愁钟王。

须臾变态皆自我，象形类物无不可。

阆风游云千万朵，惊龙蹴踏飞欲堕。

更睹邓林花落朝，狂风乱搅何飘飘。

有时凝然笔空握，情在寥天独飞鹤。

有时取势气更高，忆得春江千里涛。

张生奇绝难再遇，草罢临风展轻素。

阴惨阳舒如有道，鬼状魑容若可惧。

黄公酒垆兴偏入，阮籍不嗔嵇亦顾。

长安酒榜醉后书，此日骋君千里步。

述张长史笔法十二意

（唐）颜真卿

予罢秩醴泉，特诣京洛，访金吾长史张公旭，请师笔法。长史于时在裴儆宅，憩止已一年矣。众师张公求笔法，或有得者，皆曰神妙。仆顷在长安，二年师事，张公皆大笑而已。即对以草书，或三纸、五纸，皆乘兴而散，不复有得其言者。仆自再于洛下相见，眷然不替。仆因问裴儆："足下师张长史，有何所得？"曰："但书得绢屏素数十轴。亦尝论诸笔法，唯言倍加工学临写，书法当自悟耳。"仆自停裴家月余日，因与裴儆从长史言话散，却回京师，前请曰："既承兄丈奖谕，日月滋深，夙夜工勤，溺于翰墨。倘得闻笔法要诀，终为师学，以冀至于能妙，岂任感戴之诚也？"长史良久不言，乃左右眄视，拂然而起。仆乃从行，归东竹林院小堂，张公乃当堂踞床而坐，命仆居于小榻，而曰："笔法元微，难妄传授，非志士高人，讵可与言要妙也？书之求能，且攻真草，今以授之，可须思妙。"乃曰："夫平谓横，子知之乎？"仆思以对之曰："尝闻长史示，令每为一平画，皆须令纵横有象，非此之谓乎？"长史乃笑："然。""直谓纵，子知之乎？"曰："岂非直者纵，不令邪曲之谓乎？"曰："然。"曰："均谓间，子知之乎？"曰："尝蒙示以间不容光之谓乎？"曰："密谓际，子知之乎？""岂不为筑锋下笔，皆令宛成，不令其疏之意乎？"曰："锋谓末，子知之乎？"曰："岂非末已成画，复制锋健之谓乎？"曰："然力谓骨体，子知之乎？""岂非谓趯笔则点画皆有筋骨，字体自然雄媚之谓乎？"曰："转轻谓屈折，子知之乎？"曰："岂非钩笔转角，折锋轻过，亦谓转角为暗过之谓乎？"曰："然决谓牵制，子知之乎？"曰："岂非谓为牵为制，次意挫锋，使不怯滞，令险峻而成之谓乎？"曰"然，补谓不足，子知乎？""岂非谓结构点画或有失趣者，则以别点画旁救应之谓乎？"曰"然，损谓有余，子知之乎？"曰："岂长史所谓趣长笔短，虽点画不足常使意气有余乎？"曰："然，巧谓布置，子知之乎？"曰："岂非谓欲书预想字形布置，令其平稳，或意外生体，令有异势乎？"曰："然，称谓大小，子知之乎？"曰："岂非大字促之令小，小字展之为大，兼令茂密乎？"曰："然，子言颇皆近之矣。夫书道之妙，焕乎其有旨焉。世之学者皆宗二王、元常颇存逸迹，曾不睥睨八法之妙，遂尔雷同。献之谓之古肥，张旭谓之今瘦。古今既殊，肥瘦颇反，如自省览，有异众说。张芝钟繇巧趣精细，殆同神机，肥瘦今古，岂易致意？真迹虽少，可得而推逸少。至于学钟，势巧形容，及其独运，意疏字缓。譬楚音习夏，不能无楚。过言不恒，未为笃论。又子敬之不及逸少，犹逸少不及元常。学子敬者画虎也，学元常者画龙也。倘著巧思，思过半矣。工若精勤，当为妙笔。"曰："幸蒙长史授用笔法。敢问工书之妙，何以得齐古人？"曰："妙在执笔令其圆转，勿使拘挛。其次在识笔法，谓口传授之诀，勿使无度，所谓笔法在也。其次在于布置，不慢不越，巧便合宜。其次纸笔精佳。其次变通适怀，纵舍掣夺咸有规矩。五者备矣，然后齐于古人矣。"曰："敢问执笔之道，可得闻乎？"长史曰："予传笔法得之于老舅陆彦远曰：'吾昔日学书，虽功深，奈何迹不至于殊妙。'后闻褚河南云：'用笔当须如锥画沙，如印印泥。'始而不悟。后于江岛，见沙地净，令人意悦欲书。乃偶以利锋画其劲险之状，明利媚好，始乃悟用笔，如锥画沙，使其藏锋，画乃沉着。当其用锋，尝欲使其透过纸背。真草字用笔，悉如画沙印泥，则其道至矣。是乃其迹久之自然齐

古人矣。但思此理，务以专精功用，凡其点画不得妄动，子
其书绅。"予遂铭谢，再拜逡巡而退。自此得攻墨之术，于兹
七载，真草自知可成矣。

（《全唐文》卷三三七）

怀素上人草书歌序

（唐）颜真卿

……以至于吴郡张旭长史。虽姿性颠逸，超绝古今，而
楷法精详，特为真正。某早岁常接游居，屡蒙激劝，告以笔
法。资质劣弱，又婴物务，不能尽习，迄以无成。追思一言，
何可复得。

（《全唐文》卷三三七）

送高闲上人序

（唐）韩愈

苟可以寓其巧智，使机应于心，不挫于气，则神完而守
固。虽外物至，不胶于心。尧舜禹汤治天下，养叔治射，庖
丁治牛，师旷治音声，扁鹊治病，僚之于丸，秋之于弈，伯
伦之于酒，乐之终身不厌，奚暇外慕？夫外慕徙业者，皆不
造其堂，不哜其胾者也。往时张旭善草书，不治他伎。喜怒、
窘穷、忧悲、愉佚、怨恨、思慕、酣醉、无聊、不平，有动
于心，必于草书焉发之。观于物，见山水崖谷、鸟兽虫鱼、
草木之花实，日月列星、风雨水火、雷霆霹雳、歌舞战斗，
天地事物之变，可喜可愕，一寓于书。故旭之书变动犹鬼神，
不可端倪，以其终其身而名后世。今闲之于草书，有旭之心
哉！不得其心而逐其迹，未见其能旭也。为旭有道，利害必
明，无遗锱铢，情炎于中，利欲斗进，有得有丧，勃然不释，

然后一决于书，然后旭可几也。今闲师浮屠氏，一死生，解外胶，是其为心，必泊然无所起，其于世，必淡然无所嗜，泊与淡相遭，颓堕委靡，溃败不可收拾，则其于书得无象之然乎！然吾闻浮屠人善幻，多伎能，闲如通其术，则吾不能知矣。

观公孙大娘弟子舞剑器行序

（唐）杜甫

昔者吴人张旭善草书帖，数常于邺县见公孙大娘舞西河剑器，自此草书长进，豪荡感激，即公孙可知矣。

新唐书·李白传

文宗时，诏以白歌诗、裴旻剑舞、张旭草书为"三绝"。

国史补（卷上）

（唐）李肇

张旭草书得笔法，后传崔邈、颜真卿。旭言："始吾见公主担夫争路，而得笔法之意。后见公孙氏舞剑器，而得其神。"旭饮酒辄草书，挥笔而大叫，以头揾水墨中而书之，天下呼为张颠。醒后自视，以为神异，不可复得。后辈言笔札者，欧、虞、褚、薛，或有异论，至张长史，无间言矣。

国史补（卷下）

（唐）李肇

开元日，……位卑而著名者：李北海、王江宁、李馆陶、郑广文、元鲁山、萧功曹、张长史、独孤常州、杜工部、崔比部、梁补阙、韦苏州、戴容州。

述书赋

（唐）窦臮

张长史则酒酗不羁，逸轨神澄。回眸面壁而无全粉，挥笔而气有余兴。若遗能于学知，遂独荷其颠称。

（《全唐文》卷四百四十七）

续书评

（唐）吕总

张旭草书，立性颠逸，超绝古今。

法书论

（唐）蔡希综

迩来率府长史张旭，卓然孤立，声被寰中，意象之奇，不能不全其古制，就王（王羲之）之内弥更减省，或有百字五十字，字所未形，雄逸气象，是为天纵。又乘兴之后，方肆其笔，或施于壁，或札于屏，则群象自形，有若飞动。议者以张公亦小王（王献之）之再出也。

旭常云："或问书法之妙，何以得齐古人？曰妙在执笔，令其圆畅，勿使拘挛；其次识法，须口传手授，勿使无度，所谓笔法也；其次在布置，不慢不越，巧使合宜；其次变通适怀，纵合规矩；其次纸笔精佳，五者备矣，然后能齐古人。"

授笔要说

（唐）韩方明

（唐代楷书）至张旭始弘八法，次演五势，更备九用，则万字无不该于此，墨道之妙，无不由之以成也。

历代名画记

（唐）张彦远

曾见（张旭）小楷《乐毅》，虞、褚之流。

论　书

（唐）释亚栖

赞曰："世徒知张之颠，而不知实非颠也。观其自谓：吾书不大不小，得其中道。若飞鸟入林，惊蛇入草。——则果颠也耶！"

（《宣和书谱》426 页）

醉后赠张九旭

（唐）高适

世上谩相识，此翁殊不然。兴来书自圣，醉后语尤颠。
白发老闲事，青云在目前。床头一壶酒，能更几回眠？

赠张旭

（唐）李颀

张公性嗜酒，豁达无所营。皓首穷草隶，时称太湖精。
露顶据胡床，长叫三五声。兴来洒素壁，挥笔如流星。
下舍风萧条，寒草满户庭。问家何所有，生事如浮萍。

左手持蟹螯，右手执丹经。瞪目视霄汉，不知醉与醒。
诸宾且方坐，旭日临东城。荷叶裹江鱼，白瓯贮香粳。
微禄心不屑，放神于八纮。时人不识者，即是安期生。

猛虎行（节选）

（唐）李白

楚人每道张旭奇，心藏风云世莫知。
三吴邦伯皆顾盼，四海雄侠皆相推。
萧曹曾作沛中吏，攀龙附凤当有时。
溧阳酒楼三月春，杨花漠漠愁杀人。
胡雏绿眼吹玉笛，吴歌白纻飞梁尘。
丈夫相见且为乐，槌牛挝鼓会众宾。
我从此去钓东海，得鱼笑寄情相亲。

殿中杨监见示张旭草书图

（唐）杜甫

斯人已云亡，草圣秘难得。及兹烦见示，满目一凄恻。
悲风生微绡，万里起古色。锵锵鸣玉动，落落群松直。
连山蟠其间，溟涨与笔力。有练实先书，临池真尽墨。
俊拔为之主，暮年思转极。未知张王后，谁并百代则。
呜呼东吴精，逸气感清识。杨公拂箧笥，舒卷忘寝食。
念昔挥毫端，不独观酒德。

东坡题跋

（宋）苏轼

长史草书，颓然天放，略有点画处，而意态自足，号称神逸。

论　书

（宋）苏轼

今世称善草者，或不能真行，此大妄也。真生行，行生草。真为立，行为行，草如走，未有未能行立而能走者也。今长安犹有长史《郎官石柱记》，作字简远如晋宋间人。

题王逸少帖

（宋）苏轼

赞曰："颠张醉素两秃翁，追逐世好称书工。何曾梦见王与钟，妄自粉饰欺盲聋。有如市倡抹青红，妖歌嫚舞眩儿童。"

续书断

（宋）朱长文

为人倜傥闳达，卓尔不群，所与游者皆一时豪杰。李白诗曰：楚人每道张旭奇，心藏风云世莫知。三吴邦伯皆顾盼，四海雄侠争追随。太白，奇士也，称君如此，君之蕴蓄浩博可知矣。主荒政宠，不见抽擢，栖迟卑冗，壮嵝伟气，一寓于毫牍间，盖如神虬腾霄汉，夏云出嵩华，逸势奇状，莫可穷测也。虽庖丁之刲牛，师旷之为乐，扁鹊之已病，轮扁之斫轮，手与神运，艺从心得，无以加于此矣。

宣和书谱（卷十八）

（宋）佚名

张旭，苏州人，官至长史。初为尉时，有老人持牒求判，信宿又来，颠怒而责之，老人曰："爱公墨妙，欲家藏，无他也。"老人因复出其父书，旭视之，天下奇笔也。自是尽其法。旭喜酒，叫呼狂走方落笔。一日酒酣，以发濡墨作大字，既醒视之，自以为神，不可复得。尝言：初见担夫争道，又闻鼓吹而知笔意，及观公孙大娘舞剑，然后得其神。其名本以颠草，而至于小楷、行书，又复不减草字之妙。其草字虽奇怪百出，而求其源流，无一点画不该规矩者。或谓张颠不颠者是也。后之论书，凡欧、虞、褚、薛皆有异论，至旭独无所短者。故有唐名卿传其法者，惟颜真卿云。

今御府所藏草书二十有四：《奇怪书》《醉墨帖》《孔君帖》《皇甫帖》《大弟帖》《诸舍帖》《久不得书帖》《德信帖》《定行帖》《自觉帖》《平安帖》《承告帖》《洛阳帖》《永嘉帖》《清鉴堂帖》《华阳帖》《大草帖》《春草帖》《秋深帖》《王粲评诗》《长安帖》《千字文》。

论　书

（宋）蔡襄

赞曰："长史笔势，其妙入神，岂俗物可近，怀素处其侧，直有奴仆之态，况他人所可拟也。"

东观余论

（宋）黄伯思

赞曰："及反复徐观，至'雁门云亭''愚蒙瞻仰'等字，与后题日月，则雄隐轩举，槎枿丝缕，千状万变，虽左驰右骛而不离绳矩之内，犹纵风鸢者翔戾于空，随风上下，而纶常在手；击剑者交光飞刃，歘忽若神，而器不离身。驻目视之，若龙鸾飞腾，——然后知其真长史书不虚得名矣！"

唐诗归（卷十三）

（明）钟惺

张颠诗不多见，皆细润有致。乃知颠者不是粗人，粗人颠不得也。

古今法书苑

（明）王世贞

"张颠草书见于世者，其纵放奇怪近世未有，而此序独楷书，精劲严重，出于自然。书一艺耳，至于极者乃能如此。其楷字概罕见于世，则此序尤为可贵也。"

跋云："张长史《肚痛帖》及《千字文》数行，出鬼入神，恍不可测。"

石墨镌华

（明）赵崡

谓《郎官石柱记》此记"笔法出欧阳率更，兼永兴、河南、虽骨力不逮，而法度森严"。

赞云："长史草书，颓然天放；略有点画处而意态自足，号称神逸"，"长史真书《郎官石柱记》作字简远，如晋宋间人"。

广川书跋

（明）董逌

称《郎官石柱记》：“隐约深严，筋脉结密，毫发不失。”

论　书

（明）丰道生

赞曰：“行笔如从空掷下，俊逸流畅焕乎天光，若非人力所写。”

大清一统志·苏州府·人物

张旭，吴人，善书。每大醉，呼叫狂走，乃下笔。或以头濡墨而书，既醒，自视以为神，世呼张颠。嗜酒，与李白等号饮中八仙。仕常熟尉。

附录二 张旭大事记

约唐上元三年——唐乾元二年（675—759） 八十五岁

字伯高，一字季明，吴郡（今江苏苏州人），初为常熟尉，后官至金石长史，世称"张长史"。

约唐上元三年（676） 一岁

张旭出生于吴郡苏州，童年时代承家学习书。少年时代师承舅父、书法家陆彦远学习书法，终其一生不治他艺。

开元十一年（723） 四十八岁

张旭外出在邺县得见公孙大娘舞《剑器》，始悟草书之神，于是大进。公孙大娘是唐玄宗内供梨园女乐，以《西河剑器》《浑脱舞》冠绝当时。李肇在《国史补》中载张旭自言："始吾见公主担夫争路，而得笔法之意。后见公孙氏舞《剑器》，而得其神。"此时张旭年近五十。

开元十六年（728） 五十三岁

张旭离任，开始了遨游里巷、散逸若仙的生活。他豪迈豁达，饮酒交友，其交必广，结纳也多，行迹遍布大江南北。

开元十八、十九年（730—731） 五十六岁

张旭与贺知章、汝阳王李琏、左相李适之、侍御史崔宗之、太子左庶子苏晋、大诗人李白、酒友焦遂诸人结为"饮中八仙"，每遇华楼宴集，纵饮长歌，挥毫宏逸，独行风雅。

开元二十四年（736） 六十二岁

张旭与画圣吴道子（亦是张旭学生）、裴旻将军在洛阳天官寺内相遇。裴旻舞剑一曲，张旭草书一壁，吴道子绘画一壁，都邑之人大开眼界，称一日之中获睹三绝。

开元和天宝（714—756） 四十至八十二岁

张旭曾与邬彤、徐浩、颜真卿、魏仲犀、韩滉、吴道子等在长安、洛阳相识相交，他们皆为张旭的门生、传人。

天宝年间（752年前后） 七十至八十岁

张旭又与诗人高适、李颀、崔颢、綦毋潜、岑参等名士交游，唱酬甚多，高适有诗《醉后赠张九旭》赞之。

至德元年（756） 八十二岁

张旭与李白相遇于溧阳，李白亦有诗《猛虎行》赞之。时张旭已年过八旬。大约三年后（759），一代草圣张旭便陨落了，享年八十五岁。

附录三　参考征引书目

1. 刘勰著：《文心雕龙》，周振甫注本，人民文学出版社，1981 年版。

2. 章学诚著：《文史通义·质性》，叶瑛注，中华书局，1985 年版。

3. 《法书要录》，人民美术出版社，1984 年版。

4. 钱穆著：《中国文化史导论》，三联书店，1985 年版。

5. 朱建新著：《孙过庭书谱笺证》，上海古籍出版社，1986 年版。

6. 马宗霍著：《书林藻鉴》，文物出版社，1984 年版。

7. 熊秉明著：《中国书法理论体系》，商务印书馆香港分馆，1984 年版。

8. 祝嘉著：《书学史》，成都古籍书店，1984 年版。

9. 韩玉涛著：《中国书学》，人民出版社，1991 年版。

10. 茹桂著：《书法十讲》，陕西人民美术出版社，1996 年版。

11. 钟明善著：《中国书法简史》，西安交通大学出版社，2002 年版。

12. 叶秀山著：《美的哲学》，人民出版社，1991 年版。

13. 杨思寰著：《审美心理学》，人民出版社，1991 年版。

14. 陈宇著：《苏黄精神》，上海书画出版社，2004 年版。

15. 刘梦溪著：《中国文化的狂者精神》，三联书店，2012 年版。

16. 乔象钟、陈铁民主编:《唐代文学史》上册，人民文学出版社，1995年版。

17. 陶文鹏著:《唐宋诗美学与艺术论》，南开大学出版社，2003年版。

18. 雷珍民、何炳武主编:《陕西书法史》，陕西人民出版社，2011年版。

19. 李彬著:《最后一片竹林——书法家吴三大评传》，陕西人民美术出版社，2011年版。

跋

清代诗文大家李渔在《闲情偶寄》中说:"后人作传奇,但知为一人而作,不知为一事而作。尽此一人,所行之事,逐节铺陈,有如散金碎玉,以作零出则可,谓之全本。则为断线之珠,无梁之屋。"诚哉斯言。我在写作《纸上云烟——草圣张旭评传》时常常有一种困顿的感觉;困惑于题材的审择,困惑于审美的参照。相较于别的书法家,张旭是丰厚的、是灿烂的。公元九世纪中叶,唐文宗李昂将张旭草书、李白诗歌和斐旻剑舞钦定为"三绝",并诏命翰林学士撰赞。令人唏嘘的是,这位获得皇帝封号的旷世书家,竟然生卒及年寿均不详,我们仅能从与他交好的名流诗文中知道他曾活动在唐玄宗统治的开元、天宝年间。他早年做过常熟县尉,而终止于从六品的金吾长史,他唯一载于史册的"业绩",就是做县尉时遇到一位反复诉讼求判的老翁,而老翁此举不过是贪求他手书的判词。张旭的一生,其实就是简化到《新唐书》中的一百五十七个字,就是浓缩到"酒"与"书"中的释义,就是纯粹到极致、超越到极致的草圣人生。

中国最早的圣人老子,其巨著《道德经》一书,共有八十一章,五千一百余字。其中,"圣人"一词出现了三十二次,分布在二十六章中,它出现的频率,仅次于出现七十多次的"道"字。书中的圣人首先是"得道"的人。得道,一是说他认识了道,一是说他要"为道"。张旭二者兼而有之。书法史上能于当代便被尊为"圣"者,只有"草圣"张旭一人。"张旭三杯草圣传"(杜甫《饮中八仙歌》)。这种殊誉连"书圣"王羲之都未能做到。王羲之的书圣地位,是经过了二百多年,一直到初唐李世民的手里才确立起来的。而张旭纯粹凭借"满纸烟云"的艺术魅力而华光四射,使整个书坛高山仰止,乃至被誉为圣。历史对张旭先生是吝啬的，也是慷慨的。

艺术的本质，就是在任何地方都让美成为胜利者。美是一种形式，一种价值，一种生命的力量，也是艺术的最高境界。一切艺术到最后都归结为审美。"审美"是我从张旭身上提取的精魂，串珠贯玉地构成了这本书的脉络大观。"审美"使我真正走入了张旭先生的内心世界和艺术境界。"审美"也可能使读者对《纸上云烟》一书有了认知和期望。感谢阎纲、何西来、陶文鹏、雷珍民、李炳银等诸多良师益友对此书的恩遇与褒贬，这次的定稿便是对各种声音的尊崇，但仍不敢说已臻完美。在这个灵魂消解、肉身沉重、写作过分欲望化的笔墨泛滥时代，我的作品仅是一个知识分子思考人生、反思社会、观照艺术的一种方式。我自信的是——真是它的底线，善是它的方向，美是它的面容。

评论家刘勰在《文心雕龙·神思》中提出"驭文之首术，谋篇之大端"有四个不可或缺的条件："积学以储宝，酌理以富才，研阅以穷照，驯致以绎辞。"也就是说，作家必须积累丰富的写作知识作为构思文章的宝库，府库充盈、腹有良谋，才能取之不尽、用之不竭，才能笔吐华章、文绽锦绣。具体到写作上就是，切入情怀灵魂，融入历史烟云，道出艺术真髓，触及文学本真，指陈世间正道，升华人文精神……对这种大雅上美之境界，我有着虽不能至、心向往之的执着。人生于我，犹如一个旅人在爬一座山，虽不知何时能爬上山顶，但坚信会有山顶，就不遗余力地攀登——至于山有没有顶，山顶的景观如何，那是自然和命运的造化，和一个攀登者关系不大。

清流拾贝，浊浪淘沙；一息尚存，从吾所好。这是活着的乐趣，也是写作的境界。俯而作，仰而歌，况复何求。

2020年芒种于长安城南赞书房

图书在版编目（CIP）数据

阆风游云：张旭传 / 李彬著. -- 北京：作家出版社，2021.7
（中国历史文化名人传丛书）
ISBN 978-7-5212-1221-1

Ⅰ.①阆… Ⅱ.①李… Ⅲ.①张旭 - 传记 Ⅳ.①K825.72

中国版本图书馆CIP数据核字（2020）第250898号

阆风游云：张旭传

作　　者：李　彬
责任编辑：翟婧婧
书籍设计：刘晓翔 + 韩湛宁
责任印制：李卫东　李大庆
出版发行：作家出版社有限公司
社　　址：北京农展馆南里10号　　　　邮　　编：100125
电话传真：86-10-65067186（发行中心及邮购部）
　　　　　86-10-65004079（总编室）
E-mail:zuojia@zuojia.net.cn
http://www.zuojiachubanshe.com
印　　刷：三河市紫恒印装有限公司
成品尺寸：152×230
字　　数：245千
印　　张：17.5
版　　次：2021年7月第1版
印　　次：2021年7月第1次印刷
ISBN　978-7-5212-1221-1
定　　价：58.00元（精）

作家版图书，版权所有，侵权必究。
作家版图书，印装错误可随时退换。